Monika Zimmermann

Viel Lärm und nichts

Roman

mitteldeutscher verlag

Auch wenn vieles wahr erscheint: Personen und Handlung sind frei erfunden.

1

„Ein Jahr, vielleicht etwas länger." Genauer will sich Lars Fischer nicht festlegen. Aber ein Jahr, vielleicht etwas länger würde sie schon brauchbar sein, davon ist er überzeugt. „Vorausgesetzt", er kann sich ein Lächeln nicht verkneifen, „Sie sprechen dem Alkohol gut zu." Nun muss auch Lisa schmunzeln, denn sie ahnt, was er meint. Und sie stellt sich vor, wie das wohl ist: ein Jahr, vielleicht auch länger, ständig mit Alkohol beträufelt zu werden. Vor Lisas innerem Auge erscheint eine Schar von Studenten, die an ihrem leblosen, alkoholgetränkten Körper, der aufgebahrt auf einem Metall-Tisch vor ihnen liegt, herumhantiert. Die jungen Leute mustern den alten Körper, befühlen ihn und beratschlagen, wo das Skalpell am besten anzusetzen sei. Gut möglich auch, dass sie dabei die ein oder andere despektierliche Bemerkung fallen lassen. Sie kann sich lebhaft vorstellen, wie es da zugeht: „Schaut mal, das Herz. Wie sieht das denn aus?" – „Viel zu groß. Ob die zu viel Sport getrieben hat?" – „Nee, die sieht doch nicht sportlich aus. So schlaff wie die Muskeln da herunterhängen." – „Und seht mal hier, die Niere. Ist die nicht ein wenig verschrumpelt?" Den angehenden Ärzten, die ihren Leichnam inspizieren, zuzuhören, wird bestimmt spannend, denkt sich Lisa. Und welchen Namen sie sich wohl für sie einfallen lassen? Lars Fischer hat Lisa nämlich erzählt, dass seine Studenten ihren Leichnamen, an denen sie jeweils für ein Jahr oder auch länger herumschnippeln dürfen, gern Namen geben. Das sei ganz normal, wenn man so lange eng miteinander zu tun habe. Da entstünde so etwas wie ein Vertrauensverhältnis.

Lars Fischer kennt sich aus in der Materie. Er leitet schon eine Ewigkeit das Institut für Anatomie der Universität. „Leichen pflastern meinen Weg", sagt er gleich zur Begrüßung, als Lisa ihn in seinem Institut besucht. Wie viele Leute, die mit Dingen zu tun haben, mit denen andere lieber nichts zu tun haben wollen, neigt auch Lars Fischer zu makabren Scherzen über seine Tätigkeit. Doch diese professionelle Deformation stört Lisa nicht. Sie ertappt sich dabei, wie sie zunehmend an einer Idee Gefallen findet, die ihr unvermittelt gekommen ist, als sie mit Lars Fischer durch den altehrwürdigen Bau marschiert und längere Zeit in jenem wunderschönen zentralen Raum verweilt, dessen weiße Ränge wie in einem antiken Theaterrund steil aufsteigen. In der Mitte des Runds ist nichts außer einem großen tellerartigen Tisch, der wahlweise hoch oder bis in den Keller heruntergefahren werden kann. „Theatrum anatomicum" ist auf der weißen Wand oberhalb des Eingangs zu lesen – wieder zu lesen, muss man sagen. Denn das historische Gebäude ist vor einigen Jahren aufwendig saniert worden. Nun sieht alles beinahe genauso wieder aus wie vor über 300 Jahren, als dieses „Theatrum anatomicum" mit dazu beitrug, den Ruhm der Universität als bedeutendes Zentrum der Medizin zu begründen. Lisa ist hin und weg von dem harmonischen Raumeindruck und stellt sich vor, wie Generationen von angehenden Ärzten auf den Rängen gesessen und an den Lippen ihrer Lehrer gehangen haben, die sie hier am nicht mehr lebenden Objekt in die Geheimnisse des menschlichen Körpers einführten.

Dabei ist Lisa gar nicht wegen der anatomischen Pionierleistungen gekommen, die in diesem Saal vollbracht wurden. Nein, Lisa ist neugierig auf die Architektur gewesen, über die sie in baugeschichtlichen Aufsätzen und Zeitungsartikeln einiges gelesen hat. Lisa ist immer neugierig auf Architektur. Früher, als sie noch mehr Zeit hatte für ihre Liebhaberei, hat sie oft weite Umwege in Kauf genommen, nur um ein berühmtes Bauwerk endlich mit eigenen Augen ansehen zu können. Jetzt, wo sie schon ein paar Jahre in dieser Stadt arbeitet, kam es ihr irgendwann komisch vor, dass sie nicht längst jenes Kleinod, von dem es in der Literatur heißt, es sei eines der schönsten und eines der letzten seiner Art, näher angeschaut hat. Lars Fischer, den sie anrief, war sofort bereit gewesen, es ihr zu zeigen. Auf dem Rundgang berichtet er dann mehr über seine Arbeit als über das Gebäude und er tut das mit jenem Stolz, der Leuten eigen ist, die Außergewöhnliches leisten, aber wenig Gelegenheit haben, davon zu erzählen – auch, weil die Tätigkeit nicht besonders appetitlich ist. Wer will schon so genau wissen, wie man Leichen aufschneidet, um aus ihrem Inneren neue Erkenntnisse herauszuholen? Lars Fischer ist gerade dabei, sich ein wenig zu bedauern, als er bei seinem Rundgang abrupt vor einer Tür stehen bleibt. Besorgt fragt er Lisa: „Wollen Sie da auch hinein?“

Was für eine Frage? Natürlich will sie, die neugierige Journalistin, alles sehen. Doch dann ist sie doch erschrocken, über das, was sie sieht. Sie wirft nur einen scheuen Blick in den großen Raum, in dem an diesem späten Vormittag geschäftiges Treiben herrscht. An diversen Stahltischen hantieren junge Leute an etwas, das Lisa nur aus den Augenwinkeln anschauen mag. Sie erkennt fahles Fleisch und wendet den Blick lieber gleich wieder ins Nichts daneben. Hier also üben die Studenten an der toten Materie, was sie wissen sollten, wenn sie später mal Leben retten wollen. Lisa fröstelt jetzt ein wenig, was aber auch daran liegen mag, dass die Temperatur in dem Raum heruntergekühlt ist. Und wie das komisch riecht! Sie hat einen eigentümlichen Geruch in der Nase. Lisa strebt lieber wieder hinaus. Beim Verlassen des Raumes hört sie Lars Fischer noch jenen Satz sagen, der sie eine Weile beschäftigen wird. „Es fehlt uns leider an genügend Übungsmaterial.“ So umschreibt Lars Fischer das, was man auch anders ausdrücken könnte: Dem Institut für Anatomie der Universität mangelt es an Leichen. Dass man hier möglichst viele Tote braucht, leuchtet Lisa ein. Denn wie sonst, wenn nicht an toten Körpern, sollen angehende Mediziner üben, was sie tunlichst können sollten, wenn sie lebendige Leiber vor sich haben. „Leider sind immer weniger Menschen bereit, uns ihren Körper zu spenden.“ Aus den Worten von Lars Fischer hört Lisa ein Bedauern heraus. „Aber was soll man machen? Das Gemeinwohl ist halt nicht mehr hoch im Kurs.“

Der Tod – für Lisa war das bisher kein Thema, mit dem sie sich besonders beschäftigt hätte. Sterben, so denkt sie manchmal, tun sowieso immer nur andere. Dies allerdings häufiger in letzter Zeit. Das ist ihr, bei aller Verdrängung, derer sie fähig ist, dann doch aufgefallen. Immer öfter muss sie auf Beerdigungen gehen. Neulich ist sie sogar gebeten worden, eine Trauerrede zu halten. Zum ersten Mal in ihrem Leben. Sie hatte keine Ahnung, wie so etwas geht: eine Rede auf jemanden zu halten, der gerade gestorben ist. Sie hat es einfach gemacht wie immer: erzählt, was ihr so in den Kopf kommt, wenn sie an den Verstorbenen denkt. Schon beim bloßen Denken an ihn wurden die Erinnerungen immer mehr. So ist die Rede ihr ganz gut gelungen, jedenfalls hört sie hinterher anerkennende Worte aus den Reihen der Trauergäste. Geht doch, denkt sie sich. Geht doch, das denkt sie oft, wenn Neues zu tun ist. Irgendwann hat sie sich abgewöhnt, Manschetten vor neuen Aufgaben zu haben. Auch Leuten, die vermeintlich wichtig und bedeutend sind, begegnet sie zunehmend unbekümmerter. Wo Menschen sind, menschelt es – diesen Spruch hat sie mal irgendwo aufgeschnappt und dann verinnerlicht. So falsch ist er ja nicht.

Ein paar Tage noch ringt Lisa mit sich, dann setzt sie ihre Unterschrift beherzt auf das Vertragsformular, um das sie Lars Fischer am Ende ihres Besuchs im Institut für Anatomie gebeten hat. „Körperspende" steht auf dem schmucklosen Schreiben. Lisa gibt das unterschriebene Blatt unverzüglich im Institut ab und heftet die Kopie fein säuberlich in jenen Ordner, in dem sie alles abheftet, was einmal wichtig sein könnte, wenn sie selbst nicht mehr sagen kann, was wichtig war in ihrem Leben. Als Lisa den Ordner zuklappt, ist sie mit sich zufrieden. Über ihre Beerdigung muss sich niemand mehr Gedanken machen. Wenn sie mal stirbt, wird sie, die frische Tote, in das Institut für Anatomie geschafft, so viel ist sicher. So hat es Lars Fischer ihr erklärt. Und so steht es in dem Ausweis, den sie als Körperspenderin erhalten hat. Lisa hat natürlich keine Idee, wie und wann sie ihr Versprechen einlösen kann und sterben wird, darüber hat sie bislang kaum nachgedacht. Allenfalls kommt ihr der Gedanke an ein plötzliches Ende bei hektischen Autofahrten oder wenn eine brandgefährliche Situation wieder mal mit viel Glück überstanden ist. Dann erschrickt sie manchmal gewaltig – im Nachhinein, und nicht sehr lange. Nur kurz blitzt dann in ihr so etwas auf, das man für Todesangst halten könnte. Doch jetzt, wo sie mit einer Unterschrift ihren Körper an die Wissenschaft gespendet hat, ist ihr urplötzlich ein anderer Gedanke durch den Kopf geschossen: Es gibt ein Leben nach dem Tod, sagt sich Lisa vergnügt. Diese Gewissheit, die ihr Lars Fischer vermittelt hat, gefällt ihr. Jetzt gilt es aber erst einmal, das Leben davor zu meistern.

2

„Eine Körperspende? Was soll das denn? Bist du total verrückt geworden?" Karl schüttelt ungläubig den Kopf und starrt Lisa entgeistert an, als sie ihm von ihrem Vorhaben berichtet. Wohlweislich tut sie das erst, nachdem sie ihre Unterschrift bereits unter das Formular gesetzt hat. Lisa kennt ihren Karl. Schon seit vielen Jahren. Der ist für derartige Eskapaden, zu denen sie hin und wieder neigt, überhaupt nicht zu haben. Was gelegentlich zu heftigen Wortgefechten zwischen beiden führt. Sie fechten ohnehin oft und liebend gern. Mit Sicherheit immer dann, wenn Karl, der viel besonnener und vorsichtiger als Lisa ist, versucht sie zu bremsen und sie sich partout nicht bremsen lassen will. Bloß gut, dass Karl, dieser wohltemperierte Kerl, damit klarkommt und Lisa so zu nehmen versteht, wie sie eben ist. Denn Lisa lässt sich höchst ungern von Vorhaben abbringen, die sie sich in den Kopf gesetzt hat, und kann ganz schön kiebig werden, wenn jemand ihr in den Arm fällt. Lisa will keine Bedenken hören, schon gar nicht solche, die auf der Hand liegen. Lieber rennt sie mit Volldampf gegen die Mauer und holt sich eine blutige Nase, als dass sie sich von jemandem sagen lässt: „Pass auf, da steht eine Mauer!" Wenn Lisa richtig in Fahrt ist, interessieren sie keine Warnungen. Mauer? So hoch kann die doch gar nicht sein, als dass man die nicht überwinden könnte, denkt sie sich und setzt an zum Sprung. Mal geht das gut, dann fühlt sich Lisa bestätigt. Na, aber so was von bestätigt! Mal auch nicht. Dann eben nicht. Na, und? Wer nicht wagt, der nicht gewinnt. „Körperspende – sag mal, spinnst du?", wiederholt Karl. Er gibt keine Ruhe. „Was soll das? Warum beschäftigst du dich jetzt schon mit deinem Tod. Fang doch erst mal an zu leben."

Diese Bemerkung sitzt. Damit hat Karl einen Nerv getroffen. Denn wenn Lisa etwas aus der Bahn wirft, dann die Sorge, die sie umtreibt, tief im Inneren: Verliere ich bei all dem Ehrgeiz, der mich treibt, das Wesentliche aus dem Auge? Ist das noch ein Leben? Richtiges Leben? Nicht das, was Lisa darunter versteht: Arbeiten, vorankommen, Dinge erledigen, Erfolg haben. Was anderes kennt Lisa nicht, erlaubt sie sich nicht. Warum auch? Sie ist ganz zufrieden mit sich. Jedenfalls an normalen Tagen. Aber es gibt auch die unnormalen Tage, die, an denen man nicht so glücklich ist. Diese Tage kennt Lisa gut. Und dass Lisa sie kennt, das weiß auch Karl. Karl weiß alles oder doch fast alles. Karl ist so was wie Lisas Alter Ego. Lisa nennt ihren Karl allerdings meistens Schlüssel – das ist so seit dem Tag, als Karl ein drolliges Missgeschick passiert ist: Allein unterwegs in irgendeinem Hotel, da ist ihm doch tatsächlich, just als er vom stillen Örtchen aufstand und in der Drehung noch die Toilettenspülung betätigte, der Autoschlüssel aus der Hosentasche gerutscht, hinein in die Porzellanschüssel, mitten in den sprudelnden Wasserstrahl. Weg war er, der Schlüssel. Karl hat zwar noch den Ärmel aufgekrempelt und mit Todesverachtung tief hinein gegriffen ins Klo. Nichts da. Der Schlüssel blieb verschwunden, war längst auf seinem Weg in die Kanalisation. Und Lisa musste sich mitten in der Nacht mehrere Hundert Kilometer weit auf den Weg machen, um dem Unglücksraben seinen Ersatzautoschlüssel zu bringen. Seitdem neckt sie Karl oft mit seinem Spitznamen. Das wurmt den zwar, aber was soll's: Lisa findet das lustig. Und ein bisschen lustig ist es ja auch.

3

Hans Winterhalter ist in seinem Element: „Achim, du schnappst dir den Fraktionsvorsitzenden. Der ist auf den Regierungschef nicht gut zu sprechen, seit der ihm neulich die Abstimmung versaut hat. Der soll jetzt mal ordentlich gegen ihn wettern. Stephan, du sprichst mit dem Innenminister. Und lass dich nicht wieder vom Sprecher abwimmeln. Ich will einen O-Ton vom Minister selbst. Außerdem muss jemand die Oppositionsriege abklappern. Ich will aus jeder Richtung einen kritischen Satz über das Versagen der Polizei hören. Wer kann das machen? Lisa, du?" Die Angesprochene schreckt auf. „Nee, ich hab' keine Zeit, hab' noch die Geschichte von gestern am Hals. Die muss ich heute schreiben." – „Die Geschichte von gestern!" Hans Winterhalter stöhnt kurz auf, „Lisa, ich bitte dich, die kannst du vergessen." – „Gestern war sie dir aber so wichtig, dass ich dafür alles stehen und liegen lassen …" – „Ja, gestern war die wichtig. Heut' ist anderes wichtig. Hättest du sie gestern fertig gemacht, hätten wir sie heute im Blatt. Die ‚Rundschau' zeigt doch, dass das geht." Hans Winterhalter ist aufgebracht. Wenn er was nicht ausstehen kann, dann, wenn die Konkurrenz den „Anzeiger" abkocht. Fuchsteufelswild ist er dann. „Lisa, du fährst zum Parlament. Da hast du sie alle auf einen Schlag. Heute ist Sitzung. Wir brauchen einen Aufhänger, einen Knüller, den wir zur Schlagzeile machen können. Und ihr in den Lokalredaktionen liefert auch alle was zu. Hört euch um bei den Leuten draußen. Sammelt viel Empörung ein. Wir machen die Geschichte morgen ganz groß auf im Blatt. Und du, Meike, gibst heute Mittag schon den ersten Anreißer im Netz raus. Das muss richtig knallen. Ich schreib' dazu einen scharfen Leitartikel."

Um Hans Winterhalter herum sitzen seine Redakteure, jedenfalls die, die an diesem Morgen da und nicht gerade auf Schulung, im Urlaub, in Elternzeit, krank oder sonst wie abwesend sind – was zum Ärger von Winterhalter skandalös oft der Fall ist. „Wo ist denn der schon wieder?", brüllt er dann durchs Haus. Winterhalter ist nie krank oder auf Schulung, der ist immer da, voll da. Und wenn er sich, was er gern macht, draußen mit wichtigen Leuten trifft, die er „meine Informanten" nennt, lässt er sich, wenn es irgend geht, über die neue Telefonanlage direkt in die Redaktionskonferenz schalten, die zwei Mal am Tag, um 10 Uhr und um 15 Uhr, stattfindet. Diese Telefon-Anlage, ein sechseckiges Gerät, mit Lautsprechern an allen Seiten, hat er dem knauserigen Geschäftsführer des Verlags aus den Rippen geleiert, damit alle Außenposten mithören können, was Winterhalter in den Konferenzen zu sagen hat. Früher musste die Sekretärin immer alle Redaktionen anrufen und die Leitungen mühsam zusammenschalten. Das dauerte ihm entschieden zu lang. Hans Winterhalter hat es immer eilig. Außerdem ließ es ihm keine Ruhe, dass er nicht auch so ein schickes neues Gerät hatte, mit dem die Konkurrenz schon ausgestattet war. Hans Winterhalter erträgt es nicht gut, nicht an der Spitze des Fortschritts zu sein. Er versteht sich als personifizierter Fortschritt und springt sofort auf jede Welle auf, die durchs Land rollt.

Jeden Morgen um 10 Uhr dasselbe Ritual. Um diese Zeit versammelt Hans Winterhalter seine Mannschaft zur ersten Redaktionsbesprechung, ein wenig müde noch die Redakteure, Hans Winterhalter bereits auf Betriebstemperatur. Der Blick in die anderen Medien hat seinen Blutdruck, der ohnehin hoch ist, steigen lassen. Jeden Morgen entdeckt er irgendwo irgendwas, was der „Anzeiger" nicht im Blatt hat. Sofort ärgert er sich und beginnt zu rotieren. „Das müssen wir auch haben", bläut er seinen Leuten ein, und zwar mit „eigenem Dreh". Winterhalter ist ein Meister des eigenen Drehs. Dazu braucht er keine lange Recherche oder neue Fakten, ihm reicht es, wenn er einem Politiker zu dem Thema, das in den Medien rauf- und runterläuft, einen Satz entlocken kann, der möglichst alles bisher Gesagte konterkariert. Mit einem solchen kontroversen Satz lässt sich ein Konflikt wunderbar anheizen – zumal Hans Winterhalter ein gutes Händchen dafür hat, Zitate so anzuspitzen, dass sie einschlagen wie Bomben. Noch bevor die Zeitung gedruckt ist, ist schon die Schlagzeile, die Meike, die Online-Redakteurin, vorab an die Nachrichtenagenturen geben muss, auf dem Markt und sorgt für Unruhe. Das gefällt Winterhalter. Sein „Anzeiger" soll zu den am häufigsten zitierten Zeitungen im Land gehören. Das ist sein Ehrgeiz. Noch steht der „Anzeiger" nur auf Platz acht. Dass diese Statistik nichts über die Qualität der jeweiligen Zeitung aussagt, zumal die Zitate am nächsten Tag meistens von der Realität eingeholt sind, ist Winterhalter egal. Hauptsache, sein „Anzeiger" wird zitiert.

„Meine Lieben" – mit diesen Worten begrüßt Hans Winterhalter seine Redaktionsmannschaft jeden Morgen. Es ist regelrecht eine Marotte von ihm, alle Leute, die er kennt – und er kennt viele Leute – mit „mein Lieber" oder „meine Liebe" anzusprechen, wobei er bei Frauen ein wenig mehr Charme in die Stimme legt. Mancher missversteht diese Anrede und meint, sie drücke Vertrautheit aus. Das ist ganz falsch. „Mein Lieber" stellt Abstand her, wobei Winterhalter durchaus Unterschiede macht. Je nachdem, ob er die Stimme mehr hebt oder mehr senkt, drückt „mein Lieber" eher Achtung oder mehr Missachtung aus. An diesem Morgen fällt Winterhalters „Meine Lieben" neutral aus. Er hat keine Zeit zu verlieren. Heute will er ein Fass aufmachen. „Vier Sonderseiten machen wir“, beschließt er, „vielleicht auch mehr.“ Vier oder mehr Sonderseiten für ein Thema, das Winterhalter elektrisiert. Ihm, dem Alt-Linken, der einst der kommunistischen Kaderpartei angehörte, bis er merkte, dass diese Mitgliedschaft seinem Fortkommen in der Medienwelt nicht gerade förderlich ist, ist es immer noch ein innerer Reichsparteitag, wenn er gegen Rechts mobilisieren kann – wobei rechts bei Winterhalter gleich jenseits der Mitte beginnt. Gefühlt steht Winterhalter immer noch weit links, obwohl er sich inzwischen einen bürgerlichen Habitus zugelegt hat, mit dickem Dienstwagen durch die Gegend fährt und es geradezu liebt, schick Essen zu gehen. Rechts fahren und links blinken, nennt Hans Winterhalter das, wenn er gut drauf ist. Für ihn ist das kein Widerspruch.

Hans Winterhalter hält sich durch und durch für einen unabhängigen Kopf. Doch wenn er in die Tasten greift und einen seiner gefürchteten Kommentare schreibt, kann er seine wahre Gesinnung nicht verbergen, will es auch gar nicht, denn er weiß sich moralisch auf der besseren Seite. Am Schreibtisch sitzend, schraubt er seine Ansprüche an handelnde Personen immer höher. Wehe dem, der diesem Maßstab nicht genügt. Mit der Forderung nach Rücktritt ist Winterhalter nicht zimperlich. Politiker sowieso, aber auch Wirtschaftsbosse, Sportfunktionäre, Theaterintendanten geraten schnell auf seine Abschussliste. Wer da einmal draufsteht, hat es nicht leicht. Winterhalter kann unerbittlich sein und enorm nachtragend. Denn eines liegt außerhalb seiner Vorstellungskraft: dass er im Unrecht sein könnte. Nie würde Winterhalter zugeben, falsch zu liegen. Und wenn's doch mal eng wird für ihn, dreht er so lange an den Tatsachen herum, bis er irgendwie doch recht hat. Wahrheit – für Hans Winterhalter ist das ein dehnbarer Begriff.

In letzter Zeit hat Hans Winterhalter Oberwasser. Die Republik befindet sich im Krisenmodus. Jeden Morgen vor dem Spiegel sagt sich Winterhalter: „Siehste, ich hatte recht.“ Er fühlt sich voll und ganz bestätigt. Hat er nicht immer vor den rechten Umtrieben gewarnt? Wehret den Anfängen, wie oft hat er diesen Satz geschrieben? Und hat er nicht frühzeitig hinter manch biederer Fassade die Fratze des Bösen entdeckt? Den Zorn großer Teile seiner Leserschaft hat er sich zugezogen mit seinen ständigen Hinweisen auf eine lauernde Gefahr. Diese Penetranz war nicht auszuhalten, sie störte viele, auch seinen Verleger, der irgendwann dazu überging, ihm jede Abbestellung der Zeitung persönlich vorzuhalten. Was hat er sich nicht alles anhören müssen: Er sehe Gespenster und schreibe die Gefahr doch erst herbei. Und jetzt? Jetzt marschieren diese Gespenster tatsächlich ungeniert auf der Straße herum. Die, die bisher nur heimlich den Arm zum Hitlergruß gehoben haben, treten wie enthemmt auf und wittern Morgenluft. Dämme sind gebrochen, die über Jahrzehnte zu halten schienen. Das mühsam aufgebaute demokratische Gefüge stößt immer öfter an die Grenze der Belastbarkeit. Doch dass Rechtsextremisten in Fraktionsstärke im Parlament sitzen würden – das hat sich selbst Winterhalter in seinen kühnsten Phantasien nicht ausmalen wollen. Nicht in einem Land, das angeblich aus seiner Geschichte gelernt hat. Irgendwas läuft da gerade gründlich schief, findet Hans Winterhalter. So viel recht, wie er jetzt hat, ist selbst ihm unheimlich.

„Brandgefährlich ist die Situation gestern Abend gewesen.“ Brandgefährlich, dieses Wort nimmt Hans Winterhalter oft in den Mund, auch um zu rechtfertigen, dass er beinahe täglich Sonderseiten ins Blatt heben will. Seine Redakteure mucken schon auf wegen der zusätzlichen Arbeit. „Muss das sein? Wir hatten doch gestern erst die ganze Seite drei zu dem Thema“, Lisa wagt sich in der Redaktionskonferenz aus der Deckung und fängt sich sofort eine scharfe Abfuhr ein: „Ja, das muss sein.“ – „Aber den Lesern ist das auch schon zu viel“, Ellen, die die Leserbriefseite der Zeitung betreut, springt Lisa spontan bei und gibt einige Auszüge aus Briefen zum Besten: „… immer nur ein und dasselbe Thema“, „… Sie machen die Gefahr größer als sie ist“, „… immer nur negative Berichte, schreiben Sie doch endlich mal über das, was gut läuft“, „… es ist unerträglich, wie …“ „Schluß jetzt!“, Winterhalter geht laut dazwischen. „Was soll das? Sollen wir etwa wichtige Nachrichten unterdrücken, nur weil es einigen Lesern zu viel wird? Nachrichtenunterdrückung, das ist ja wohl das Letzte!“, schimpft er. „Wäre ja noch schöner, wenn ausgerechnet ich, der jahrelang die Gefahr beschworen hat, jetzt, wo sie da ist, nicht das große Rad drehen würde.“ Lisa, Ellen und die anderen Redakteure wissen: Es hat wenig Zweck, weiter zu intervenieren. Dazu kennen sie ihren Chef zu gut und wissen, der, der laut nach der Feuerwehr schreit, um den Brand zu löschen, ist selbst der Feuerteufel, der gern zündelt, um auf den lodernden Flammen sein Süppchen zu kochen.

„Brandgefährlich ist die Situation gestern Abend gewesen“, Hans Winterhalter wiederholt sich und rekapituliert die Ereignisse, obwohl er gar nicht dabei war, sondern nur die Agenturmeldungen nachgelesen hat. Das reicht ihm, um sich zu echauffieren. Es sei ein Skandal, dass diese strammen Rechten in Bataillonsstärke aufmarschieren und einige Hundert Bürger sich diesen Rattenfängern anschließen konnten. „Ein Volk von Mitläufern, das fehlt uns gerade noch. Das hatten wir doch schon mal!“ – „Aber Hans“, meldet sich noch mal Ellen zu Wort, „vergiss nicht, die Gewalt ging nicht von den Rechten, die ging von den linken Gegendemonstranten aus. Die haben ein ziemliches Schlachtfeld angerichtet: Schaufensterscheiben gingen reihenweise zu Bruch, Autos wurden abgefackelt.“ – „Das waren nur einige Krawallmacher“, wiegelt Hans Winterhalter ab, „hätte die Polizei die Lage besser im Griff gehabt und nicht so erschreckend hilflos agiert, wären die gar nicht zum Zuge gekommen. Eine Polizei, die nicht hart zupackt, ist keine Ordnungsmacht. Die ist eine Unordnungsmacht.“

Als Winterhalter das sagt, muss Lisa unwillkürlich lächeln. Hat sie richtig gehört? Hat Winterhalter sich gerade beklagt, dass die Polizei zu lasch durchgegriffen hat? Diese Verzagtheit beklagt ausgerechnet Winterhalter, der mal ganz oben auf der Barrikade kämpfte, der „Ho-Ho-Ho-Chi Minh!“ skandierte und die Scheiß-Bullen mit Steinen bewarf? Lisa hat noch im Ohr, wie derselbe Winterhalter sich einmal beklagte, die Polizei habe ihn zu hart angepackt. „Eine widerliche Schlägertruppe“, sei das, „eine Knüppelbande!“, so redete Hans Winterhalter noch vor Jahren über die Polizei, als er und Lisa, sie war noch neu in der Redaktion, in feucht-fröhlicher Runde zusammensaßen. Doch das ist eine Ewigkeit her und die Zeiten haben sich geändert: Damals kämpfte die Polizei gegen linke Aufrührer, die den verhassten Staat aus den Angeln heben wollten. Jetzt fordern rechte Verfassungsfeinde den Staat heraus. Für Hans Winterhalter ist das ein entscheidender Unterschied. Derselbe Winterhalter, der einstmals zum revolutionären Marsch durch die verhassten Institutionen aufrief, ist auf diesem Marsch selbst weit vorangekommen: Er ist Chefredakteur einer bürgerlichen Zeitung und mächtig stolz auf sich.

4

Lisa ist weniger stolz auf ihren Chefredakteur. „Nicht werden wie Hans Winterhalter“ – beinahe täglich schwört sie sich, ihrem Chef nicht nachzueifern. Er ist für sie inzwischen so etwas wie ein negatives Vorbild geworden. „Bei dem kann ich wenigstens lernen, wie man es nicht macht“, redet sie sich ein und tröstet sich über einen Vorwurf hinweg, den sie sich selbst öfter macht: „Geh doch“, sagt sie sich, „geh doch woanders hin, wo du es nicht mit Winterhalter zu tun hast.“ Aber Lisa, die schon diverse Redaktionen kennengelernt hat, fürchtet, vom Regen in die Traufe zu geraten. Wenn sie Zeitungen liest und sie liest täglich viele Zeitungen, wenn sie Radio hört und sie hört viel Radio, wenn sie abends die Fernsehnachrichten verfolgt, verzweifelt sie immer mehr an ihrer eigenen Zunft und möchte am liebsten gar nicht mehr dazugehören. Sicher, Winterhalter ist speziell, sehr speziell sogar, aber Winterhalter ist keine Ausnahme, Winterhalter ist die Regel. Typen wie Winterhalter gibt es überall. Typen, die sich nicht der korrekten Darstellung der Wirklichkeit verpflichtet fühlen, sondern ihre eigene politische Agenda verfolgen. Sie wollen nicht informieren, sie wollen Stimmung machen. Dass sie damit gegen ein ehernes Gesetz des Journalismus verstoßen, das die Trennung von Nachricht und Meinung vorschreibt, ist ihnen wurscht. Ein einziges Mal nur hat Lisa versucht, Winterhalter klarzumachen, dass er die Pressefreiheit mit Füßen tritt, wenn er selbstherrlich Fakten unterdrückt, die ihm nicht in den Kram passen. Na –, da war vielleicht was los! „Mir, ausgerechnet mir, die Gefährdung der Pressefreiheit vorzuwerfen, das ist absurd! Mir, der ich für die Pressefreiheit auf die Barrikaden gegangen bin!“ Hans Winterhalter ist außer sich und schreit Lisa wütend an. „Ich, ein Gefährder der Pressefreiheit, das lasse ich mir nicht nachsagen! Ich bin Mitglied des Presserats und verteidige die Pressefreiheit mit Klauen und Zähnen gegen wild gewordene Politiker, die meinen, die Pressefreiheit in die Tonne treten zu können.“ – „Das mag ja stimmen“, hat Lisa schüchtern zu bedenken gegeben, „aber das meine ich nicht. Die Pressefreiheit ist nicht nur von außen gefährdet, sie wird auch gefährdet, wenn wir Journalisten diese Freiheit nicht dazu nutzen, erst einmal sauber über Sachverhalte zu informieren, bevor wir unsere Meinung dazu kundtun. Und genau das tust du! Immerzu tust du das. Dir geht deine Meinung über alles!“ Diesen Versuch, Hans Winterhalter zu belehren, hätte Lisa sich sparen können. Er ist stinksauer und lässt sie einfach stehen.

Lisa ist auch sauer. Sie hat nicht vergessen, wie sie neulich schon mal mit Hans Winterhalter aneinandergeraten ist. Der Anlass war gering, aber für Lisa doch bedeutend. Hans Winterhalter wollte einen

Artikel von ihr partout nicht drucken. Dabei hatte er ihn ausdrücklich bei ihr bestellt. Sie sollte, natürlich eilig, eilig, ein Interview mit dem Vorsitzenden jenes rechtsradikalen Haufens führen, der sich gerade zu einer Partei mit dem großspurigen Namen „Nationalpartei“ zusammengeschlossen hatte. Lisa ahnte: Das ist ein heikler Auftrag. Sie hat keinerlei Kontakte in die Szene. Wie soll sie sich einem Vorsitzenden nähern, der von seinen Leuten systematisch abgeschirmt wird und mit niemanden spricht, den er nicht kennt? Wie soll sie das Vertrauen von jemand gewinnen, für den die Presse nur die „Lügenpresse“ ist? Lisa ist ratlos. In ihrer Verzweiflung wählt sie den Weg, auf dem sie schon früher in scheinbar ausweglosen Situationen weitergekommen ist: Sie geht die Aufgabe direkt an, ruft kurzerhand bei der Pressestelle der Partei an, stellt sich artig vor und bittet um einen Termin für ein Interview mit dem Vorsitzenden. Schweigen am anderen Ende. Lisa kann die Verblüffung, die sie auslöst, durch die Leitung geradezu hören. Was steckt dahinter?, wird man rätseln. Was will die Journalistin von einer Zeitung, die dank Winterhalter dem linken Lager zugerechnet werden kann, vom Vorsitzenden wissen? Was soll dabei herauskommen?

Es dauert drei Tage, dann sitzt Lisa dem Vorsitzenden tatsächlich gegenüber, in der Höhle des Löwen, in der martialisch gesicherten Parteizentrale. Lisa baut ihr Aufnahmegerät auf und legt los. Über die Fragen hat sie gründlich nachgedacht. Sie müssen kritisch sein, aber wiederum nicht zu kritisch, damit ihr Gesprächspartner, der ohnehin äußerst misstrauisch ist, nicht sofort zumacht. Also fängt Lisa unverfänglich an, steigert dann aber den Druck. Ihre Taktik geht auf. Der Vorsitzende beginnt vorsichtig, aber Lisa merkt schnell: Sie muss ihn nur lange genug reden lassen, dann entlarvt sich seine krude Gesinnung von ganz allein.

Nach einer Stunde ist das Interview beendet. Lisa lässt den Vorsitzenden in seiner Festung zurück. Sie ist zufrieden. Das, was sie da auf ihrem Tonband hat, ist, wie sie findet, ein journalistischer Leckerbissen. Zum einen, weil es ihr gelungen ist, den Vorsitzenden überhaupt zum Sprechen zu bringen. Zum anderen, weil er Dinge sagt, die verraten, wie abenteuerlich seine Ansichten sind. Diese Mischung aus einseitigen Beobachtungen, skandalösen Behauptungen, wüsten Geschichtsklitterungen, einer gehörigen Portion Dummheit, gepaart mit Dreistigkeit, ist ziemlich haarsträubend. Wieso derart haarsträubender Unsinn bei Menschen verfängt, ist Lisa ein absolutes Rätsel. Aber es ist so, da gibt es kein Vertun. Umso wichtiger, denkt sich Lisa, dass dieses Interview eindrucksvoll und aus erster Quelle belegt, wie verquer die Ideologie der Rechtsextremisten in Wirklichkeit ist.

Hans Winterhalter macht es kurz: Das Interview sei nicht druckbar, befindet er und gibt das Manuskript Lisa mit einer abschätzigen Handbewegung zurück. „Und warum nicht?", Lisa fällt aus allen Wolken. Hans Winterhalter hat, das merkt sie, keine Lust, mit ihr lange darüber zu debattieren. Er will das Stück nicht, basta. Als Lisa dennoch nachhakt, mault er nur missgelaunt herum und sagt dann einen Satz, der Lisa aufhorchen lässt: „So kann man das nicht machen, man weiß ja gar nicht, wie du das findest, was der sagt." Das ist es also! Hans Winterhalter will nicht wissen, was der Vorsitzende sagt, er will wissen, wie Lisa das findet, was der sagt. Erst die Information, dann die Meinung – dieses eherne Journalistenprinzip gilt für Hans Winterhalter nicht. Er will es umgekehrt: erst die Meinung und dann nur das an Information, was diese Meinung stützt. „Nicht werden wie Winterhalter", schwört sich Lisa, als sie das Büro ihres Chefredakteurs verlässt. Sie fühlt sich auf ziemlich verlorenem Posten.

5

„Über diesen Winterhalter brauchen wir uns nicht zu streiten", sagt Karl und sieht gemeinsam mit Lisa zu, wie der Kellner hauchdünne Trüffelscheibchen hobelt und über ihre Spaghetti verteilt. „Er ist einerseits ein Opportunist, andererseits kann er nicht aus seiner linken Haut. Geht's gegen Rechts ist er auf der sicheren Seite und schwimmt im Mainstream mit." – „Mein lieber Schlüssel, das siehst du jetzt aber zu eng, das Problem ist nicht nur Winterhalter, das Problem sind die fest gefügten Denkmuster, nach denen viel zu viele Journalisten die Welt, in der sie leben, wahrnehmen," ereifert sich Lisa. „Das fängt doch schon beim Studium an", Karl lässt sich nicht irritieren und die Gabel um seine Trüffel-Spaghetti kreisen, „all die angehenden Soziologen, Sozialpsychologen, Politologen und Pädagogen, die an den Unis rumturnen, werden doch links sozialisiert. Und dann kommen sie in den Redaktionen in ein Umfeld Gleichgesinnter und merken oft gar nicht mehr, dass sie andere Meinungen unterdrücken und so an der Polarisierung der Gesellschaft mitwirken, die sie lauthals beklagen." Karl nimmt einen Schluck Rotwein, so hastig, dass er gar nicht richtig schmeckt, was er da trinkt. Er kommt jetzt selber so richtig in Fahrt: „Die einseitige Berichterstattung, die Voreingenommenheit, über die du dich aufregst, Lisa, will ich gar nicht bestreiten. Aber vielleicht jagst du einem Ideal hinterher, das zwar in der Theorie, aber nicht in der realen Welt existiert." – „Man wird doch wohl von Journalisten erwarten können, ja, erwarten müssen, dass sie objektiv berichten. Sonst haben sie ihren Beruf verfehlt", Lisa schiebt ihren halb vollen Teller beiseite. Sie mag nicht mehr. „Schön wär's, liebe Lisa. Wer ist schon objektiv? Die Menschen legen sich die Dinge zurecht, wie sie sie haben wollen. Und Journalisten sind auch nur Menschen. Ich möchte, ehrlich gesagt, nicht in ihrer Haut stecken. Denn sie sind so oder so in der Zwickmühle. Wenn sie die hehren Regeln des objektiven Journalismus beherzigen und möglichst sachlich referieren, was Populisten, Wutbürger und Rechtsradikale so von sich geben, handeln sie sich sofort den Vorwurf ein, diesen Wirrköpfen ein Forum zu bieten, auf dem sie ihre Parolen verbreiten können. Tun sie es nicht, dann unterdrücken sie Meinungen, tun sie es doch, dann ist der Vorwurf verdeckten Sympathisantentums nicht weit. Wie sie es auch machen, sie machen es falsch." Karl nimmt noch einen Schluck Rotwein, jetzt mit mehr Verstand. „Ganz gut, das Tröpfchen, findest du nicht. Wer darf in die Talkshow? Wer aufs Podium in den Wahlrunden, die die Zeitungen veranstalten? Kommt es zum Boykott durch die etablierten Parteien? Ich möchte eure Klimmzüge nicht mitmachen müssen. Wenn ihr versucht, die Kriterien zu begründen, nach denen die einen Kandidaten mit von der Partie sind, die anderen aber nicht, wird es verdammt kompliziert – ich jedenfalls sehe da keinen Königsweg." Karl wischt sich den Mund mit der Stoffserviette ab und legt sie neben seinen Teller. Er ist gesättigt. Lisas Spaghetti sind längst kalt geworden.

6

Dolf Debour empfängt Lisa in seinem Büro hoch über der Stadt. Der Ausblick ist phantastisch. Lisa ist hin und weg von dem Panorama aus steinernen Kirchturmspitzen, goldenen Reitern und glänzenden Hochhausfassaden. So hat sie die Skyline der Hauptstadt noch nie gesehen. „Toll, diese Aussicht, die ist ja einmalig", bricht es spontan aus ihr heraus. Dabei hatte sie das Büro Minuten zuvor noch beklommen betreten. Auf dem Weg nach ganz oben, ist sie unterwegs gleich mehrfach eingeschüchtert worden. Dolf Debour wäre nicht Dolf Debour, wenn er sich mit einem schlichten Arbeitsraum begnügte.

Er beansprucht in seinem Verlagshaus eine ganze Etage nur für sich. Lisa muss durch diverse Vorzimmer und Vorflure hindurch, in denen dienstbare Geister zwar freundlich grüßen, aber ihr mit vielsagenden Blicken und Gesten auch zu verstehen geben: Achtung, Sie betreten jetzt das Allerheiligste. Im Allerheiligsten selbst, diese Erfahrung hatte Lisa in ihrem Leben schon hin und wieder machen dürfen, ist es dann meistens viel weniger bedrückend, wie einem auf dem Weg dorthin von allen Seiten suggeriert wird. Die Entourage eines Herrschers ist oft schlimmer als der Herrscher selbst.

Dolf Debours Arbeitszimmer ist freundlich und sonnendurchflutet, sodass die Beklemmung rasch von Lisa abfällt. Sie schaut Debour in die Augen und begrüßt ihn unbekümmert, wie sie jedem gegenübertritt, auf den sie neugierig ist – und auf Dolf Debour ist sie mächtig neugierig. Lisa ahnt nicht, dass diese Unbekümmertheit genau die richtige Art ist, um den stolzen Herrn Debour davon abzuhalten, seiner Besucherin gleich zu Beginn unmissverständlich klar zu machen, wer hier Koch ist und wer Kellner. Er empfängt sie zwar in erhabener Pose, aber doch auch mit einem bübischen Lächeln. Dieses Lächeln entspannt Lisa, dennoch ist sie irritiert. Hat sie da bei der kurzen Begrüßung einen Sprachfehler, ein leichtes Stottern bei ihm bemerkt? Zwischen dem „Guten" und dem „Tag" gab es eine winzige Verzögerung und sein Mund, auf den Lisa starrte, hat merkwürdig gezittert, so als müsse das kleine Wort „Tag" erst mühsam modelliert werden. Sollte dieser strahlenden Sonnenkönig einen kleinen Makel verbergen wollen? Warum nur hat ihr das niemand vorher gesagt? Dann wäre sie vorbereitet gewesen, so kommt sie ins Grübeln. Ist das so oder ist das nicht so? Es ist so, daran besteht spätestens beim zweiten Satz kein Zweifel mehr. Als Dolf Debour sich höflich erkundigt, ob ihre Anreise „kommod" gewesen sei, er benutzt tatsächlich die altmodische Wendung kommod, macht er mittendrin wiederum eine kurze Kunstpause, und sucht nach Worten. Lisa beginnt sich vorzustellen, dass es ihrem stolzen Gegenüber womöglich peinlich ist, vor Lisa eine Schwäche offenbaren zu müssen. Unweigerlich muss Lisa an „The King's Speach" denken, diesen großartigen Film über den Stotterer auf dem britischen Thron, der früh verstarb und den Weg für seine Tochter, die ewige Queen, frei machte. Lisa kommt diese Assoziation an George VI. auch, weil Debours Outfit vom Scheitel bis zur Sohle very british ist: großkariertes Jackett, blauweiß gestreiftes Hemd mit dem hohen, sehr hohen Kragen, der seinen langen Hals noch in die Länge zieht. Dazu die bunte Krawatte, etwas zu bunt, wie Lisa findet, außerdem ist sie ebenfalls kariert, aber anders kariert als das Jackett.

Ganz englischer Lord, dieser Gedanke war Lisa sofort gekommen, als Dolf Debour auf sie zuschritt. Britisches Understatement, das ahnt sie allerdings auch, wird sich mit diesem Outfit nicht verbinden. Denn für Bescheidenheit ist Dolf Debour nicht bekannt. Die Begeisterung, mit der Lisa sich über die grandiose Aussicht auf die Stadt äußert, gefällt Debour auch deshalb sichtlich, weil er selbst am meisten davon überzeugt ist, dass hier alles großartig ist. Dolf Debour tritt neben Lisa ans Fenster, das die ganze Front des Zimmers einnimmt, hebt seinen Arm und zeichnet wie ein Feldherr die Horizontlinie nach von ganz links nach ganz rechts: „Alles meins", meint er lakonisch und ganz ohne zu stottern. Ist das ein Scherz? Lisa ist sich nicht sicher, ob es vielleicht doch ernst gemeint ist. Sie ist höllisch auf der Hut.

Dolf Debour geht ein Ruf voraus, gegen den der Donnerhall ein laues Lüftchen ist. „Wehe, wenn er schlecht gelaunt ist", hat ihr einer seiner Mitarbeiter, dem häufig die zweifelhafte Ehre zuteilwird, bei Debour vorsprechen zu müssen, als Warnung mit auf den Weg gegeben. „Wenn er schlecht gelaunt ist, gnade dir Gott. Dann musst du starke Nerven haben. Er kann sehr gemein sein." Insofern ist Lisa beinahe beruhigt. Aus der freundlichen Begrüßung schließt sie, dass sie Glück hat und Debour heute gut aufgelegt ist. Das erleichtert sie.

„Wenn er gut drauf ist", hat ihr der Gewährsmann noch zu verstehen gegeben, „kann er ein beeindruckender Charmeur sein, da bist du in der Gefahr, ihm auf den Leim zu gehen. Und pass auf, er examiniert dich immerzu, ohne dass du es merkst." Daran muss Lisa denken, als Debour ihre Aufmerksamkeit plötzlich in eine bestimmte Richtung lenkt und dabei betont langsam artikuliert: „Sehen Sie diesen roten Wetterhahn dort drüben, gleich neben der gotischen Fassade, wissen Sie, was das ist? Der ist sehr berühmt." Lisa gibt sich gar nicht erst die Mühe zu kaschieren, dass sie keinen blassen Schimmer hat. „Keine Ahnung", sagt sie mutig und schiebt entschuldigend nach: „So gut kenne ich Ihre Stadt nicht. Ich lebe ja in der Provinz."

Unwissenheit offen zu zeigen, kann bei Dolf Debour fatal sein, weil er einem sofort einen Strick daraus dreht: „Was, das wissen Sie nicht? Wie dumm sind Sie denn?", kann er sagen und das Gespräch abrupt beenden. Es kann aber auch goldrichtig sein, dann nämlich, wenn Dolf Debour Lust verspürt, die offenbarte Wissenslücke zum Anlass zu nehmen, selbst mit seinem Wissen umso mehr zu glänzen. Heute hat er Lust dazu, große Lust sogar. Wie ein Lehrer, der sich milde eines dummen Schülers annimmt, bekommt Lisa in wenigen Minuten ein Stück Stadtgeschichte serviert. Debour wirft mit Zahlen und Fakten um sich und spickt sie mit Anekdoten, die, zumal wenn man sie wie Lisa zum ersten Mal hört, amüsant sind und durch den Sprachfehler, den Dolf Debour offenbar, auch wenn er länger redet, nicht ablegen kann, bekommen sie eine skurrile Note. Im Kern kreisen all seine Geschichtchen um eine einzige Person: um ihn, um Dolf Debour. Er verkehrt mit allen: den gekrönten Häuptern, den ungekrönten Präsidenten und Kanzlern, den Künstlern und den Dichtern. Jeder, der von sich reden macht, geht bei ihm ein und aus. Diesen Eindruck jedenfalls gewinnt Lisa nach kurzer Zeit. Und wehe dem, der ihn nicht angemessen hofiert. Mangelnde Reverenz straft Dolf Debour mit einem Bann. In den Zeitungen, die zu seinem Verlagshaus gehören, und das sind einige, verteilt über die Republik, jedenfalls kommen Leute, über die er sich ärgert, entweder gar nicht mehr vor oder nur sehr unvorteilhaft.

Dafür, dass die Lieben und Vorlieben des Herrn und Meisters, die sich oft sprunghaft ändern, blitzschnell in die Redaktionen transportiert werden, ist eigens jemand angestellt worden, der so etwas wie sein Diener in redaktionellen Angelegenheiten ist. Denn es kann passieren, dass ein Bann, eben ausgesprochen, ebenso rasch wieder aufgehoben ist, wenn die in Ungnade gefallene Person gehörig Abbitte leistet. Die abrupten Gefühlsschwankungen des Herrn Debour auf dem Schirm zu haben und jeweils zu wissen, wer in seiner Gunst gerade oben steht und wer in Verschiss ist, ist für die Chefredakteure, die in Debours Diensten stehen, überlebenswichtig. Eine falsche Nuance in der Kommentierung, eine falsche Platzierung in der Zeitung, und schon wackelt der Stuhl.

Das alles weiß Lisa an diesem späten Vormittag, als sie Dolf Debour zum ersten Mal leibhaftig begegnet, natürlich noch nicht, sie hat aber von Kollegen erfahren, dass Debours langer Arm weit in die Redaktionen hineinregiert und man selbst in der Diaspora nie sicher vor ihm ist. Dieses Szenario wurde Lisa sozusagen als Abschreckung mit auf den Weg gegeben, als sie hier und da Erkundungen einholte, um sich auf ihre erste Begegnung mit Dolf Debour vorzubereiten. Sie war also gewarnt. Um so verwunderter ist sie, wie reibungslos und amüsant ihre erste Begegnung mit dem allseits Gefürchteten verläuft.

Als Lisa nach einer guten Stunde aus dieser, ihr entrückt vorkommenden Welt wieder durch die diversen Vorflure und Vorzimmer hinabsteigt und schließlich vor dem Verlagshaus zurück auf festem Boden angekommen ist, muss sie sich zu ihrer eigenen Überraschung eingestehen: Sie ist schwer begeistert. Dieser Dolf Debour, sagt sie sich und lächelt still in sich hinein, das ist noch ein richtiger Herr!

7

Lisa ist völlig überrascht: Johann Johanson, der Redaktions-Lakai von Dolf Debour ist am Telefon. „Ich habe Ihnen etwas Wichtiges zu sagen", beginnt er den Satz und seine Stimme nimmt einen bedeutungsschwangeren Ton an. Johann Johanson redet immer bedeutungsschwanger, das glaubt er seiner Rolle schuldig zu sein. Seine einzige Aufgabe besteht darin, Debour zu Diensten zu sein, und zwar ständig. Johann Johanson verlängert den Arm von Dolf Debour, der ohnehin schon weitreichend ist, bis in die letzten Winkel seiner Redaktionen und Verlage. Niemand, der irgendwo in der Republik für Debour arbeitet, soll sich in der Sicherheit wiegen, unbeobachtet zu sein. Johann Johanson hat in der Rolle des verlängerten Arms seine Bestimmung gefunden. Seitdem er diesen Posten bekleidet, ist er immer unter Spannung. Er weiß ja nie, wann Dolf Debour ruft, da will er immer bereit sein. Seinem Chef gegenüber ist Johann Johanson devot bis zur Unterwerfung. Den Redakteuren gegenüber ist er streng bis eisig und eilt den Anweisungen seines Herrn, bevor sie überhaupt erteilt sind, vorsorglich drei Schritte voraus. Unangenehm, dieser Kerl, hat Lisa sich gedacht, als sie ihm das erste und bisher einzige Mal begegnet ist. Das war bei irgendeinem Branchentreff und Johann Johanson trug seine vermeintliche Bedeutung so arrogant vor sich her, dass Lisa angewidert war.

Jetzt allerdings hat Johann Johanson eine frohe Botschaft zu verkünden, doch so, wie er dies tut, meint Lisa eher, er erteile ihr einen Befehl: „Dolf Debour erwartet Sie zum Gespräch." Lisa ist baff. Der berüchtigte Verleger, der gefürchtete Herausgeber diverser Zeitungen und Chef eines wahren Medienimperiums will sie nicht etwa, wie neulich, in seinem Büro vernehmen, der große Dolf Debour bittet die kleine Lisa doch tatsächlich in sein Privathaus, in dem er normalerweise nur höchst wichtige Persönlichkeiten empfängt. Bevor Lisa sich fragen kann, wie sie Dolf Debours Anwesen, das irgendwo versteckt vor den Toren der Stadt liegen soll, überhaupt findet, bedeutet ihr Johann Johanson auch schon, dass Debours Fahrer sie am Flughafen abholen und zu ihm bringen werde. Pünktlich um 12 Uhr erwarte der sie vor dem Ausgang 5.

Als Lisa zwei Tage später am Flughafen ankommt, empfängt sie ein freundlicher Chauffeur am verabredeten Treffpunkt. Er führt sie zum Wagen, der unmittelbar vor dem Ausgang steht, und hält ihr die Tür auf. Lisa nimmt im Fond Platz und versinkt so tief in den Ledersesseln, dass sie kaum noch zu sehen ist. Auch sie sieht nicht mehr, was draußen vorbeirauscht. Dolf Debour ist halt von anderer Statur als sie, die kleine Lisa. Für ihn mag so ein geräumiges Fahrzeug passend sein, für Lisa ist es definitiv einige Nummern zu groß. Aber Lisa genießt die Fahrt. Das Auto schnurrt durch die Landschaft. Wenn es überhaupt einen Motor hat, so hört man ihn jedenfalls nicht. Leise Musik erfüllt den Innenraum. Klassische Musik natürlich. Lisa fürchtet, wenn Dolf Debour, von dem sie nun schon weiß, dass er potenzielle Mitarbeiter gern aufs Glatteis führt, jetzt neben ihr sitzen würde, hätte er sie bestimmt schon gefragt, von welchem Komponisten das Stück sei, das sie gerade hören, und womöglich auch noch den Dirigenten und das Jahr der Plattenaufnahme wissen wollen. Alles hätte sie nicht gewusst. Natürlich nicht. So aber genießt sie die ruhige Fahrt, fühlt sich gut und ist beinahe enttäuscht, als der Fahrer in die Auffahrt zu Debours Anwesen einbiegt.

„Wir sind da“, sagt er knapp, wie er überhaupt kein Wort zu viel gesagt hat. Geistesgegenwärtig gibt Lisa nicht ihrem stürmischen Drang nach und springt aus dem Wagen. Sie ahnt, das wäre jetzt ganz falsch. Sie wartet bis der Chauffeur ausgestiegen, um den Wagen herumgegangen ist und ihr die Tür aufhält, damit sie aus dem Fond aussteigen kann. Dann geleitet dieser dienstbare Geist sie hinein in die Empfangshalle und entschwindet diskret hinter einer Tür.

Lisa schaut sich um. Sie ist allein. Eine Glasfront öffnet den Blick, nein, nicht in den Garten, das wäre ein unangemessenes Wort für die grüne Landschaft, die nahtlos in Wiesen und am Horizont in den Wald übergeht. Lisa ist verwundert. Dolf Debour, den sie für einen Großstadtmenschen gehalten hat, der auf den Parketts der feineren Gesellschaft heimisch ist, ist offenbar ein Freund des Landlebens. Jedenfalls ist er inmitten von Natur zu Hause. Lisa entdeckt irgendwo in der Ferne tatsächlich ein paar Kühe, die gemächlich vor sich hin grasen. Als sie den Blick von draußen wieder nach drinnen wendet, ist sie nicht überrascht, an den Wänden der Empfangshalle großformatige Bilder zu sehen. Dass Dolf Debour ein Kunstsammler ist, ist bekannt. Hier hängen aber nicht, wie Lisa erwartet hat, englische Landschaftsbilder oder traditionelle Jagdstücke, sondern moderne Werke, farbenfroh und ausdrucksstark. Lisa gefällt das. Ein Bild, das fast die ganze Wand einnimmt, kommt ihr irgendwie bekannt vor. Ist das nicht ein Lüpertz?, fragt sich Lisa angesichts der deformierten Figur, zweifelt aber gleich, ob sie richtig liegt mit ihrer Vermutung. „Na, von wem das ist?“, ertönt da auch schon die Stimme von Dolf Debour, der unbemerkt eingetreten ist. Lisa erschrickt. Sie fühlt sich sofort ertappt in ihrer Unsicherheit. „Markus Lüpertz?“, ihre Antwort klingt entsprechend vage. „Falsch. Das ist ein Baselitz. Das sieht man doch.“ Kaum da, triumphiert Dolf Debour auch schon, und zwar fast stotterfrei. Ob die heimische Umgebung ihm die Zunge löst? Das kann ja heiter werden, denkt sich Lisa angesichts der ersten Prüfung, entscheidet sich aber blitzschnell, nicht sofort klein beizugeben: „Und warum steht der Mann dann nicht auf dem Kopf? Bei Baselitz stehen die Figuren doch immer kopf.“ – „Nicht immer, wie Sie sehen“, belehrt sie Debour, aber eher nachsichtig. Immerhin, sie kennt Baselitz und weiß etwas über diesen Künstler, wird Debour sich vielleicht denken. Lisa atmet auf. Das ist ja noch mal gut gegangen.

Die nächsten zwei Stunden im Hause dieses eitlen Sprosses einer steinreichen Familie, die ihr Geld ursprünglich im profanen Im- und Exportgeschäft machte, sind für Lisa kein Zuckerschlecken. Sie ist hellwach und muss sich ein ums andere Mal mächtig anstrengen, die hintersinnige Befragung durch geschickte Antworten in eine Richtung zu lenken, die Dolf Debour Gelegenheit bietet, lieber über sich und sein aufregendes Leben zu erzählen, als in Lisas Wissenslücken zu bohren. Dieses Ablenkungsmanöver gelingt Lisa auch deshalb gut, weil Dolf Debour ohnehin am liebsten selbst redet. Ihm zuzuhören, selbst dann, wenn er mühsam nach Worten sucht, strengt Lisa schon nicht mehr so an, wie bei der ersten Begegnung. Nur weiß sie manches Mal, wenn er allzu heftig mit der Aussprache ringt, nicht, wohin sie den Blick wenden soll. Sie starrt dann stur nach unten auf Debours Schuhe und Strümpfe, die unter dem Tisch mit dem silbernen Zuckerdöschen hervorschauen. Lisa ist fasziniert: Dolf Debour treibt seinen Briten-Spleen bis hinein in die Fußbekleidung: Auf seinen Socken entdeckt Lisa einen Union Jack. Als Lisa darüber nachsinnt, was das zu bedeuten hat, fährt Debour sie an: „Hören Sie überhaupt zu?" Er ist leicht indigniert, redet dann aber unverdrossen weiter. Lisa muss ganz schön aufpassen, dass sie die Namen, mit denen er nur so um sich wirft, nicht alle durcheinanderbringt. Die meisten kennt sie nur vom Hörensagen. Schließlich verkehrt sie nicht in seinen Kreisen.

Unvermittelt tritt jene Bedienstete, die Lisa gerade den Tee serviert hat, natürlich auf einem Silbertablett, wieder ein: Der Herr Oberbürgermeister wünsche den Herrn Doktor am Telefon zu sprechen. Die Haushälterin spricht Dolf Debour tatsächlich mit „Herr Doktor" an. Dabei wurde ihm der Doktortitel, ehrenhalber, erst kürzlich von der Universität Cottbus verliehen, allerdings unter breiter redaktioneller Begleitung seiner sämtlichen Zeitungen, sodass selbst Lisa diese wichtige Neuigkeit nicht entgangen ist. Sie, die einen ordentlichen, hart erarbeiteten Doktortitel führt, wäre allerdings nicht auf die Idee gekommen, einen Doktor ehrenhalber mit „Herr Doktor“ anzusprechen. Ein Fehler, wie sie jetzt merkt. „Herr Doktor“ – das schmeichelt Dolf Debour offensichtlich. Er steht unverzüglich auf, bittet Lisa um Entschuldigung und entschwindet ins Nebenzimmer. Er lässt die Tür allerdings angelehnt, sodass Lisa, ob sie will oder nicht, zur Mithörerin seines Telefonats wird. Dolf Debour ist offenbar nicht amüsiert: „Fritz, das kannst du nicht machen. Das auf keinen Fall. Wenn dieser Seehafer hier Intendant wird, bekommt der kein Bein auf die Erde, das verspreche ich dir. Dafür werde ich sorgen. Wieso ist der überhaupt auf eurer Liste so weit nach oben gekommen. Ich hatte dir doch vorher schon gesagt, dass ich von dem nichts halte, gar nichts. Das geht nicht, Fritz, beim besten Willen, das geht nicht.“ Debour will das Gespräch beenden, der Herr Oberbürgermeister offenbar nicht. Jedenfalls hört Debour noch eine Weile grummelnd zu. Schließlich ist er nur noch verärgert: „Überleg dir gut, ob du das riskieren willst. Ich würde es dir nicht raten.“ Grußlos legt er auf.

Kurz darauf ist Dolf Debour zurück und lässt sich lässig in seinen Fauteuil fallen. „Wo waren wir stehen geblieben?“, die Frage richtet er eher an sich als an Lisa. „Ach ja, der Schröder. Der war letzte Woche hier. Hat da gesessen, wo Sie jetzt sitzen. Ich muss sagen, der hat mir Eindruck gemacht. Hätte ich nicht gedacht. Wie der sich gegen seine Partei gestellt hat. Chapeau!“ Dolf Debour gerät fast ins Schwärmen. Lisa staunt nur noch, nimmt gelegentlich einen Schluck Tee, isst einen der trockenen Kekse und lehnt sich zurück. Langsam entspannt sie sich, ist aber doch froh, als der Fahrer wieder auf der Bildfläche erscheint und diskret zum Aufbruch mahnt. Lisa muss pünktlich zum Flugzeug gebracht werden. Dolf Debour begleitet sie noch zum Auto. Erst jetzt fällt Lisa auf, dass es sich dabei um einen Rolls Royce handelt. Natürlich! Was sonst! Der Hausherr winkt ihr kurz nach, das heißt, ein Winken ist das nicht, eher eine huldvolle Geste.

Zurück in den dicken Autosesseln und abgeschirmt von der Realität draußen, beschließt Lisa, als sie so durch die Landschaft schwebt, dass sie nachher, wenn sie zurück ist in ihrer Provinz, den Bus nehmen will, um nach Hause zu fahren. Irgendwie hat sie nach diesem Ausflug in erhabene Gefilde das dringende Bedürfnis, wieder in ihren gewöhnlichen Alltag einzutauchen. Aber das verlockende Angebot, in Dolf Debours Königreich einzutreten – wird sie das wirklich ablehnen wollen? Lisa kennt sich nur zu gut. Sie wird es annehmen. Schon, um Hans Winterhalters kleingeistige Welt hinter sich zu lassen.

8

Karl ist nicht amüsiert. Er findet Lisas Entscheidung, die Stelle zu wechseln, falsch, völlig falsch. „Zu dem kannst du doch nicht gehen. Da kommst du doch vom Regen in die Traufe. Der Winterhalter ist ein Arsch, da hast du recht, der ist verbohrt. Aber glaubst du wirklich, dass du bei diesem Debour mehr Freiheit hast, mehr journalistische Unabhängigkeit erlebst? Der tut doch immer nur so liberal. In Wirklichkeit endet dessen Liberalität doch sofort, wenn jemand seine Meinung nicht teilt. Das ist noch schlimmer, weil es die blanke Willkür ist. Bei Winterhalter steckt doch wenigstens noch Ideologie dahinter. Der ist doch so eng, weil er politisch eng ist, voreingenommen." Lisa lässt Karl reden. Was sollte sie auch dagegen vorbringen? Der kluge Karl hat wieder mal in allem recht, aber irgendwie versteht Karl sie nicht. Sie muss weg von Winterhalter. Sie muss Neues erleben. Karl versucht es noch mal andersherum: „Du weißt doch, dass dieser Debour seine Chefredakteure feuert, wie anderswo die Fußballtrainer gefeuert werden. Zwei verlorene Spiele und du bist weg vom Fenster. Bei dem ist es wahrscheinlich schon nach dem ersten verlorenen Spiel so weit. Hast du mal gezählt, wie viele Chefredakteure der schon auf dem Gewissen hat, Lisa?" – „Ja, ja, Schlüssel, das weiß ich alles. Aber es reizt mich trotzdem." – „Ach, du willst dir wohl beweisen, dass du geschickt genug bist, mit dem klarzukommen. Dass ist nicht lache, Lisa, Diplomatie ist doch noch nie deine Stärke gewesen", höhnt Karl. „Diplomatisch muss ich bei dem nicht sein, sondern hart im Nehmen. Und das bin ich doch. Das wirst selbst du Oberschlauer nicht abstreiten können", wehrt sich Lisa. „Ach, Lisa, sei doch ehrlich, du hast dich vom schönen Schein blenden lassen: vom dicken Auto, vom Chauffeur, vom Haus, von den Bildern, all das hat dir den Verstand geraubt. Wach auf Lisa! Das ist nicht deine Welt!" Karl hämmert noch eine Weile auf sie ein. Dabei ist Lisa innerlich längst entschieden. Sie war es schon, als sie vom Chauffeur zurück zum Flughafen gebracht wurde. Klar, das wird ein Abenteuer, eine Herausforderung, hat sie sich, in die Ledersitze versunken, gesagt. Aber suche ich nicht genau das? Außerdem ist dieser als so grässlich verschriene Kerl zu mir doch nett gewesen. Sehr nett sogar.

9

Lisa schleicht durch das Gebüsch. Immer tiefer dringt sie ein in die grüne Hölle, die mal der Garten ihres Großvaters war. Ihre Arme sind schon völlig zerkratzt. Unkrautgleich wuchern hier Brombeeren wild durcheinander. Es ist kaum ein Durchkommen. Lisa reißt ihren Kopf immer wieder hoch, damit nicht auch noch ihr Gesicht von den verdammten Stacheln zerfurcht wird. Eigentlich sollte sie umkehren, aber sie will hier unbedingt durch. Hinter dem Gestrüpp vermutet sie das, was sie händeringend sucht: den Eingang zu dem kleinen Luftschutzbunker, der ihr als Kind so unheimlich war, dass sie sich da nie allein hineintraute. Meistens stieg sie gemeinsam mit ihrem Spielkameraden Günther die Stufen in den dunklen Keller hinab. Doch Günther kann ihr heute nicht beistehen. Der wohnt längst nicht mehr in Beerenborstel. Lisa hat ihren Freund aus Kindertagen, mit dem sie früher unzertrennlich war, total aus den Augen verloren, seit sie vor vielen Jahrzehnten das Dorf verlassen hatte und in die Stadt zog. Nie wieder ist sie seitdem nach Beerenborstel zurückgekehrt. Warum auch? Beerenborstel lag nicht auf ihrem Weg, der sie immer vorwärts führte und nicht zurück. Ständig war Lisa unterwegs zu neuen Ufern, da wäre zu viel Rückschau nur hinderlich gewesen. Auf Erinnerungen hat Lisa nie viel Zeit verschwendet. Das ist ihr aber nur aufgefallen, wenn jemand in ihrer Umgebung über das Thema „Heimat" philosophierte und sie sich heimlich selbst befragte: „Heimat? Was ist das? Was ist meine Heimat?" Auf Beerenborstel ist sie dabei nie gekommen, Beerenborstel liegt zu weit hinter ihr. Sicher, wenn sie mal wieder nachts nicht schlafen kann, zählt sie keine Schäfchen, sondern ihre verschiedenen Wohnsitze durch, und beginnt dabei zwangsläufig mit Beerenborstel. Zuletzt ist sie bei der Zählerei auf die Zahl zwölf gekommen. An zwölf verschiedenen Orten, quer durch die Republik, hat Lisa schon gelebt und gearbeitet. Aber Heimat? War da eine Heimat dabei? Über diese Frage schläft Lisa dann meistens ein.

Dennoch kämpft sich Lisa jetzt so verbissen durch das Gestrüpp im ehemaligen Garten ihres Großvaters, als gelte es, die Heimat doch noch zu finden. Mit jedem Meter, den sie den kratzigen Brombeerbüschen abtrotzt, kommen mehr verblasste Erinnerungen zurück. Plötzlich lichtet sich das dichte Grün: Hier, genau an dieser Stelle, muss er gestanden haben, der Luftschutzbunker. Doch hier klafft nur noch eine tiefe Kuhle. Vom Bunker ist nichts zu sehen, kein Betonrest, kein Pfeiler, kein Stein, keine Stufen – nichts. Nur der mächtige Baum, der gleich neben dem Abgang zum Bunker stand, der steht noch.

Ob das der Baum ist, an dem sich ihr Großvater erhängt hat? Lisa schaudert es, wenn sie daran denkt, welch furchtbares Ende sich der einstmals stolze Mühlenbesitzer selbst bereitet hat. Er wusste damals offenbar nicht mehr ein noch aus. Richtig verstanden hat Lisa nicht, was passiert ist. Nur, dass das ganze Dorf sich zuraunte, „Finken August hat sich aufgehängt", das hat die Fünfjährige schon mitbekommen. Aber stimmte das überhaupt, was die Leute so redeten? Vielleicht war das alles nur dummes Geschwätz? Mit ihr hat nie jemand darüber gesprochen. Der Vater nicht. Die Mutter nicht. Der große Bruder nicht. Nie. Irgendwann ging auch Lisa darüber hinweg. Ab und an nur schimmerte der Großvater noch vor ihrem geistigen Auge auf, wie er wachsweiß auf dem Fußboden in der Waschküche liegt. Dorthin hatte man ihn gebracht, nachdem er im Garten gefunden worden war. Diesen Anblick hat Lisa nicht vergessen. Ganz schnell ist sie vor Schreck weggelaufen und will auch am nächsten Tag, als der Großvater bereits schön hergerichtet ist und aufgebahrt auf seinem Bett liegt, partout keinen Abschied nehmen. Um das Totenzimmer macht die kleine Lisa einen weiten Bogen.

Will sie jetzt, nach so langer Zeit, doch noch Abschied nehmen? Oder warum kämpft sie sich derart hartnäckig durchs Gebüsch? Lisa starrt auf den Baum, von dem sie gar nicht weiß, ob es überhaupt derjenige ist, welcher. Alles sonst ist hier weg. Verschwunden. Der Luftschutzbunker ist weg, das Haus des Großvaters ist weg. Das Mühlengebäude, die Lagerhäuser, die Garagen für die Speditionsfahrzeuge – alles weg. Das gesamte Anwesen, über dem mal der stolze Schriftzug „August Finken – Landhandel und Spedition" prangte, leergeräumt: überwuchert von Brombeeren der Garten, überbaut mit neuen Häusern das Grundstück. Hier steht jetzt das neue Rathaus der Gemeinde. Immerhin. Nach der Größe dieses Verwaltungsbaus zu urteilen, muss es Beerenborstel gut gehen.

Bevor Lisa sich auf Spurensuche im Garten des Großvaters begeben hat, ist sie in Beerenborstel Haus für Haus die Hauptstraße entlanggegangen. Vor jedem Gebäude bleibt sie stehen und kramt in ihren Erinnerungen. Viel ist es nicht, was da zu holen ist. Alles sieht so anders aus als in ihren vagen Erinnerungen. Und dann dieser höllische Verkehr. Ein Lastwagen nach dem anderen brettert durch den Ort. Lisa schaut auf die Nummernschilder: Polen, Tschechien, Frankreich, Litauen – alles dabei. Beerenborstel scheint eine Durchgangsstation geworden zu sein, eine Abkürzungsstrecke zwischen zwei Autobahnen offenbar. Wie anders war das doch früher. Als Kind durfte Lisa einfach im Dorf herumstromern oder, als sie dies gelernt hatte, mit ihrem Fahrrad allein oder mit Günther durch die Gegend kurven. Angst um die Kleine hatte offenbar niemand, obwohl ihre Abenteuer durchaus nicht ohne waren. Lisa fiel schon mal vom Baum, wenn sie beim Nachbarn Pfirsiche klaute, platschte in einen Graben, wenn sie aufs Feld stürmte, oder fiel vom Heuschober, auf den sie geklettert war. Ihre Knie waren ständig blutig und zerkratzt. Aber dass sie von einem Auto überfahren werden könnte – damit rechnete niemand. Meistens waren ohnehin nur Trecker und Erntefahrzeuge unterwegs.

Trotz des Höllenlärms verharrt Lisa einige Zeit vor jedem Haus. Sie schaut auf die Fassaden, sie blättert in dem Fotoband, den sie sich vorhin im Heimatverein besorgt hat: „Beerenborstel um die Jahrhundertwende" steht darauf, wobei nicht die letzte, sondern schon die vorletzte Jahrhundertwende gemeint ist. Die liegt zwar weit vor Lisas Zeit, aber auf den alten Fotos findet sich Lisa komischerweise besser zurecht als auf den Bildern, die ihr aktuell vor Augen stehen. In der Zeit zwischen 1900 und 1960 scheint sich Beerenborstel weniger verändert zu haben als in den Jahrzehnten danach. Da stehen jetzt Häuser, wo früher Bäume standen, da wuchern jetzt riesige Pflanzen, wo früher kleine Sträucher wuchsen. Der Friseursalon ist zwar noch da, aber wann ist hier wohl der letzte Kunde bedient worden? Auch über dem Bettengeschäft, einstmals der schönste Laden im ganzen Ort, ist die Schrift verwittert, die Schaufenster, in die Lisa oft hinein starrte, sind mit Papier verklebt, das total vergilbt ist. Leerstand – den gibt es also auch in Beerenborstel. Warum trotzdem so viel neu gebaut wird? Das fragt sich Lisa oft, nicht nur in Beerenborstel.

Lisa biegt von der Hauptstraße ab und in einen kleinen Innenhof ein. Der Verkehr geht ihr auf die Nerven. War hier nicht die „Fleischerei Auland"? Tatsächlich, hier ist sie noch! „Fleischerei Auland" steht, wie eh und je, über dem Laden. Unweigerlich hat Lisa den Geschmack von Würstchen auf der Zunge. Als Kind gab es für sie nichts Leckereres als diese Würstchen. Ob es die immer noch gibt? Und ob die immer noch so schmecken wie früher? Lisa betritt den Laden. Sie ist die einzige Kundin. Zwischen Hammelfleisch und Schweinekoteletts liegen sie: ihre Würstchen. „Aus eigener Schlachterei" steht darüber. Ein solches Schild gab es früher nicht. Warum auch? Da war selbstverständlich alles aus eigener Schlachterei. Lisa fällt wieder ein, wie sie als Kind einmal zuschauen durfte, wie der Wurstbrei im großen Bottich gewalkt wurde und wie ihr damals der Geruch von Majoran in die Nase stieg. Plötzlich, mitten im Fleischerladen, verspürt Lisa etwas, was ihr fremd vorkommt. Ist das womöglich ein Hauch von Heimatgefühl?

10

Lisa reißt den Telefonhörer vom Ohr. Sie will ihr Trommelfell schützen vor den Tönen, die aus der Leitung dringen. Dolf Debour ist außer sich, er spricht nicht in ganzen Sätzen, sondern brüllt Wortfetzen durch die Leitung. Er stottert wieder vor lauter Zorn. Dolf Debour ist empört, daran gibt es keinen Zweifel. Er ist so empört, dass Lisa gar nicht weiß, wie ihr geschieht. Dabei wurde sie reichlich vorgewarnt, wie das ist, wenn Dolf Debour zürnt. Doch nichts von dem, was ihr prophezeit wurde, ist in dem Jahr, in dem sie jetzt, fernab der Machtzentrale, als Chefredakteurin eine seiner Zeitungen führt, passiert. Das sei immer so, erzählt ihr ein langgedienter Kollege. Neulinge würden geschont, sogar hofiert, bis sie keine Neulinge mehr seien. Wann genau das ist, wisse man nie so genau, nur, dass es ganz fürchterlich sei, das wisse man. Sein Zorn breche eruptiv und unerwartet aus und sei so maßlos wie der ganze Dolf Debour maßlos sei. Als Trost fügt der Kollege hinzu: „Dieser Zorn verraucht auch wieder, vorausgesetzt, du bist einsichtig und gibst Debour klugerweise in allem recht.“ Dann, aber auch nur dann, sei sein Poltern gewissermaßen der Ritterschlag, mit dem Debour signalisiere: „Jetzt gehörst du dazu, jetzt gehörst du zu meiner großen Familie, jetzt gehörst du mir.“

Lisa ist weniger überrascht, dass das angekündigte Unwetter tatsächlich auf sie niedergeht, sie ist eher verwundert, dass das Szenario genauso eintritt wie vorausgesagt. Und sie erschrickt über die Heftigkeit des Donners, der ihr buchstäblich die Sprache verschlägt. Zumal sie zunächst nicht einmal ahnt, worum es überhaupt geht. Irgendwann hört sie aus dem Stakkato seiner Schimpf-Kanonade heraus: Es ist offenbar der Gastkommentar, der in der heutigen Zeitung steht, der Dolf Debour dermaßen ausrasten lässt, dass nicht einmal Johann Johanson, dieser armselige Wicht, Zeit hatte, eine Vorwarnung zu geben. „Eine Schande!“, wütet Dolf Debour, „Ein Skandal! Mein Lebenswerk! Zerstört! Alles!“ Dolf Debour tobt nicht in ganzen Sätzen, sondern schleudert Lisa einzelne Wörter um die Ohren, aus denen sie sich zunächst gar keinen rechten Reim machen kann. Lisa fragt sich, was zum Teufel Furchtbares passiert ist. Vorhin in der Redaktionskonferenz hat doch keiner ihrer Mitarbeiter Anstoß an dem Kommentar genommen. Im Gegenteil, der Politikchef, der die tägliche Blattkritik erledigte, hat ihn sogar gelobt. Lisa kramt, den Telefonhörer mühsam mit der Schulter ans Ohr quetschend, aus der hinteren Ecke des Schreibtisches die aktuelle Zeitung hervor, um den Text wortwörtlich vor Augen zu haben, während Dolf Debour weiter wütet.

Es dauert ein wenig, bis Lisa kapiert: Dem Verleger missfällt gründlich, dass sie eigenmächtig dem Intendanten der Rundfunkanstalt den Gastkommentar schreiben ließ und damit ein Forum geboten hat, obwohl kürzlich die Aufbauleistung Dolf Debours in der großen Jubiläumssendung der Rundfunkanstalt zum Jahrestag der Wiedervereinigung mit keinem Wort erwähnt worden war. Der Intendant war also in Verschiss und Lisa ahnte davon nichts. Sie holt tief Luft. Dolf Debour holt keine Luft. Er beendet einfach das Gespräch, indem er den Hörer vernehmlich auf die Gabel knallt.

11

Karl rät dazu, Dolf Debour schleunigst zu verlassen und aus dessen Imperium auszusteigen. „Das ist doch unmöglich, wie der sich aufführt. Was bildet der sich ein! Du bist doch nicht sein Lakai oder, wie es neuerdings heißen muss, seine Lakaiin, wenn es dieses Wort denn überhaupt schon im Duden gibt!“ Lisa hört sich seinen Rat an, folgt ihm aber nicht. Sie ist nicht bereit, jetzt schon den Schlussstrich unter das Kapitel Dolf Debour zu ziehen. Sie will auf keinen Fall schon wieder die Stelle wechseln. Das käme ihr einer Niederlage gleich. Lieber will sie klein beigeben und abwarten, was dann passiert. „Mach doch was du willst. Ich jedenfalls würde mich so nicht behandeln lassen. Auf keinen Fall. Von niemanden. Dazu wäre ich mir zu schade.“ Karl ist beleidigt. Das hat Lisa gerade noch gefehlt.

12

Zückerle betritt Lisas Büro so, wie er es immer betritt: lautlos, unangekündigt, irgendwie linkisch. Er schleicht sich heran und steht unversehens vor ihrem Schreibtisch, wie aus dem Nichts. Man sieht ihm nicht an, dass er Böses im Schilde führt. Im Gegenteil. Er begrüßt Lisa zuckersüß, wie immer. Deshalb hat sie ihm heimlich den Spitznamen Zückerle verpasst. Dass Lisa Zückerle Zückerle nennt, weiß aber in der Zeitung niemand. Eigentlich wollte sie diese kleine Bösartigkeit ganz für sich behalten, aber als Zückerle sie wieder einmal derart reizte, dass sie am liebsten ins Kissen gebissen hätte, hat sie sich bei Karl ausgeweint und ihm brühwarm erzählt, wie gemein dieser Kollege, den sie am liebsten gar nicht so nennen würde, so unkollegial wie der sich verhält, immer zu ihr ist. Auf seine zuckersüße Art rammt er ihr, bildlich gesprochen, das Messer zwischen die Rippen, dreht es mehrfach in der Wunde um und zieht es dann genüsslich wieder heraus.

Zückerle geht es nicht darum, Lisa direkt zu vernichten. Ein frontaler Angriff würde nicht zu ihm passen. Zückerle erledigt die Dinge lieber verdeckt, so wie er es gelernt hat – damals. Seine Geschosse zielen sozusagen von hinten durch die Brust ins Auge. Lisa kennt diese Masche inzwischen nur zu gut. Manchmal ertappt sie sich dabei, wie sie in zornigen Momenten zu sich selbst sagt: typisch – und noch mal ganz leise: typisch. Typisch, das meint, typisch Ossi. Bei Lisa hat sich, seit die Waaahnsinn-Waaahnsinn-Schreie verklungen sind, ein wenig Ernüchterung breitgemacht. Sie findet, unter den vielen warmen Gießkannen-Güssen an Steuermilliarden ist das zarte Pflänzchen Einheit zwar kräftig ins Kraut geschossen, hat aber auch einiges an Wildwuchs hervorgebracht und in den Köpfen viel Verwirrung angerichtet.

Zückerle, der früher, als die Verhältnisse noch andere waren, Betriebsdirektor der Parteizeitung „Sächsische Volksstimme“ war, wird, als es aus ist mit dem Arbeiter- und Bauernstaat, ganz schnell Verlagsleiter derselben Zeitung, nur, dass die jetzt „Sächsische Allgemeine“ heißt und nicht mehr der Partei, sondern Dolf Debour gehört. Der hat das Blatt nach der Wende schleunigst seinem Imperium einverleibt, bevor andere ihm zuvorkommen konnten. Dass dieser Coup gelang, soll auch Zückerle zu verdanken sein, heißt es. Zückerle jedenfalls ist fortan des neuen Eigentümers Mann. An Zückerle kann der fernab residierende Debour wunderbar demonstrieren, dass er kein Eroberer, sondern ein Wohltäter ist, der es gut mit den Eroberten meint. Anstatt Zückerle als Altlast zu entsorgen, darf der Karriere machen. Zückerle ist aber auch außerordentlich geschmeidig und passt sich dem neuen System so nahtlos an, als habe er nie in einem anderen gelebt. Zückerle ist gut vorzeigbar. Außerdem ist er schlau genug, seinem früheren Leben im Nachhinein jene Brüche anzudichten, die seine Weiterverwendung unter veränderten Vorzeichen übergangslos möglich macht. Dolf Debour jedenfalls ist schwer beeindruckt von diesem tapferen Kerl, der ihm Gelegenheit bietet, den Ossi-Versteher zu geben.

Dennoch setzt Dolf Debour Zückerle, zu dessen Leidwesen, Lisa an die Seite. Herrsche und teile – dieses Prinzip beherrscht niemand so perfekt wie Debour, der peinlich darauf bedacht ist, dass seine Leute sich gegenseitig in Schach halten. Fortan ist Zückerle für die geschäftliche Seite der Zeitung „Sächsische Allgemeine“ zuständig, Lisa für die inhaltliche. Lisa soll dafür sorgen, dass das Blatt den Ruhm des ruhmreichen Verlegers mehrt. Zückerle soll dafür sorgen, dass die Zahlen stimmen und genügend Profit herüberwächst über die nicht mehr vorhandene Grenze. Zückerle interpretiert diese Arbeitsteilung allerdings auf seine Weise: Während er Geld verdient, gibt es Lisa aus, scherzt er bei jeder sich bietenden Gelegenheit und meint dies keineswegs nur spaßig. Zückerle wird nicht müde, Lisa aufs Butterbrot zu schmieren, dass ihre Redaktion nur Kosten verursacht, während er mit seinen Anzeigen- und Vertriebserlösen die Kasse füllt. Und Lisa entgeht auch nicht, dass einige ihrer Redakteure mit Zückerle auffällig vertraut verkehren und ihm womöglich brühwarm berichten, was in ihrer Redaktion so läuft. Man kennt sich halt von früher. Doch sie schiebt den Verdacht beiseite, sie hat anderes zu tun, als ihren Mitarbeitern nachzuspionieren.

Das Zeitungsgeschäft ist hart geworden und wird jeden Tag härter. Die Zeiten, in denen die Leser begierig darauf waren, endlich unabhängige Blätter lesen zu können, sind schnell zu Ende gegangen und machen dem Kampf um Kundschaft Platz. Zwischen Lisa und Zückerle brechen Konflikte auf, die üblich sind zwischen Verlags- und Redaktionsleuten. Wie soll man das Bröckeln der Zeitungsauflage stoppen? Darüber wird überall heftig gestritten. Wie soll man Lesern im Digitalzeitalter weiterhin die gedruckte Zeitung schmackhaft machen? Wie neue Leser hinzuzugewinnen? Zückerle will die Leserschaft mit kostenlosen Kaffeetassen bei der Stange halten, auf denen groß drauf steht: „Die Zeitung – ein starkes Argument". Lisa dagegen findet, das ist herausgeschmissenes Geld. Für sie ist das beste Argument für die Zeitung immer noch die Zeitung selbst. Sie will keine Kaffeetassen, sie will mehr gute Artikel, damit das starke Argument kein leeres Versprechen ist. Lisa will die Redaktion ausbauen, Zückerle will Personal abbauen und rechnet ihr anhand von immer anderen Kennzahlen vor, wie heillos überbesetzt ihre Redaktion ohnehin schon ist. Lisa will mehr Platz für Lesestoff, Zückerle will mehr Platz für Anzeigen: „Anzeigen bringen Geld, Artikel kosten Geld", lautet einer seiner Sprüche, die auf den ersten Blick richtig, aber in Lisas Verständnis von Zeitung doch grundfalsch sind. Ohne interessante Artikel sind Zeitungen keine Zeitungen, für die Leser Geld zahlen, sondern Anzeigenblätter. Und für die zahlt niemand was. Doch Zückerle missfallen ohnehin viele redaktionelle Beiträge, die im Blatt stehen. Mal sind sie ihm zu lang, mal zu kurz, mal zu abgehoben, dann wieder zu banal. Er findet immer was zu meckern.

Zückerle macht Lisa das Leben schwer. Besonders wütend wird er, wenn „die Damen und Herren Redakteure“, wie er abfällig zu sagen pflegt, über etwas berichten, was Anzeigenkunden verärgern könnte. Dafür, dass eine Zeitung ihren Anspruch, unabhängig zu sein, auch dann einlösen muss, wenn in der Berichterstattung Interessen von Anzeigenkunden berührt sind, hat Zückerle null Verständnis. „Pressefreiheit? Was nützt uns Pressefreiheit, wenn der Kunde empört ist und seine Anzeige abbestellt?“, erregt sich Zückerle ein ums andere Mal und rechnet Lisa haarklein vor, welchen Einnahmeverlust sie durch die rücksichtslose Berichterstattung zu verantworten hat. Lisa ihrerseits rastet aus, wenn die Zeitung frühmorgens nicht pünktlich im Briefkasten liegt, weil Zückerles Vertriebsorganisation wieder mal nicht funktioniert. „Die Zeitung muss beim Leser sein, bevor er morgens seine Wohnung verlässt, sonst ist alle Arbeit umsonst“, schimpft sie und lastet ihrerseits Zückerle den Verlust an Auflage an. So geht das hin und her. Das Gezerre kostet Nerven und treibt auch absurde Blüten: Erst vergattert Zückerle Lisa dazu, im örtlichen Fernsehsender, Werbung für die Zeitung zu machen, dann, als Zückerle merkt, dass diese Auftritte Lisas Popularität steigern, will er sie ihr verbieten. Glänzen soll nicht Lisa, glänzen soll Zückerle, vor allem in den Augen von Dolf Debour will er als der dastehen, der den Laden schmeißt.

Lisa hat sich darauf eingestellt, diesen Kleinkrieg als normalen Lebenskampf abzubuchen. Doch dann lädt Zückerle den Streit plötzlich mit einer bösartigen Hinterhältigkeit auf. Er konfrontiert Lisa allen Ernstes mit einem Betrugsvorwurf. „Das ist Betrug! Betrug am Leser!“, faucht er sie an, nachdem einer seiner Zuträger ihm zugeraunt hat, dass im Konferenzsaal der Redaktion ein neues Bild an der Wand hängt. „Woher stammt das Bild?“, seine Stimme wird inquisitorisch und er baut sich in voller Größe vor ihr auf.

„Seit wann kümmern den Herrn Verkaufsleiter die schönen Künste?“, fragt sie, noch arglos, zurück. „Die schönen Künste kümmern mich überhaupt nicht“, reagiert er gereizt, „ich will wissen, woher das Bild stammt?“ – „Vom Künstler höchstpersönlich, es ist ein Geschenk“, Lisa bleibt ruhig, obwohl sie findet, es geht Zückerle einen Dreck an, woher die Redaktion ihren Wandschmuck hat. „Und wenn Sie es genau wissen wollen, den Bilderrahmen dazu habe ich spendiert – und zwar aus eigener Tasche.“ Noch glaubt sie, Zückerle gehe es wie immer ums Geld. Doch da liegt sie falsch. Es geht ihm dieses Mal nicht ums Geld. Er sieht die Chance gekommen, den Kleinkrieg in eine Entscheidungsschlacht zu überführen. „Das ist Betrug! Betrug am Leser!“, bellt er sie noch mal an. „Dieses Bild gehört nicht der Redaktion, es gehört den Lesern. Selbst wenn der Künstler es der Redaktion geschenkt hat, hätten Sie es unverzüglich unter den Lesern verlosen oder als Preis für ein Gewinnspiel ausloben müssen.“ Gewinnspiele – das ist auch so ein Reizwort zwischen beiden. Zückerle findet, Gewinnspiele sind ein geeignetes Mittel, um Leser ans Blatt zu binden. Lisa findet, Gewinnspiele sind Spielereien, die nichts bringen, außer viel Arbeit – und zwar für ihre Redakteure, denn die müssen Zückerles Gewinnspiele im Zweifel betreuen. „Das ist Betrug, richtiger Betrug!“, knallt Zückerle ihr zum dritten Mal an den Kopf. Lisa ist nur noch perplex, sie spürt: Es ist ernst, höllisch ernst. Die nächsten Tage werden für sie unangenehm, richtig unangenehm. Ständig zwingt Zückerle ihr Rechtfertigungen ab, wo es doch ihrer Meinung nach nichts zu rechtfertigen gibt.

Plötzlich geht alles ganz schnell. Lisa sieht Zückerle abends noch kreideweiß durch die Flure schleichen, am nächsten Morgen ist er weg vom Fenster. Er hat seinen Schreibtisch offenbar eilig geräumt und das Haus, in dem er immer so tat, als sei er hier der Herrscher, überstürzt verlassen. Der Herr Verlagsleiter gehe in gegenseitigem Einvernehmen, wird den überraschten Mitarbeitern offiziell in einem

Schreiben, das Debours Unterschrift trägt, mitgeteilt. Johann Johanson, der hektisch angereist ist, verliest es mit leichenbitterer Miene. In gegenseitigem Einvernehmen, das heißt: Die Abfindung ist hoch genug, dass kein juristisches Nachspiel folgt. Dolf Debour hat kurzerhand Fakten geschaffen. Die Entscheidungsschlacht, die Zückerle unbedingt wollte, hat stattgefunden, nur dass sie für ihn voll nach hinten losgegangen ist.

13

„Du, Schlüssel, ich kann mir überhaupt keinen Reim auf das Ganze machen. Warum ist Zückerle verschwunden? Mit mir hat Debour darüber nicht gesprochen? Kein Sterbenswörtchen hat er verloren." Lisa berichtet Karl am Abend aufgeregt, was passiert ist. Karl, dieser getreue Eckart, ist ja immer der Einzige, dem sie ihre Nöte anvertraut. Stundenlang hat er sich auf langen Waldspaziergängen von Lisa anhören müssen, wie gemein Zückerle zu ihr ist. Jetzt, wo Zückerle plötzlich weg und Lisa ratlos ist, ist es Karl, dem etwas dämmert: „Ist doch klar, dein Zückerle hat gegen ein ehernes Gesetz verstoßen. In Debours Augen hat er die Erbsünde begangen." Lisa starrt ihn an: „Ich versteh dich nicht, Schlüssel, was meinst du mit Erbsünde?" – „Du weißt nicht, was eine Erbsünde ist? Da zeigt sich wieder mal, dass du nicht bibelfest bist. Jeder Katholik weiß sofort, was die Erbsünde ist. Und dein Dolf Debour, ist der nicht Katholik?" – „Ja, und was für einer, der hält sich doch selbst für den Papst." – „Na, siehste, deshalb ist die Erbsünde oder peccatum originale, wie wir Lateiner sagen …" – „Schon wieder diese Leier? Musst du bei jeder Gelegenheit daran erinnern, dass du das große Latinum hast und ich nur das kleine?", Lisa ist ungehalten. „Wenn's das nur wäre. Es ist ja viel schlimmer:

Ich bin katholisch und du evangelisch. Das macht den ganzen Unterschied", triumphiert Karl und schaut Lisa an, als ob er der Erwählte und sie nur die Magd ist. „Aber zurück zu Zückerle: Zückerle ist seine Hybris zum Verhängnis geworden. Er hat sich verhoben. Er hat den Endkampf gegen dich, ohne den obersten Feldherrn gemacht. Sich seinen Schlachtplan nicht von Debour, diesem Herrscher von Gottes Gnaden, absegnen zu lassen, war ein Granatenfehler. Oder anders gesagt, das war die Erbsünde. Ein Machtmensch wie Dolf Debour lässt sich nicht ins Handwerk pfuschen. Der lässt sich sein Machtgefüge durch nichts und niemanden aus der Balance bringen. Wenn jemand jemanden rausschmeißt, dann er. Sonst niemand. Das hätte Zückerle wissen müssen. Vielleicht wusste er es sogar, aber dieser Speichellecker wollte wieder einmal der brave Jagdhund sein, der seinem Herrchen die Beute stolz vor die Füße legt." – „Meinst du wirklich, dass das der Grund für seinen Abgang ist, oder ist das wieder mal eine deiner schlauen Schlüssel-Theorien?" Lisa will die Erklärung Karls auf Anhieb nicht recht einleuchten. „Hundert Pro! Das kannst du einem guten Katholiken wie mir einfach mal glauben."

14

Das Triumvirat hatte sich das so schön gedacht: Lecker Essen auf Geschäftskosten, besser gesagt, auf Parteikosten. Und dazu einen teuren Rotwein trinken. Schließlich hat ihr Parteichef gerade als neue Losung verkündet: „Wir sind bürgerlich." „Wir sind bürgerlich." „Wir sind bürgerlich." – Gebetsmühlenartig wiederholt er diesen Satz in jedem Interview, grad so, als müsse man so etwas nur oft genug verkünden und schon ist die Partei nicht mehr extrem, sondern bürgerlich. Ausgesucht für ihr lecker Essen hat sich das Triumvirat eines der angesagten Restaurants der Stadt, „El Torro", einen „Spanier" von erlesener Qualität und entsprechenden Preisen. Fußballspieler verkehren hier, Künstler auch, Immobilienhändler sowieso, aber die kennt niemand so genau, sodass sich die Leute an den Nachbartischen nicht sofort nach ihnen umdrehen, wie dies bei Fernsehgrößen und Politikern der Fall ist, die hier ebenfalls ein- und ausgehen. Seine prominenten Gäste begrüßt der Patron persönlich mit Handschlag und geleitet sie zu ihrem Tisch: „Por favor, Senores!" Er macht einen kleinen Diener und entfernt sich wieder. Der Patron legt Wert auf Diskretion. Er taucht erst wieder auf, wenn es darum geht, zum Abschied einen Brandy „aufs Haus" zu spendieren: „Por favor, Senores."

Doch bis zum Brandy „aufs Haus" dringen Jens Müller, Sophie Weidhaas und Helmut Kramer nicht vor. Bevor sie überhaupt das Schild „Hunde müssen draußen bleiben", das an der Eingangstür vom „El Torro" hängt, passieren können, wird ihnen die rote Karte gezeigt. Schon die telefonische Tischreservierung geht schief. Müller, Weidhaas und Kramer wird im „El Torro" ein Tisch verweigert. Nicht, weil das Lokal an dem Abend ausgebucht wäre, nein, aus Prinzip. „Nationalisten sind bei uns nicht willkommen", heißt es lapidar. Vielleicht wären Müller, Weidhaas und Kramer genauso entgegenkommend empfangen worden wie andere Gäste, deren Geschäftsmodelle nicht bekannt sind und auf deren Unbescholtenheit deshalb besser niemand Wetten abschließen sollte, aber Müller, Weidhaas und Kramer machen einen Fehler: Sie bitten gleich bei der telefonischen Tischreservierung darum, ihnen die anfallende Rechnung nicht vor Ort auszuhändigen, sondern sie direkt an die Parteikasse zu schicken. Dieses Vorgehen ist für das Restaurant grundsätzlich kein Problem, das machen andere genauso, die es sich hier auf Geschäftskosten gut gehen lassen. In diesem Fall allerdings ist der Hinweis auf die Parteikasse fatal, weil damit sofort klar ist, wes Geistes Kinder Müller, Weidhaas und Kramer sind.

Für den Patron steht damit fest: Die nicht, diese Ausländerfeinde will ich in meinem Lokal nicht haben. Diese Gesellschaft ist meinen Gästen nicht zuzumuten und den Mitarbeitern, fast ausnahmslos Ausländer, schon gar nicht. „Wir sind ein internationales Unternehmen!“, erklärt der Patron einer Reporterin der „Bildpost“, die als Erste die Tischabsage spitzkriegt und genüsslich an die große Glocke hängt.

Müller, Weidhaas und Kramer sind verärgert. „Wir sind gewählte Abgeordnete des Parlaments!“, sagt Müller. „Wir sind Demokraten“, sagt Weidhaas. „Wir sind bürgerlich“, sagt Kramer. Doch das nützt nichts. Der Patron pocht auf sein Hausrecht: Nationalisten, nein danke! Die Sache zieht schnell Kreise. „Wir sind gewählte Abgeordnete des Parlaments“, sagt Müller nun auch gegenüber dem Fernsehsender Q 1. „Wir sind Demokraten“, erläutert Weidhaas dem Reporter des „Anzeiger“. „Wir sind bürgerlich“, betont Kramer im Interview mit der „Nationalzeitung“. Doch auch das nützt nichts. Der Patron bleibt unerbittlich und wird dafür von der Presse übereinstimmend als kleiner Held gefeiert: „Endlich zeigt einer diesen extremistischen Wölfen, die sich den bürgerlichen Schafspelz umhängen, ihre Grenze“, schreibt die „Bildpost“ und drückt damit drastisch aus, was andere Medien so oder so ähnlich auch schreiben oder senden.

Von diesem „Beispiel für Zivilcourage“, wie es im „Anzeiger“ anerkennend heißt, erfährt Lisa aus ebendieser Zeitung. Beim Lesen des Artikels denkt sie kurz darüber nach, ob sie das Verhalten des Patrons richtig oder falsch findet, kommt aber auf die Schnelle zu keinem Ergebnis: Einerseits findet sie die Partei von Müller, Weidhaas und Kramer auch widerlich und würde sie nie wählen. Andererseits gibt es offenbar genügend Wähler, die sie wählen und damit in die Lage versetzen, in demokratische Parlamente einzuziehen und es sich auf gut dotierten Abgeordnetensitzen bequem zu machen. Das gefällt Lisa zwar nicht, aber was soll sie machen? Die demokratische Ordnung deshalb aus den Angeln heben? Das wäre ein zu hoher Preis.

Die Partei ignorieren? Ausgrenzen? Sie sozusagen rechts liegen lassen? Das sind alles keine Lösungen des Problems. Jedenfalls haben all diese Versuche eher das Gegenteil von dem bewirkt, was beabsichtigt war: Die Partei ist nicht schwächer, sie ist stärker geworden. Wohl oder übel nimmt Lisa deshalb zur Kenntnis, dass Typen wie Müller, Weidhaas, Kramer gewählte Volksvertreter sind. Und gewählte Volksvertreter muss sie akzeptieren. Irgendwie. Wie dieses Irgendwie allerdings aussehen sollte – das weiß Lisa auch nicht so genau.

Als Lisa, kurz nach dem Lokalverbot für Müller, Weidhaas und Kramer zufällig wieder im „El Torro“ ist, sieht sie auf allen Tischen einen Zettel mit einer Mitteilung liegen. Darauf erklärt der Patron seinen Gästen, warum er Vertretern der „Nationalisten“ den Zutritt zu seinem Lokal verweigert hat. Er verweist auf die Internationalität seiner Kunden und seiner Mitarbeiter, fügt aber ehrlicherweise noch hinzu: „Nicht allen Gästen hat mein Verhalten gefallen.“ Dieser Satz macht Lisa stutzig. Sollte die Zustimmung zu seinem Verhalten doch nicht so einhellig sein, wie es die Medienberichterstattung suggeriert? Lisa will den Patron dazu befragen. Der sei nicht da, bescheidet sie der Kellner. Kaum hat er das gesagt, da steht der Patron doch leibhaftig vor ihr. Unumwunden bestätigt er Lisas Verdacht: Es hat nach der Absage an Müller, Weidhaas und Kramer tatsächlich eine Menge Abbestellungen von bereits reservierten Tischen gegeben. Außerdem hagelte es Beschimpfungen übelster Art im Internet. Ihm sei sogar angedroht worden, „die Bude abzubrennen und mitsamt des ausländischen Gesocks auszuräuchern“. Letzteres flüstert der Patron Lisa nur noch leise ins Ohr.

Vier Wochen später erhält Lisa eine Einladung: Der Journalistenclub der Stadt, in dem sie seit Langem Mitglied ist, lädt zum vertraulichen Hintergrundgespräch mit Ulrike Wunderlich. Lisa stutzt. Bislang hat es dieser Club doch konsequent abgelehnt, Vertreter der „Nationalisten“ zum vertraulichen Gedankenaustausch zu treffen.

Man wollte sich bewusst nicht gemein machen mit ihnen und sie nicht gleich behandeln wie die Vertreter der etablierten Parteien, die der Club regelmäßig zu Gesprächen einlädt. Nun offenbar die Kehrtwende: Ulrike Wunderlich ist geladen. Und die ist nicht irgendwer, sie ist immerhin Vorstandsmitglied der „Nationalisten" und vertritt die Partei im Parlament. Lisa wundert sich, warum der Club von seiner bisherigen Linie abgewichen ist, mehr noch wundert sie, wo das Gespräch mit Ulrike Wunderlich stattfinden soll: im „El Torro". Ausgerechnet. Das kann ja heiter werden!, denkt sich Lisa.

Heiter wird der Abend zwar nicht. Dafür aufschlussreich.

Kaum hat Ulrike Wunderlich Platz genommen, da steht auch schon der Patron im Raum. Er begrüßt die Mitglieder des Journalistenclubs betont freundlich: „Sie sind mir als Gäste immer herzlich willkommen", sagt er und meint damit wohl auch, dass die Anwesenheit von prominenten Medienvertretern immer gut ist für sein Geschäft. Dann hält er für zwei Sekunden die Luft an – und setzt seine Begrüßung fort: „Und auch der Gast meiner Gäste ist mir willkommen." Den Namen des Gastes erwähnt er nicht. Dann ist er auch schon wieder verschwunden.

Als die Gesprächsrunde beginnt, spürt Lisa schnell, dass das heute wohl nichts wird mit dem Grillen. Ulrike Wunderlich zu grillen, also kräftig in die Mangel zu nehmen, hatten sich nämlich die Clubmitglieder vorgenommen, quasi um die umstrittene Einladung zu rechtfertigen. Doch als Ulrike Wunderlich leibhaftig vor ihnen sitzt, fehlt der Biss, fehlen die Ideen, wie man eine solche Person ausquetschen, gar in die Enge treiben könnte. Die Fragen kreisen alle um das Thema, das ohnehin seit Tagen auf dem Markt ist: „Wie halten es die ‚Nationalisten' mit den extrem Rechten in der Partei?" – „Extrem Rechte? Die gibt es bei uns nicht!" Ulrike Wunderlich ist es ein Leichtes zu parieren. „Wir sind weder rechts noch links, wir sind bürgerlich." Wir sind bürgerlich – dieses neue Motto ihrer Partei bringt sie gleich sieben Mal in ihren Antworten unter. Lisa hat akribisch mitgezählt und sich mit jedem Mal mehr über ihre Zunft geärgert. Ihr fällt ohnehin auf, immer wenn sie mit Kollegen in derartigen Gesprächsrunden sitzt oder deren Interviews hört und liest: Die Themen ähneln sich allzu sehr, selbst der Ton, in dem über irgendetwas berichtet wird, ähnelt sich. Manchmal meint Lisa, sie habe einen Artikel bereits gelesen, um dann festzustellen, dass der Autor ein anderer ist. Das ist wie Gleichschaltung, denkt sich Lisa oft, dabei weiß sie nur zu gut, dass das Quatsch ist. Es gibt keine Gleichschaltung, jedenfalls keine verordnete. Der Verzicht auf Originalität, der geschieht ganz und gar freiwillig. Lisa fällt dabei immer sofort Hans Winterhalter ein und wie fuchsteufelswild der immer wurde, wenn er morgens die Berichterstattung seines „Anzeigers" mit der in anderen Medien verglich und feststellte, dass dem „Anzeiger" ein Thema fehlte, das in anderen Medien stand. „Warum haben wir das nicht im Blatt", tobte er los und sah das als großes Versagen. Lisa sah und sieht das anders: Unterschiede in der Berichterstattung – ist das nicht ein Zeichen von Vielfalt? Von gelebter Pressefreiheit sozusagen?

15

„Schau mal", setzt Karl nach, „dass sich die Journalisten aneinander orientieren – was haben die anderen, warum haben wir das nicht? – ist doch ein alter Hut. Das hat sich nur noch mal verstärkt, weil ihnen zunehmend die Zeit und die Manpower fehlen, um eigene exklusive Geschichten zu recherchieren. Also schreiben sie immer mehr voneinander ab, weil sie über den ganzen Tag hinweg pausenlos irgendwelche Kanäle im Netz bedienen müssen. Das ist doch wie im Hamsterrad. Das reine Machen zieht ihnen alle Aufmerksamkeit ab, über die sie verfügen. Und wenn sie dann mal deine Wunderlich …" – „Meine Wunderlich? Was soll das denn jetzt? Das ist nicht meine Wunderlich. Ich habe mit dieser Dame nun wirklich nichts am Hut." – „Das weiß ich, das war nur so dahingesagt. Warum bist du denn so empfindlich? Also wenn die Journalisten diese Wunderlich oder sonst wen in die Mangel nehmen wollen, saugen sie sich eine Viertelstunde vor dem Termin ein paar Fragen aus den Fingern, die dann eben so sind, wie sie sind, ohne jede Überraschung – und die arme Lisa ist frustriert. Ich muss dir als Journalistin doch nicht erklären, dass kluge Fragen ebenso viel Vorarbeit kosten wie jeder einigermaßen anspruchsvolle Artikel. Du musst wirklich tief in ein Thema eindringen, du musst drin sein, um überraschende Antworten vom Gegenüber zu erhalten. Vom Grillen wollen wir da noch gar nicht reden. Eine wirklich neue Frage zu einem abgenudelten Thema muss mühsam erkämpft werden, sie ist etwas Eigenständiges." Karl fügt, gemein, wie er manchmal sein kann, gleich noch hinzu: „Und weil die meisten von euch immer weniger Zeit dafür haben und obendrein oft noch zu blöd dafür sind, produziert ihr die immer gleichen Phrasen, das Erwartbare, statt das Überraschende."

Lisa reicht's für heute. Sie wechselt abrupt das Thema und geht zum Gegenangriff über: „Und was, lieber Schlüssel, ist mit euch? Mit euch Juristen? Seid ihr nicht auch eine schreckliche Mischpoke? Wenn ich nur daran denke, wie findige Anwälte alles daran setzen, wichtige Verkehrsprojekte, die endlos lange auf der politischen Agenda stehen und bis zum Erbrechen diskutiert wurden, vor Gericht doch noch zum Scheitern zu bringen, weil plötzlich der Schutz von Fledermäusen und Lurchen mehr zählen soll als das Mobilitätsbedürfnis von Menschen. Oder schlimmer noch, wenn ihr Anwälte alles daran setzt, Verbrecher, die die Polizei mühsam dingfest gemacht hat, durch fragwürdige Winkelzüge vor Strafe zu bewahren. Da darf man sich doch nicht wundern, dass das Vertrauen in den Rechtsstaat immer mehr gen Null tendiert." Lisa blafft den armen Karl regelrecht an. Doch der bleibt ganz cool: „Sind wir jetzt quitt?", fragt er nur und legt Lisa beruhigend seine Hand auf den Arm.

16

Lisa hat Geburtstag. Sie muss sich am Riemen reißen, um nicht schlecht gelaunt zu sein. Sie hat nicht gern Geburtstag. Geburtstag ist für sie ein Datum, das sie am liebsten aus ihrem Kalender streichen möchte. Sie will nicht daran erinnert werden, dass sie älter wird, unaufhörlich älter. Das ganze Jahr über gelingt ihr die Verdrängung ganz gut. Am Geburtstag weniger. Wie auch? Wenn morgens die Gratulationscour beginnt und den Tag über nicht abreißt? Natürlich macht Lisa gute Miene zum Spiel und mimt das fröhliche Festtagskind. Sie meinen es ja alle gut, die Gratulanten, selbst die, die ihre Glückwünsche mit Sprüchen garnieren wie „ja, ja, wir werden alle älter" oder, schlimmer noch, „Sie sehen jedes Jahr jünger aus!" Lisa würde an diesem Tag lieber normal arbeiten, seine Besonderheit ignorieren. Aber würde sie das tatsächlich tun, würde ihr das von den Kollegen und Freunden bestimmt als Kauzigkeit ausgelegt oder als Knauserigkeit. Das will Lisa nicht riskieren. Also gibt sie für ihre Mitarbeiter einen aus, schmeißt, wie sich das gehört, eine zünftige Geburtstagsrunde. Vor Jahren schon hat sie sich dafür ein Ritual ausgedacht, damit es nicht ganz so schlimm wird für sie: Nachmittags, zwischen 15 und 16 Uhr, gibt es Erdbeerkuchen für alle, Erdbeerkuchen passt zur Jahreszeit, und für die, die es mögen, gibt es sogar noch ein Glas Sekt. Diese Ritualisierung hat den netten Nebeneffekt, dass Lisa die ihr lästige Angelegenheit kompakt abfeiern kann.

Dass allerdings das Schicksal mitten in ihren Erdbeerkuchen

platzen würde, damit konnte Lisa nicht rechnen. Und dass just dieser Tag für das, was er vorhat, denkbar ungeeignet ist, das hat auch der sonst so auf Perfektion bedachte Dolf Debour glatt übersehen. Im Nachhinein wird ihn dieser Fauxpas mächtig wurmen, denn diese Gefühllosigkeit kommt gar nicht gut an. Ausgerechnet Debour, der sonst bei jeder sich bietenden Gelegenheit, den besorgten Kümmerer gibt, der Flüchtlingskinder beherbergt, Hochwasseropfer mit Spenden beglückt, der Künstlern hilft und Museen sponsert, der überall den Wohltäter spielt, dass ausgerechnet dieser Debour so herzlos sein kann, eine Horrornachricht ausgerechnet am Geburtstag zu überbringen, besser gesagt, überbringen zu lassen, das kreiden ihm hinterher viele an – keineswegs nur die Betroffenen.

Dabei hat, streng genommen, ihre Geburtstagsfeier im Büro noch gar nicht begonnen, als sich gegen 11 Uhr am Telefon bei Lisa unerwartet Besuch ankündigt: Johann Johanson, der selbstgefällige Götterbote, will mit ihr zu Mittag essen. Nanu!, denkt sich Lisa. Das ist neu. Dolf Debour hat ihr noch nie zum Geburtstag gratuliert, geschweige denn, die Glückwünsche durch einen Boten persönlich überbringen lassen. Zwei Stunden später sitzen die beiden, Lisa und Johann Johanson, im Restaurant, gleich um die Ecke des Zeitungshauses. Lisa merkt schnell, dass der Abgesandte nicht gekommen ist, um ihr zu irgendetwas zu gratulieren. Er weiß überhaupt nicht, dass sie Geburtstag hat. Nachdem er sich zunächst in Floskeln über das Wetter und seine mühsame Anreise ergeht, kommt Johann Johanson übergangslos auf den Punkt: „Ich bin gekommen, um Ihnen mitzuteilen, dass Sie heute die letzte Ausgabe der Zeitung machen. Die ‚Sächsische Allgemeine' wird eingestellt".

Genauso gut hätte Johann Johanson auch die Verkehrsmeldungen verlesen können, so wenig Emotionen hat er in diese Nachricht gelegt, kein Bedauern, keine Anteilnahme, nichts. Lisa hört die Worte, erfasst aber zunächst gar nicht, was sie bedeuten. „Was ist? Sagen

Sie das noch mal!", fordert sie Johann Johanson auf. Der wiederholt Wort für Wort das bereits Gesagte: „Sie machen heute die letzte Ausgabe. Die Zeitung wird eingestellt." Lisa schaut ihn fassungslos an. Ihr versagt die Stimme. Sie springt wie von der Tarantel gestochen auf und lässt den dampfenden Teller mit Nudeln, der inzwischen serviert wurde, unangerührt stehen und den angereisten Gast grußlos sitzen. Lisa hastet zurück ins Büro. Sie will nicht glauben, was ihr da eben verkündet wurde. Überhaupt, was hat ihr dieser Johann Johanson, dieser Wichtigtuer, überhaupt zu sagen? Sie ist sicher, Dolf Debour wird das Missverständnis schnell aufklären. Hat der ihr doch noch vor wenigen Tagen versichert, wie ausgezeichnet die „Sächsische Allgemeine" gemacht ist, wie stolz er auf das Blatt ist. Und jetzt das! Das kann doch gar nicht sein!

Lisa wählt Debours Nummer, die sie im Kopf hat, weil sie sie wer weiß wie oft in den letzten Jahren gewählt hat. Sie erreicht nur Sabine Deters, die im Vorzimmer von Debour sitzt, man könnte auch sagen, thront. An ihr kommt niemand vorbei. Sabine Deters bedauert: „Der Herr Verleger hält Mittagsruhe" – wie immer um diese Zeit, das müsse sie, Lisa, doch wissen. „Ja, weiß ich, aber die Sache ist dringend, sehr dringend, können Sie bitte ..." Lisa hat den Satz noch nicht beendet, da knackt es in der Leitung, kurz darauf hört Lisa Musik, klassische Musik, Joseph Haydens Streichquartett C-Dur op. 76 Nr. 3, der erste Satz, das Allegro. Diese Angabe hat sich in Lisas Gehirn geradezu eingeritzt, nachdem Dolf Debour sie anfangs inquisitorisch danach fragte und sie keine Ahnung hatte, welche Musik aus dem Hörer drang. „Was, das wissen Sie nicht? Eine schlimme Bildungslücke. Das ist unsere Nationalhymne!", hatte er triumphiert und Lisa ganz klein aussehen lassen. Lisa hat jetzt keinen Sinn für die Musik. Sie bebt vor Zorn. Es dauert einige Takte, dann ist Debour am Apparat: „Was ist so wichtig?" Lisa versucht, ruhig zu bleiben. Sie sagt nur einen Satz: „Ist das wahr, was mir Johann Johanson gerade verkündet hat?" Dolf Debour schweigt. „Ist das wahr?", insistiert Lisa, „ist das wahr?" – „Es gibt keine andere Möglichkeit, weil ...", noch bevor Debour weiterreden und zu Erklärungen ansetzen kann, unterbricht Lisa ihn harsch: „Das hätten Sie mir sagen müssen. Sie persönlich! Nicht irgendein Bote! Und auch nicht erst heute, sondern früher, damit ich vorbereitet bin." Lisa beendet das Gespräch. Jetzt ist sie es, die den Hörer auf die Gabel wirft. Sie will nichts mehr hören. Nicht jetzt. Sie hat viel zu tun.

Die letzte Ausgabe machen – wie geht das überhaupt? Lisa hat noch nie die letzte Ausgabe einer Zeitung gemacht, die eingestellt wird, die, wie es später in den Meldungen heißen wird, vom Markt genommen wird. Nie in ihrem Leben, hat sie so etwas gemacht. Lisa trommelt eilig die Mitarbeiter zusammen, alle, jedenfalls all die, die um diese Mittagsstunde im Hause und nicht auf Terminen unterwegs sind. Die Mitarbeiter sind verwundert. Ist was passiert? Warum um diese Zeit eine Konferenz? Lisa sucht nach Worten. Was soll sie sagen? Vor allem wie? Sie kämpft mit den Tränen. Reißt sich zusammen. Sie muss tapfer sein. Wenigstens sie. Dann ist es heraus. Irgendwie.

Die Nachricht trifft alle wie ein Keulenschlag. Lisa kann nichts beschönigen. Es ist hart. Erst ist es mucksmäuschenstill im Konferenzraum. Keiner sagt einen Ton. Dann schluchzt jemand auf. Lisa schaut gedankenleer auf das Bild an der Wand, dieses verdammte Bild, das Zückerle vor zwei Jahren unverhofft den Garaus bereitete. Zückerle ist lange weg, nun trifft es Lisa. Und nicht nur sie. Es trifft alle. Die komplette Mannschaft. Morgen ist diese Zeitung Geschichte. Lisa fasst sich. Sie bittet ihre Leute, auch wenn es schwer, sehr schwer falle, zurück an die Arbeit zu gehen und eine schöne, eine sehr schöne letzte Ausgabe zu machen. Dieser Abschied für immer, er soll würdevoll sein. „Das sind wir uns schuldig – uns, nur uns, niemandem sonst." Lisa hat wieder in den Betriebsmodus geschaltet. Sie verteilt die Aufgaben. Arbeit ist die beste Ablenkung. Eine Zeitung machen, noch einmal eine Zeitung machen! Morgen ist das vorbei! Lisa will die Leser in einem Editorial, oben rechts auf der ersten Seite, darüber in Kenntnis setzen, dass auch sie künftig auf die Zeitung, auf ihre vertraute Zeitung verzichten müssen. Na, das wird einen Aufschrei der Empörung geben! Lisa weiß zwar nicht, wie sie das, was passiert ist, plausibel erklären soll, sie hat ja selbst keine plausible Erklärung. Aber sie wird sich für die Treue der Leser bedanken. Wenigstens das. Und sie wird ihren Text in einen Kasten stellen, ihn sozusagen mit Trauerrand versehen. Wie eine Todesanzeige soll das aussehen. Und das ist es ja auch, eine Todesanzeige. Was soll sie sonst auch tun? Das Unabänderliche kann sie nicht ändern.

An diesem Abend geht keiner der Kollegen nach Hause. Sie bleiben beieinander, suchen gegenseitig Trost und Halt. Große Ratlosigkeit macht sich breit. Enttäuschung. Ärger. Wut. Wie geht es weiter? Mit mir? Das fragt sich jeder. Niemand weiß das. Lisa auch nicht. Sie weiß nur, irgendwie geht es weiter. Es geht immer weiter. Da ihre kleine Geburtstagsfeier am Nachmittag dem dramatischen Ereignis zum Opfer fiel, stellt sie den bisher unberührten Erdbeerkuchen auf den Tisch. Irgendjemand öffnet die erste Flasche Sekt. Sogar die, die sonst nie trinken, bitten um ein Glas. Wenigstens eine Gewohnheit, die aufrechterhalten werden kann. Zum letzten Mal.

Am nächsten Morgen erscheint die letzte Ausgabe der „Sächsischen Allgemeinen". Pünktlich wie immer. Dolf Debour erscheint an diesem Tag nicht in der Zeitung, so wenig, wie er am Vortag erschienen ist, als es darum gegangen wäre, persönlich Flagge zu zeigen und es nicht einem Helfeshelfer zu überlassen, die schlechte Nachricht zu überbringen. Lisa sieht ihren Verleger, den stolzen Dolf Debour, erst einmal nicht mehr wieder. Sie verlässt sein Unternehmen. Denn weiter für ihn zu arbeiten, kommt für sie nach alledem, was sie erlebt hat, nicht infrage. Sie will weg.

17

„Siehste, hab' ich dir doch gleich gesagt!“ Mehr sagt Karl nicht. Mehr muss er auch nicht sagen. Lisa liegt ohnehin am Boden.

18

Manchmal kneift sich Lisa selbst in den Arm. Sie kann es kaum glauben. Da sitzt sie doch tatsächlich in der Kabinettssitzung einer Regierung, mitten zwischen Ministern und ihrem Ministerpräsidenten, dem schrulligen Xaver Mendel, der in so gar keine Schublade passt, in die Lisa die Politiker sonst steckt. Früher hat sie sich oft gewünscht, Mäuschen spielen zu können, wo die Musik spielt. Aber da war ja kein Reinkommen. Im Maschinenraum der Regierung sind journalistische Beobachter höchst unerwünscht. Zutritt strengstens verboten. Die Presse, zu der Lisa nun nicht mehr gehört, erfährt erst hinterher, was am Kabinettstisch entschieden wird. Von den erbitterten Machtkämpfen, von den politischen Zwängen, die die Entscheidungsfreiheit oft bis zum Stillstand einengen, von den Kompromissen, die manchmal nötig sind, um die Regierung zu retten, wusste sie deshalb nur wenig. Sie muss aber zugeben, richtig interessiert hat es sie auch nicht. Das fällt Lisa allerdings erst auf, seit sie sich unvermutet auf der anderen Seite des Schreibtisches wiederfindet. Auf der anderen Seite des Schreibtisches – wie das immer so schön heißt, wenn jemand die Fronten wechselt.

Und Lisa hat die Fronten gewechselt. Nein, aus der Journalistin ist keine Politikerin geworden, das wäre ihr nicht in den Sinn gekommen, aber als Regierungssprecherin gehört sie zur Politik mit dazu, zumindest ist sie hautnah dran an denen, die Politik machen. Lisa selbst ist total erstaunt, was dieser Perspektivwechsel in ihr auslöst: Ständig beschleicht sie der Verdacht, der ein oder andere ihrer eigenen Artikel wäre anders ausgefallen, wenn sie früher schon gewusst hätte, wie Politik funktioniert. Wie mühsam das Geschäft ist und wie schwierig es oft ist, Mehrheiten zu sammeln. Selbst Vorhaben, von denen jeder Vernunftbegabte meint, sie seien gut und nötig, verheddern sich nicht selten im Streit. Lisa kann sich nur wundern, wie zäh alles vorangeht und wie viel Geduld, vor allem wie viel Machtwillen es braucht, eine Idee durchzubringen.

Niemand hat Lisa beigebracht, was das heißt, Regierungssprecherin zu sein. Vor allem hat ihr niemand gesagt, wann sie, die Sprecherin, tatsächlich sprechen soll und wann sie besser nichts sagt. Letzteres ist fast noch wichtiger. Denn Lisa erlebt einiges, was sie tunlichst nicht rausposaunt, sondern für sich behält. Das hat sie schnell kapiert, auch ohne Anleitung. Sie wurde ins kalte Wasser geschmissen und muss zugeben, sie schwimmt ziemlich. Die Gefahr unterzugehen, besteht beinahe täglich. Regelmäßig herrscht irgendwo helle Aufregung. Ein falscher Zungenschlag, eine missverständliche Andeutung, ein aus dem Zusammenhang gerissenes Zitat – bei der Flut von Medienanfragen, die die Regierung täglich beantworten soll, lässt sich ständig was finden, das zum Skandal aufgebauscht werden kann. Auf der verzweifelten Suche nach der Schlagzeile, gibt es für die Medienmeute immer reichlich Beute. Und bei der Fülle von Zeitungen, Rundfunk- und Fernsehanstalten und digitalen Kanälen wird, wenn alle mit zündeln, aus einem Fünkchen schnell ein loderndes Feuer. Dauernd muss Lisa Brandherde bekämpfen und höllisch aufpassen, dabei nicht Öl statt Wasser zu verwenden.

Und Lisa hat immer noch Mühe, all die Verordnungen, Gesetze, Verwaltungsvorgänge zu verstehen, die ihr in grünen Gittermappen jetzt täglich auf den Schreibtisch flattern. Dieses Bürokratendeutsch! Dieses Beamtenkauderwelsch! Lisa ist sicher, wenn sie das, was die

Referate und Abteilungen der Ministerien so alles aufschreiben, ungefiltert in ihren Pressemitteilungen verwursten würde, landeten sie in den Redaktionsstuben sofort im Papierkorb. „Ich bin Übersetzerin", sagt sie deshalb, wenn jemand wissen will, was sie als Regierungssprecherin eigentlich so macht. „Ich übersetze Beamtendeutsch in ein Deutsch, das Normalsterbliche verstehen können." Als Erstes hat sie ihren Mitarbeitern in der Presseabteilung der Staatskanzlei eingebläut: Keine Pressemeldung darf länger sein als ein Blatt. „Eine Seite, das ist das höchste der Gefühle. Da muss alles drin stehen, was wichtig ist. Ein Blatt, mehr nicht. Mehr wird nicht gelesen." Das schlug ein ins Kontor! Ihre Mitarbeiter schauten sie gequält an. Mehrseitige Konvolute gehen ihnen leichter von der Hand als kurze knackige Texte. Aber Lisa bleibt dabei: ein Blatt, mehr nicht!

Lisa hält nicht mehr allzu viel von den früheren Kollegen, gibt diesen Sinneswandel öffentlich aber natürlich nicht zu. Sie ist ja nicht blöd und verdirbt es sich mit der Presse, auf deren Wohlwollen die Regierung angewiesen ist – und die Regierungssprecherin auch. Aber insgeheim, sagt sie sich jetzt oft: Journalisten sind Idioten, alles Idioten. Nein, nicht alle, das nimmt sie zurück. Das wäre ungerecht. Es gibt auch gute, solche, die noch wissen, worüber sie schreiben. Aber deren Anzahl ist geschrumpft. Die meisten, mit denen Lisa es jetzt zu tun hat, machen sich gar nicht erst die Mühe, tiefer in die Materie einzudringen. Wie dieser Mehnert von der „Rundschau", den hat Lisa gefressen! Dieser blöde Kerl, spielt sich als Oberinvestigator auf, schert sich aber wenig um konkrete Fakten. Gerade hat er ihr wieder ein faules Ei ins Nest gelegt. Skrupellos hat er den Ministerpräsidenten in den Müllskandal hineingezogen, der seit Wochen die Gemüter erhitzt und mit dem Xaver Mendel nichts, aber auch gar nichts zu tun hat. Im Gegenteil, der Regierungschef hat die Aufklärung vorangetrieben und zur Chefsache erklärt. Natürlich erwiesen sich die Vorwürfe, die dieser Mehnert sich von höchst fragwürdigen, anonymen Zeugen hat in die Feder diktieren lassen, als völlig aus der Luft gegriffen. Aber es kostete Lisa eine Woche und viele Nerven, den Verdacht als das zu entlarven, was er ist: Fake-News, eine Falschnachricht. Als dieser blöde Mehnert am Ende blamiert dasteht, juckt ihn das noch nicht einmal. Er strickt unverdrossen an der nächsten vermeintlichen Enthüllungsgeschichte. Nichts als Arbeit, viel Arbeit macht der Kerl! Lisa, die Sprecherin der Regierung, spricht jetzt viel mit sich selbst.

Nicht nur der blöde Mehnert, auch andere „Kollegen", wie Lisa die Journalisten immer noch nennt, regen sie auf. Diese Mischung aus „das haben wir doch immer schon gewusst!" und dem Mangel an tatsächlicher Kenntnis, geht ihr gewaltig auf den Senkel. Ganz schlimm wird es immer, wenn es um den Föderalismus geht, – und in einem Bundesland geht es nun mal oft um das föderale Gefüge. Dann herrscht in den Artikeln viel Durcheinander, dann werden Initiativen als Gesetze bezeichnet, dann wird nach Zustimmung verlangt, wenn doch allenfalls ein Einspruch möglich ist. Wie soll man diese feinen Unterschiede Journalisten erklären? Es ist zum Verzweifeln. Von dem austarierten Zusammenspiel zwischen Bund und Ländern, haben die meisten null Ahnung, hauen aber mit scharfen Kommentaren drauf.

Lisa hat aus all dem schnell ihre Schlüsse gezogen. Seit sie auf der anderen Seite steht, gibt sie den Berichterstattern möglichst mundgerechte Texte an die Hand. Texte, die sich, wenn es zeitlich wieder mal eng wird in den Redaktionen, und es ist immer eng, einfach abschreiben lassen: copy and paste, kopieren und einfügen, lautet die Devise. Und Lisa baut diese Handreichungen so auf, dass das Wichtigste immer ganz vorne steht, im ersten Satz, im ersten Absatz, auf jeden Fall vorne im Text. Denn alles, was weiter hinten steht, läuft Gefahr, in den Redaktionen weggekürzt zu werden. Lisa kennt ihre Pappenheimer.

19

„Was wundert dich? Du weißt doch, wie das ist. Du hast doch selbst lange genug da gesessen, wo die sitzen." In drei kurzen Sätzen holt Karl Lisa auf den Boden der Tatsachen zurück. Hat sie selbst bis vor Kurzem tatsächlich denselben Mist verzapft, der sie jetzt, wo sie auf die andere Seite des Schreibtisches gewechselt ist, so auf die Palme bringt? Lisa hadert jedenfalls schwer mit den ehemaligen Kollegen. „Wie dumm die sind! Und wie dreist!" Lisa klagt Karl fast täglich ihr Leid und Karl nimmt erstaunt zur Kenntnis, wie blitzschnell das bei ihr ging mit dem Perspektivwechsel. „Die verstehen nichts von der Sache und die wollen auch nichts verstehen. Da kann man sich noch so viel Mühe geben und ihnen einen Sachverhalt haarklein verklickern. Sie kapieren nichts und schreiben den größten Unsinn zusammen. Ich sag' dir, Schlüssel, das Einzige, was diese blutrünstige Meute wirklich interessiert, sind Personalquerelen. Bei Personalquerelen horchen sie auf. Kein Wunder, da kann jeder mitquatschen, jede noch so dumme Kuh, die sonst eine Gemeindegebietsreform mit einer Funktionalreform verwechselt und nicht weiß, was ein Gesetz ist und was nicht. Doch wenn es darum geht, Streit zu schüren, sind sie alle mit von der Partie." – „Und was wundert dich da?" Karl schüttelt den Kopf: „Streit ist doch für Journalisten was Wunderbares. Allein das Wort Streit ist schon wunderbar. Streit passt in jede Schlagzeile, so kurz, wie dieses Wort ist." Lisa kommt der Verdacht, dass Karl sie nicht ernst nimmt, aber sie ist zu abgespannt, um ihm in die Parade zu fahren. „Außerdem", Karl ist noch nicht am Ende, „sind die Politiker doch selbst schuld. Zwischen ihnen Streit zu schüren, ist doch keine Kunst. Da müssen sich die Journalisten nicht besonders anstrengen. Die Politiker streiten doch von ganz alleine. Irgendeiner findet sich doch immer, der dem anderen was am Zeug flicken will, ihm den Erfolg nicht gönnt, sich wichtig machen will, was weiß ich. Denen geht es doch oft gar nicht um die Sache, denen geht es um Macht, um Einfluss, um Mehrheiten. Da müssen die Berichterstatter doch nur den Stift zücken oder das Mikrofon hinhalten – und schon ist der Streit öffentlich. Streit ist doch ein Selbstläufer. Streit sells, würde es in der Werbung heißen." Lisa mag Karl nicht widersprechen.

20

Lisa verlässt die Kabinettssitzung kurz, um den wartenden Pulk zu informieren, dass die Sitzung heute länger dauern wird und die anschließende Pressekonferenz, auf der der Ministerpräsident höchstselbst Rede und Antwort stehen will, deshalb verspätet beginnen wird. Sofort stürmen die wartenden Journalisten auf sie zu: „Warum dauert das so lange?", bedrängt sie Achim Rhode vom „Generalanzeiger". Und Klaus Frings von der Nachrichtenagentur, der nie viel Zeit hat und leicht ungehalten wird, ist schon auf Krawall gebürstet und haut seine Fragen nur so heraus: „Gibt es Krach in der Koalition? Ist die Einigung im Asylstreit erreicht? Wer hat nachgegeben? Was kostet der Kompromiss das Land?" Auch Hatice Demirel, die neuerdings für „Wort und Bild" arbeitet, überschlägt sich in ihrem Eifer. Lisa schüttelt nur genervt den Kopf. „Der Ministerpräsident wird gleich kommen und alle Fragen beantworten", sagt sie noch und eilt zurück in die Kabinettssitzung.

Das heißt, sie will zurückeilen. Doch Hans Winterhalter stellt sich ihr mit wehendem Mantel und wehendem Haar in den Weg. „Ach, der Herr Chefredakteur höchstpersönlich gibt uns die Ehre", Lisa ist überrascht, den „Anzeiger"-Chef unter dem journalistischen Fußvolk zu sehen. Normalerweise bewegt sich der nämlich nicht vom Schreibtisch weg. Wozu auch? Für seine bissigen Kommentare braucht er keine Anschauung. Abenteuerliche Thesen lassen sich auch aus den Fingern saugen. Die ganze Woche schon hat er versucht, hartnäckig das Ende der Regierung herbeizuschreiben. Hans Winterhalter ist fest überzeugt: Heute wird es im Kabinett krachen, heute ist die Koalition am Ende. Lisa vermutet, dass er deshalb persönlich gekommen ist. Für den Fall, dass alles so passiert, wie von ihm prognostiziert, will er sich als derjenige feiern lassen, der es vorher gewusst hat. „Na, wie ist denn die Stimmung da drinnen?", fragt er Lisa scheinheilig. Scheißfreundlich tun und hintenrum kräftig zutreten, das ist seine Masche. Seit Lisa Regierungssprecherin ist, ist er besonders freundlich zu ihr und kaschiert damit, dass er eigentlich vor Neid platzt. Zu gern wäre er nämlich an Lisas Stelle. Dass der Ministerpräsident sie und nicht ihn in die Staatskanzlei geholt hat, hält er für einen krassen Fehlgriff und lässt seinen Frust in die Zeilen einfließen. Geradezu bösartig sind seine Artikel geworden.

Lisa lässt Hans Winterhalter einfach stehen und verschwindet im Kabinettssaal. Drinnen bekommt sie gerade noch mit, wie der Ministerpräsident, der eigentlich nie laut wird, die Stimme hebt: „Schluss der Debatte!" Das klingt entschlossen. Lisa rätselt, wer Xaver Mendel dazu gebracht hat, kurzzeitig die Contenance zu verlieren. Offenkundig ist es nicht der Finanzminister gewesen, der ihn erregt. Mit Holger Bühling kabbelt sich Xaver Mendel öfter, besonders wenn Holger Bühling, der auch Vorsitzender jener Partei ist, mit der Xaver Mendels Partei wohl oder übel koalieren musste, den stellvertretenden Ministerpräsidenten raushängen lässt. Das mag Xaver Mendel überhaupt nicht. „Es gibt nur einen Ministerpräsidenten", hat er Holger Bühling erst neulich scharf beschieden. „Einen stellvertretenden Ministerpräsidenten gibt es nur, wenn der Ministerpräsident selbst nicht da ist. Und er ist da, wie Sie sehen." Peng, das hatte gesessen. Holger Bühling ist erst blass, dann rot geworden. Die anderen Minister haben sich verstohlen ins Fäustchen gelacht: „Da hat es der Alte dem Jungen aber gegeben!“

Doch heute ist Holger Bühling ganz friedlich. Es war offenbar Heiner Olbricht, der Kulturminister und Parteifreund von Xaver Mendel, der diesen gereizt hat. Mit Kultur hat Xaver Mendel ohnehin weniger am Hut. „Kostet viel und bringt wenig“, ist so ein Spruch, den Xaver Mendel bei jeder Gelegenheit loslässt. Regelmäßig bringt der Ministerpräsident den Kulturminister und mit ihm sämtliche Theaterintendanten im Land auf die Palme, wenn er ihnen öffentlich vorrechnet, was ein einziger Sitzplatz im Theater den Steuerzahler kostet. „Da verlange ich wenigstens, dass die Theater voll sind und nicht leer.“ Diese Nüchternheit, mit der Xaver Mendel regiert, kommt beim Wähler gut an, bei den Künstlern weniger. Aber das kratzt Xaver Mendel nicht. Zumal Holger Bühling als Finanzminister und wichtigster Vertreter des Koalitionspartners, im Kampf ums Geld meistens auf seiner Seite ist. Von daher droht seiner Regierung also keine Gefahr. Und das allein ist Xaver Mendel wichtig. Er will den Laden zusammenhalten. Und Holger Bühling ist schlau genug, bevor er, der Finanzminister, seiner eigene Partei neue Sparmaßnahmen vorstellt, diese bereits mit Xaver Mendel abzusprechen. Doch so ein überparteiliches Gekungele mögen weder Bühlings Parteigenossen noch Mendels Parteifreunde, schon gar nicht in Wahlkampfzeiten. Da will sich jede Partei profilieren – am besten auf Kosten des Koalitionspartners.

Nun ist Wahlkampfzeit. In ein paar Monaten wird gewählt. Xaver Mendel kratzt das wenig. Er tritt ohnehin nicht wieder an. „Ich kenne mein Alter“, ist die einzige Erklärung, die er dazu abgibt. Kein Wort zu viel. So ist Mendel. Er weiß genau, würde er noch mal antreten, wäre unweigerlich sein Alter ein Thema. Das will er nicht. Er will seinen Nachruhm nicht gefährden. Da schaut er lieber gelassen dem innerparteilichen Kampf um seine Nachfolge zu und schießt feine Spitzen ab gegen die, die mit viel zu kleinen Füßen, wie er meint, in große Fußstapfen treten wollen. „Wäre Holger Bühling ein geeigneter Nachfolger?", hat Hans Winterhalter vom „Anzeiger" Xaver Mendel neulich hintersinnig gefragt. Das war perfide. Denn auch wenn Xaver Mendel die eigene Partei nicht besonders liebt, so weit, einen Nachfolger aus der gegnerischen Partei vorzuschlagen, würde selbst er nicht gehen. Obwohl Lisa bei der ein oder anderen Bemerkung, die Xaver Mendel fallen lässt, der Verdacht kommt, Xaver Mendel könnte womöglich besser damit fertig werden, nicht mehr die Nummer 1 im Land zu sein, wenn auch seine Partei nicht mehr die Nummer 1 wäre. Frei von Eitelkeit ist Xaver Mendel nämlich nicht, auch wenn er immer so tut, als sei er es. Tief in seinem Herzen, diese Vermutung hat Lisa, schlummert die Überzeugung: Nummer 1 sein, dass kann außer mir ohnehin sonst keiner.

Auf der Pressekonferenz verdunkelt sich das Gesicht von Hans Winterhalter zusehends. Er lag völlig falsch mit seiner Endzeitprognose. Die Koalition kracht heute nicht, sie wird morgen nicht krachen und übermorgen auch nicht. Stattdessen hat der Ministerpräsident demonstrativ seinen Stellvertreter, der sich nicht Stellvertreter nennen soll, mit zur Kabinettspressekonferenz gebracht. Blendend gelaunt stellt er die Pläne seiner Regierung bis zum Wahltag vor. „Es gibt noch viel zu tun", verkündet Xaver Mendel und fügt vielsagend und mit Seitenblick auf den in der hintersten Ecke sitzenden Hans Winterhalter hinzu: „Auch wenn mancher meint, wir seien bereits am Ende." Alle im Raum wissen sofort, gegen wen diese Spitze zielt. Hans Winterhalter tut so, als hätte er das nicht gehört und vertieft sich in seinen Schreibblock. „Einen Job nicht mit Anstand zu Ende zu führen, entspräche auch nicht meinem Anspruch an ein Regierungsamt", diesen Hinweis erlaubt sich Xaver Mendel dann auch noch, um eventuelle Fragen, die zu diesem Thema kommen könnten, gleich im Keim zu ersticken. Nur Hatice Demirel, die immer ein wenig schwer von Kapee ist, hat es nicht kapiert: „Wer wird denn nun Ihr Nachfolger?“, fragt sie unverdrossen. „Nachfolger? Was für ein Nachfolger?“, Xaver Mendel schaut Hatice Demirel von oben herab an: „Einen Nachfolger, Gnädigste, braucht es erst, wenn es mich nicht mehr gibt, und, wie Sie sehen, ist das nicht der Fall.“

21

„Heute passiert nichts mehr“, prahlt Lisa als sie Karl auf ein Feierabendbier trifft und sich erschöpft in den Kneipenstuhl fallen lässt. Im selben Moment bereut sie auch schon ihre Worte. Sie ahnt, was kommt: „Bist du verrückt! Sag’ doch so was nicht!“, jault Karl auf. Karl, dieser gute Katholik, ist nämlich durchaus abergläubisch und ein glühender Anhänger der von ihm erfundenen Unglücksworttheorie. Das ist zwar keine anerkannte Lehre, sondern etwas Selbstgebasteltes, aber Karl glaubt fest daran, dass Prophezeiungen sich sofort ins Gegenteil verkehren, sobald man sie ausspricht. Wenn Lisa beispielsweise lauthals verkündet, heute werde es bestimmt nicht regnen, packt Karl ängstlich den Schirm ein: „Jetzt wird es garantiert regnen, weil du so dumm warst zu sagen, dass es nicht regnet.“ Lisa findet das alles lächerlich und sagt manchmal absichtlich Unglücksworte, nur, um Karl zu reizen. Sätze wie „Heute gewinnst du im Lotto“ treiben ihn regelmäßig auf die Palme. Dann sitzt er dort oben und weiß nicht, was er sich mehr wünschen soll: seine Unglücksworttheorie durch die gezogenen Lottozahlen bestätigt oder widerlegt zu bekommen. Im einen Fall hätte er recht, im anderen Fall würde er reich. „Heute passiert nichts mehr“, Lisa hat diesen Satz allerdings als eine Art self fullfilling prophecy gemeint. Sie hofft stark, dass nichts mehr passiert. Was auch? Jetzt, wo der Regierungschef selbst gesprochen hat, was sollte sie, als seine Sprecherin da auch noch zu sprechen haben? Außerdem freut sie sich auf einen ruhigen Abend mit ihrem Karl, bevor morgen früh garantiert wieder ganz dringliche Anfragen auf ihren Schreibtisch flattern, weil irgendwo irgendjemand irgendeine Sau durchs Dorf getrieben hat. „Schreck, lass nach", stöhnt Karl plötzlich auf, „wenn heute wirklich nichts mehr passiert, wird dir der Abend aber ganz schön langweilig werden."

22

Xaver Mendel sitzt an seinem Schreibtisch, blättert durch die Postmappe und hakt mit grüner Tinte einen Vorgang nach dem anderen ab. Ab und an setzt er keinen Haken, sondern schreibt mit der Hand eine Frage oder eine Bemerkung dazu. Auch die schreibt er in Grün. Er ist der Chef. Und Grün ist die Farbe des Chefs. Xaver Mendel schaut nicht von seinen Papieren auf, als Lisa vor ihm steht, grummelt aber unwirsch vor sich hin: „Warum klopfen Sie überhaupt an?" Lisa erschrickt. Sie hatte an die Tür geklopft, im selben Moment diese aber auch schon aufgerissen und war eingetreten. So macht sie das immer. Denn dass Xaver Mendel ihr Klopfen mit einem „Nein" beantworten könnte, erwartet sie nicht. Der Regierungschef lässt jeden eintreten, der Einlass begehrt. Warum sollte sie also das „Herein" erst abwarten? Nun weiß sie warum. Mit seinem gegrummelten „Warum klopfen Sie überhaupt an?" hat Xaver Mendel ihr deutlich zu verstehen gegeben, dass ihm gründlich missfällt, wenn sie sich über das Gebot der Höflichkeit hinwegsetzt und eintritt, noch bevor er „Herein" gesagt hat. Lisa ist beschämt, murmelt ihrerseits „Entschuldigung". Jedes weitere Wort wäre fehl am Platze. Xaver Mendel hat es gern kurz und knapp. Lisa hat längst gelernt, dass jedes überflüssige Wort, jede freundliche Nachfrage, wie es ihm denn so gehe, jede Bemerkung über das Wetter gar, vollkommen fehl am Platze ist. Derartige Versuche einer Plauderei würden mit einem scharfen „Was gibt's?" im Keim erstickt.

Deshalb hält sie sich nicht mit Vorreden auf, sondern kommt gleich auf den Punkt: „Herr Ministerpräsident, der Vorsitzende der ‚Nationalisten' hat öffentlich gegen Ihre Partei gewettert. Er hat gesagt, um für die ‚Nationalisten' koalitionswürdig zu sein, müsste sich die ‚Volkspartei' erst noch entwickeln und das dauere mindestens noch zehn Jahre. Hans Winterhalter vom ‚Anzeiger' möchte nun wissen, was Sie als Vorsitzender der ‚Volkspartei' dazu sagen." Und skeptisch setzt Lisa hinzu: „Wollen Sie dazu überhaupt etwas sagen?" Xaver Mendel lehnt sich in seinem Schreibtischstuhl zurück, der leicht nachgibt, sodass er fast ins Liegen kommt, verschränkt die Hände hinter dem Kopf und denkt nach. Nach einer Minute des Nachdenkens diktiert er Lisa druckreif in den Block: „Für mich ist eine Koalition zwischen den ‚Nationalisten' und der ‚Volkspartei' schlicht nicht vorstellbar. Dazu liegen die Positionen viel zu weit auseinander. Was in zehn oder zwanzig Jahren ist, weiß ich nicht. Ich bin kein Prophet." Lisa notiert Wort für Wort, liest Xaver Mendel die Sätze zur Sicherheit noch mal vor. Er ist zufrieden. Mit dem Hinweis, dass sie diese Stellungnahme sofort für die Presse freigibt, verlässt Lisa ihren Chef, der schon wieder in seine Postmappe vertieft ist.

Lisa kommt mit diesem knorrigen Alten im Prinzip gut zurecht. Sie ist sogar überrascht, wie unkompliziert er für sie als seine Pressesprecherin ist. Der mährt nie lange herum, sagt Ja oder Nein und der Fall ist erledigt. Auch die Journalisten haben längst gemerkt, dass sie von Xaver Mendel immer schnell eine Antwort auf ihre Anfragen bekommen. Xaver Mendel sagt einfach, was er denkt. Das war bei seinem Vorgänger noch ganz anders. Da wurden erst einmal Beratungsrunden zusammengetrommelt, bevor der Regierungschef sich öffentlich äußerte. Der sicherte sich erst ab, vor allem bei seiner Partei. In ein solches Korsett eingezwängt zu werden, würde Xaver Mendel sich verbitten. „Mit wem soll ich mich denn abstimmen?“, hatte er Lisa kurzerhand beschieden, als sie anfangs vorsorglich nachfragte, ob er noch Abstimmungsbedarf habe, bevor sie seine Sätze an die Öffentlichkeit geben würde.

Zurück in ihrem Büro übermittelt Lisa als Erstes Hans Winterhalter vom „Anzeiger“ die Stellungnahme von Xaver Mendel, obwohl das, streng genommen, gar nicht ihre Aufgabe ist. Denn Winterhalters Frage war eindeutig an Mendel, den Parteivorsitzenden, adressiert, nicht an Mendel, den Regierungschef. Also war Lisa eigentlich nicht zuständig. Denn Lisa spricht für die Regierung, nicht für die Partei. Ein feiner Unterschied, der anderswo in der Republik super wichtig genommen wird. Xaver Mendel interessiert diese Feinheit überhaupt nicht. Er findet Mendel ist Mendel und wenn Journalisten von ihm was wollen, sollen sie sich gefälligst an Lisa wenden. Dafür ist sie schließlich da.

Gegen 17 Uhr ploppt auf Lisas Computer eine Vorabmeldung auf, mit der der „Anzeiger“ auf seine morgige Ausgabe mit dem kurzen Mendel-Interview verweist. „Xaver Mendel schließt Koalition mit den ‚Nationalisten‘ nicht grundsätzlich aus“, lautet die Überschrift. Lisa traut ihren Augen nicht. Das hat ihr Chef so doch gar nicht gesagt. Er hat quasi das Gegenteil gesagt: „Für mich ist eine Koalition zwischen den ‚Nationalisten‘ und der ‚Volkspartei‘ schlicht nicht vorstellbar.“ Und ehrlicherweise noch hinzugefügt, was in zehn, zwanzig Jahren sei, wisse er nicht. Ärgerlich ruft Lisa Hans Winterhalter an: „Was soll das? Sie haben Mendel das Wort im Munde umgedreht!“ Winterhalter windet sich. Er findet, ganz falsch sei die Vorabmeldung doch nicht, schließlich habe Xaver Mendel eine Koalition ja nicht für alle Zeiten ausgeschlossen. „Beruhige dich, Lisa“, wiegelt Winterhalter ab, „das ist doch nur die Vorabmeldung, im gedruckten Blatt morgen steht doch wortwörtlich und in voller Länge, was Xaver Mendel gesagt hat.“ Lisa ist überhaupt nicht beruhigt. Sie ist empört. Kein

Journalist wird bis morgen früh warten, um Mendels Aussage im Original zu lesen. Alle werden begierig die Vorabmeldung ausschlachten und als Sensation verkünden, dass der Vorsitzende der „Volkspartei" eine Koalition mit den „Nationalisten" nicht ausschließt. Eine Bombenschlagzeile!

Genauso kommt es. Als im „Anzeiger" am nächsten Morgen Mendels Originalworte nachzulesen sind, liegt das Kind längst im Brunnen. Im Fernsehen hatte es schon am Abend geheißen: „Xaver Mendel schließt eine Koalition mit den ‚Nationalisten' nicht aus." Hier war sogar noch das kleine Wörtchen „grundsätzlich" unter den Tisch gefallen. Und im Radio, das Lisa in Herrgottsfrühe anstellt, wird gemeldet: „Xaver Mendel denkt über Koalition mit den ‚Nationalisten' nach." Lisa steht senkrecht im Bett. Das gibt's doch nicht! Sie eilt ins Büro und überfliegt in Windeseile sämtliche Presseberichte, die sich auf die Vorabmeldung berufen. Die ‚Rundschau' schießt den Vogel ab: „Xaver Mendel versucht, das Koalitionsspektrum für seine Partei zu erweitern", steht dort schwarz auf weiß. „Stille Post" – hieß so nicht ein Kinderspiel?, schießt es Lisa durch den Kopf. Nur, dies ist kein Kinderspiel. Dies ist verdammt ernst.

Lisa ist erleichtert, dass Xaver Mendel an diesem Vormittag nicht im Haus ist, sondern Termine irgendwo im Land wahrnimmt. Sie wüsste gar nicht, wie sie ihm diese Vergewaltigung seiner Aussage erklären sollte. Darauf hoffen, dass er nichts davon mitbekommen hat, kann sie nicht. Xaver Mendel bekommt alles mit. Lisa wundert sich zwar, wie er es zwischen all den Terminen, Gesprächen, Reden schafft, auf dem Laufenden zu sein. Aber irgendwie er ist es. Vielleicht, weil er Nebensächlichkeiten systematisch ausblendet. Als Xaver Mendel am Nachmittag zurück ins Büro kommt, tritt Lisa die Flucht nach vorn an. Sie spricht von einem Desaster und legt ihm ein penibles Protokoll vor:

Originaltext, freigegeben, Dienstag, 15 Uhr: *Für mich ist eine Koalition zwischen den ‚Nationalisten' und der ‚Volkspartei' schlicht nicht vorstellbar. Dazu liegen die Positionen viel zu weit auseinander. Was in zehn oder zwanzig Jahren ist, weiß ich nicht. Ich bin kein Prophet.*

„Anzeiger", Vorabmeldung, Dienstag 17 Uhr: *Xaver Mendel schließt Koalition mit den ‚Nationalisten' nicht grundsätzlich aus.*

Fernsehen, Abendnachrichten, Dienstag 19 Uhr: *Xaver Mendel schließt eine Koalition mit den ‚Nationalisten' nicht aus.*

Radio, Frühnachrichten, Mittwoch 6 Uhr: *Xaver Mendel denkt über Koalition mit den ‚Nationalisten' nach.*

„Rundschau", Mittwochausgabe: *Xaver Mendel versucht, das Koalitionsspektrum für seine Partei zu erweitern.*

Bevor Lisa ihm darlegen kann, dass sie nun schleunigst eine Gegendarstellung erzwingen will, um die Sache richtigzustellen, unterbricht sie Xaver Mendel nachsichtig: „Nach allem, was mir mein Deutschlehrer beigebracht hat, ist das doch alles nicht ganz falsch. Ich habe eine Koalition nicht grundsätzlich ausgeschlossen, sonst hätte ich mich anders ausdrücken müssen. Und wenn ich etwas nicht grundsätzlich ausgeschlossen habe, muss ich wohl auch darüber nachgedacht haben, das Koalitionsspektrum meiner Partei zu erweitern. Also, was soll's? Und dass das Wort grundsätzlich irgendwie weggerutscht sei, passiert schon mal, wenn Zeilen komprimiert werden müssten. Die armen Schlucker von der Presse standen bestimmt unter Zeitdruck. Jeden Tag mehrere Seiten leeres Papier zu füllen, ist ja auch nicht einfach."

Lisa ist perplex und ein wenig ist sie auch beschämt. Auf seine Weise hat ihr Xaver Mendel wieder mal eine Lehre erteilt: Wozu aufregen, wenn man ohnehin nichts mehr ändern kann?

23

„Sei doch froh, Lisa, dass es so gekommen ist. Dass dein Mendel so abgeklärt ist. Du hättest doch mit deinem Beharren auf Gegendarstellung alles nur schlimmer gemacht." Karl versucht, die wütende Lisa zu beruhigen. „Streit mit Medien – für einen Politiker zahlt sich dieser Kampf doch nur selten aus. Dafür hält die Meute, wenn es gegen die eigene Zunft geht, doch viel zu sehr zusammen. Wen solltet ihr da auf eurer Seite haben? Ich wundere mich, dass ausgerechnet ich dir das sagen muss. Ich weiß das doch nur, weil du mir das beigebracht hast." Wieder eine Demütigung, die Lisa an diesem Tag den Rest gibt. Sie flüchtet ins Bett und zieht die Decke fest über den Kopf.

24

Ob das Engel sind? Diese schwebenden Gestalten mit ihren wehenden Röcken, die nach oben streben, strikt himmelwärts? Lisa ist sich unsicher. Sie starrt schon eine ganze Weile an die Decke und sieht dem Höhenflug dieser Heerscharen zu. Der bunte Fries mit seinen erdigen Tönen, der sich unter den Deckenbalken entlangzieht, hat es ihr angetan. Aber sind das wirklich Engel? Lisa rätselt, was sie aus den gemalten Schwüngen und Kurven herauslesen soll, was sich der Künstler, der hier im Schloss am Werk war, wohl bei seiner Ausmalung gedacht hat? Vielleicht sind die Schwünge und Kurven gar keine Engel, sondern einfach nur Schwünge und Kurven, die engelsgleich dahin schweben? Lisa muss unwillkürlich an ihre allererste Begegnung mit der Patronin des Schlosses denken. Hatte die ihr nicht damals, vor vielen Jahren, lang und breit ihre Engelphilosophie ausgebreitet? Engelphilosophie, davon hatte Lisa noch nie gehört und wollte auch nicht wahrhaben, dass es so etwas überhaupt gibt. „Doch, doch", darauf hatte die Patronin bestanden und schließlich steif und fest behauptet: „Ich bin selbst ein Engel." Dabei hatte sie mild gelächelt. Lisa hatte mild zurück gelächelt, aber keine Sekunde daran geglaubt, dass ein Mensch ein Engel sein kann. Lisa ist für Spökenkiekereien nicht zu haben. Zu nüchtern, zu norddeutsch ist sie. Schon als Kind hat sie sich von den Schauergeschichten über die Geister versunkener Leichen, die angeblich im Moor herumspukten, nicht schrecken lassen. Für Lisa existiert nur, was sie sehen und anfassen kann. Und einen Geist hat sie noch nie zu packen gekriegt, und Engel auch nicht. Andererseits, warum sollte sie die liebenswürdige Patronin davon abbringen, zu meinen, sie sei ein Engel? Ein Schutzengel ist sie doch allemal. Ohne die Patronin, ohne ihre Engelsgeduld, sähe das Schloss nicht so aus, wie es aussieht, und ohne die Patronin wären auch all die fleißigen Helfer weder hierher in die Provinz gekommen, noch bei der Stange geblieben. Mit eigener Hände Arbeit ein total verfallenes Gemäuer wieder herzurichten, das allein ist eine Mammutaufgabe. Diesem Gemäuer wieder Leben einzuhauchen eine weitere Anstrengung. Beides zusammen gelingt nicht, ohne dass eine Idee die Kräfte bündelt und ihnen Flügel verleiht. Jetzt, ein Jahrzehnt später, sieht jeder, dass die Mühe sich gelohnt hat. Aber damals? Damals sah man nichts außer Trümmer und viel Arbeit. Da musste man entweder verrückt sein, hier anzupacken, oder eben auf Hilfe von oben vertrauen. „Meinetwegen auch von den Engeln", beschließt Lisa für sich.

Lisa erinnert sich noch gut, wie beeindruckt sie damals war von dem versprengten Grüppchen Suchender, die im Schlepptau der Patronin aus der Hauptstadt in die Provinz gezogen kamen, um ein erbärmlich verfallenes Renaissance-Schloss, das in grauer Vorzeit mal den Vorfahren der Patronin gehört hatte, aus seinem Dornröschenschlaf zu wecken. Anfangs fehlte es an allem, an Erfahrung sowieso, an Material, auch an Geld. Nur an Mut und Entschlossenheit fehlte es nie. Den Zeitungsartikel, den Lisa damals über diese bunte Truppe schrieb, schrieb sie mit entsprechender Begeisterung. Doch Lisa merkte bald, dass die Begeisterung nicht von allen geteilt wurde. Es gab einige, die die Vorgänge rund um das Schloss mit Skepsis betrachteten. Ihnen war unheimlich, was sich da tat, denn es wurde nicht nur gehämmert und geklopft, es wurde Theater gespielt, Musik gemacht und allerlei Fremdartiges veranstaltet – in Ermangelung von Strom bei Kerzenschein. Böse Zungen wussten angeblich sofort Bescheid: Diese komischen Leute aus der Stadt – das können nur Verrückte sein. Eine Sekte gar? Linke Vögel? Rechtes Gesocks? Gerüchte gab es viele. Lisa ließ sich nicht beirren.

Eine Sekte? Linke Vögel? Rechtes Gesocks? Lisa muss lachen. Auf die Idee, bei höchst fragwürdigen Gestalten eingekehrt zu sein, kommt inzwischen keiner mehr, jedenfalls keiner von denen, die sich an diesem Abend im restaurierten Saal des Schlosses zu einer Tafelrunde zusammengefunden haben. Der Ministerpräsident ist da und zwei seiner Minister, dazu rund zwanzig Leute, die man wohl zur Wirtschaftselite des Landes zählen muss. Sie alle lauschen Ronald Bahners. Der prominente Unternehmensberater ist an diesen abgelegenen Ort geeilt, um das zu tun, was er sonst in schicken Konzernzentralen oder Vortragssälen tut: Unternehmer zu beraten. Der Unterschied ist nur, er tut das, wofür er sonst horrende Honorare kassiert, hier ausnahmsweise unentgeltlich, pro bono sozusagen. Pro bono heißt, es kostet nichts, aber am Ende bringt es doch was, zumindest für Ronald Bahners, der sich wichtig machen kann. Lisa ist jedenfalls stolz, dass es ihr gelungen ist, den viel beschäftigten Mann hierher zu lotsen. Lisa wählt dieses abgelegene Schloss inzwischen gern aus für kleinere Veranstaltungen, die sie für den Ministerpräsidenten zu organisieren hat. Lisa gefällt einfach der Ort, der den Mangel an übermäßigem Komfort kompensiert durch eine Atmosphäre, die Geist und Gemüt gleichermaßen berührt und die Gäste immer erstaunt. Wie gut, dass ich mich damals nicht in den Chor der Skeptiker eingereiht habe, sagt sich Lisa jedes Mal, wenn sie hier ist.

Lisa hat die Veranstaltungsreihe absichtsvoll „Ministerpräsidenten-Runde“ getauft. „Ministerpräsidenten-Runde“, das klingt wichtig. Und wichtig soll sich schließlich jeder fühlen, der dabei sein darf. Bisher ist ihr Konzept aufgegangen – nur der Ministerpräsident selbst, war nicht so erfreut von der Idee, alle paar Monate den Gastgeber für eine Abendgesellschaft spielen zu sollen. Xaver Mendel hat es nicht so mit Gesellschaften. Schließlich ließ er auch dies mit sich geschehen, wie er vieles mit sich geschehen lässt, und vergisst inzwischen nie, bei der Begrüßung ein paar lobende Worte über den Ort zu verlieren. Für Lisa ein Indiz, dass er auch ihm zu gefallen scheint.

Lisa beschließt, ihre Aufmerksamkeit nicht länger den Engeln oben an der Decke zu schenken, sondern sich wieder dem Redner am Tisch zuzuwenden. Ronald Bahners hat die ganze Zeit während sie ihren Gedanken nachhing, Wirtschaftsdaten und Fakten heruntergebetet. Und wenn sich Lisa ihren Chef Xaver Mendel, der Ronald Bahners gegenübersitzt, betrachtet, dann sind seine Ausführungen etwas langatmig geraten. Dem Ministerpräsidenten sind die Augen zugefallen. Lisa weiß, dass sie daraus nicht unbedingt schließen sollte, er langweile sich oder sei gar eingeschlafen. Xaver Mendel schließt seine Augen gelegentlich auch, wenn er intensiv zuhört. Lisa ärgert das, weil diese Geste missverstanden werden könnte. Xaver Mendel ist das völlig schnurz.

Xaver Mendel kümmert es auch nicht, dass Dolf Debour, der mit in der Runde sitzt, weil er zur Wirtschaftselite des Landes dazugehört und gewiss beleidigt gewesen wäre, wäre er nicht geladen, mitten im Vortrag aufsteht. Er schiebt seinen Stuhl schnarrend nach hinten und schält sich mühsam aus seinem Platz heraus. Dann schiebt er den Stuhl geräuschlos, wieder unter den Tisch zurück. Lisa weiß sofort, was los ist. Dolf Debour, dieses Mal nicht großkariert, sondern in dezentem Blau mit Samtkragen gekleidet, geht. Er geht nicht etwa kurz mal um die Ecke, er verlässt die Veranstaltung, und zwar im Zorn. Dafür kennt Lisa ihren früheren Verleger nur zu gut. Schließlich ist es noch nicht lange her, dass sie Debours Imperium verließ und in den Dienst von Xaver Mendel trat. Dolf Debour prahlte bei Lisas Kündigung zwar, dieser Wechsel auf die andere Seite des Schreibtisches sei eine Bestätigung dafür, wie begehrt Mitarbeiter seines Hauses überall seien. In Wirklichkeit war er tief beleidigt: Ihn zu verlassen, ist in seinen Augen Hochverrat und eine große Dummheit dazu.

Doch das ist nicht der Grund, warum Dolf Debour aufsteht und geht. Dafür ist Lisa viel zu unwichtig für ihn. Debour stört etwas anderes – und zwar gewaltig. Er wurde falsch platziert. Einen Dolf Debour setzt man nicht zwischen einen Maschinenbauer und einen Schokoladenfabrikanten, mag der eine auch noch so erfolgreich und der andere noch so alteingesessen sein. Ein Dolf Debour sitzt, wenn er dem Ministerpräsidenten schon die Ehre gibt, seiner Einladung überhaupt Folge zu leisten, unmittelbar neben diesem. Alles andere geht in den Augen von Debour gar nicht. „Mist, großer Mist“, hatte Lisa sofort erschrocken in sich hineingemurmelt, als sie das protokollarische Malheur bemerkte. Doch da war es schon zu spät. Sie war erst kurz vor Veranstaltungsbeginn im Schlepptau von Xaver Mendel im Schloss eingetroffen, da war keine Gelegenheit mehr für die geräuschlose Veränderung der Tischordnung. „Mist, großer Mist“, Lisa ärgert sich – in erster Linie über sich selbst. Sie weiß doch, wie wichtig Dolf

Debour Protokollfragen nimmt. Er selbst macht, wenn er eine seiner berühmt-berüchtigen Gesellschaften gibt, aus der Platzierung seiner Gäste geradezu ein Politikum. Wie hoch jemand in seiner Gunst steht, verrät bei ihm die Sitzordnung. Da musste manch einer schon erleben, dass er innerhalb kurzer Zeit aus der Mitte an den äußeren Rand des Tisches strafversetzt wurde.

Jetzt, da das Missgeschick passiert ist, kann sich Lisa nur darüber wundern, dass sich Debour überhaupt hingesetzt hat auf den in seinen Augen unwürdigen Platz. Wenn Debour meint, nicht entsprechend hofiert zu werden, legt er normalerweise stehenden Fußes den Rückwärtsgang ein und verlässt empört jede noch so erlesene Gesellschaft. Lisa grübelt, was ihn bewogen haben könnte, den Platz zwischen Hermann Weber und Konstantin von Neuhaus überhaupt einzunehmen. Wahrscheinlich wegen Ronald Bahners. Die beiden kennen sich gut. Dolf Debour hat Ronald Bahners gerade in den Aufsichtsrat seines Unternehmens berufen, ein sicheres Indiz dafür, dass er in seiner Gunst weit oben steht – zumindest im Augenblick. Aber im Aufsichtsrat ist die Hierarchie klar geregelt: Da ist Dolf Debour der Chef und Ronald Bahners lediglich Mitglied dieses mehrköpfigen Gremiums. Hier, in der Ministerpräsidenten-Runde, ist das anders: Da ist Xaver Mendel der Chef und Debour lediglich einer von zwanzig Gästen. Und dann sitzt er noch nicht einmal neben dem Chef und muss sich auch noch anhören, wie irgendjemand über gute Unternehmensführung doziert, wo er die doch tagtäglich praktiziert. Das ist für Dolf Debour definitiv zu viel. Lisa eilt ihm hinterher, doch das hätte sie sich sparen können. Wenn Dolf Debour beleidigt ist, ist er beleidigt. Das Letzte, was Lisa von ihm sieht, bevor er in den Rolls Royce entschwindet, sind seine Strümpfe: Diese Mal nicht mit Union Jack, sondern mit brüllendem Löwen auf weiß-blauem Rautenmuster, passend zum eleganten Trachtenjanker, den Debour für diesen Abend auf dem Land gewählt hat.

Lisa setzt sich wieder an den Tisch und schaut in die Runde. Xaver Mendel hat die Augen immer noch geschlossen. Schläft er? Hört er zu? Man weiß es nicht. Ronald Bahners redet immer noch. Jetzt über die Bedeutung wissenschaftlicher Innovationen für das wirtschaftliche Vorwärtskommen. „Wenn man hinten liegt, macht es wenig Sinn das Feld der Läufer überholen zu wollen, indem man das macht, was alle machen, nämlich laufen. Man muss sich was Neues einfallen lassen, reiten, einen Elektroroller nehmen oder einen fliegenden Teppich." Ronald Bahners liebt exotische Vergleiche. Dabei ist, was er sagen will, ohnehin klar: Innovationen braucht das Land. Die Köpfe in der Runde nicken ein ums andere Mal heftig: Ist ja auch alles richtig, was der da erzählt. Aber es ist eben auch pure Theorie. Die Praxis derjenigen, die am Tisch sitzen, sieht anders aus: Da ist der Kampf mit dem Papierkram, der immer mehr wird, da sind die Umweltauflagen, die immer absurder werden, da gibt es den Mangel an Fachkräften, der immer gravierender wird. Und Lisa weiß jetzt schon, wie das ist, wenn demnächst die Haushaltsaufstellung für das nächste Jahr ansteht. Da werden wieder so viele soziale Wohltaten zu finanzieren sein, dass das Geld für die Vernetzung von Wirtschaft und Wissenschaft leider, leider nicht mehr reicht. Sachzwänge – wird Lisa dann wieder sagen müssen – Sachzwänge hätten die Förderung von diesem oder jenen wünschenswerten Projekt leider, leider verhindert. Die schönen Worte von Ronald Bahners werden, so fürchtet Lisa, schneller verfliegen als die Engel oben an der Decke.

25

„Was hast du denn gedacht? Hast du etwa gemeint, dass der Vortrag von einem Berater irgendetwas bringt? Dass ich nicht lache! Wie naiv bist du eigentlich, Lisa?“ Karl ist wieder sehr direkt und hält Lisa, die ihm ihre Enttäuschung über den gestrigen Abend brühwarm berichtete, abermals schmerzhaft vor Augen was Sache ist. „Worauf beruht denn das Geschäftsmodell von Beratern in der Politik oder in der Wirtschaft?“ Karl grinst Lisa beim gemeinsamen Espresso im Goldkettchen-Café spöttisch an. Die beiden starten hier häufig in den Tag, weil das Café günstig gelegen und die Bedienung schnell ist. Aber die Atmosphäre gefällt beiden eigentlich nicht. Auf den Spitznamen Goldkettchen-Café sind sie unabhängig voneinander gekommen, weil ihnen die Zahl der Müßiggänger mit Goldkettchen um den Hals, die ihre schweren Karossen direkt vor dem Café parken, besonders hoch vorkommt. „Ich frage dich, du Oberschlauer, wieso haben so viele Leute Zeit, morgens schon gemütlich in der Sonne zu sitzen? Müssen die nicht arbeiten?“ Das hat sich Karl allerdings auch schon gefragt angesichts der vielen braungebrannten Herren im besten Mannesalter, die scheinbar alle Zeit der Welt haben. „Es kann die Inkompetenz im eigenen Apparat sein“, Karl kommt schnell auf die Berater zurück, „obgleich – im höheren Dienst der Ministerien und Behörden oder im leitenden Management der Betriebe müsste doch eigentlich geballter Sachverstand versammelt sein. Wozu hält man sich sonst die teuren Apparate? Deshalb vermute ich, dass es oft nicht die Inkompetenz im eigenen Haus ist, die nach Beratern schreit. Denn auffällig ist doch, dass selbst wenn im eigenen Haus genügend Kompetenz vorhanden ist, Politiker wie Geschäftsführer gern auf externe Berater zurückgreifen. Deren Geschäftsmodell“, Karl redet ununterbrochen weiter, „basiert doch im Wesentlichen auf der Entscheidungsangst und Absicherungsmentalität, die in der Politik wie in der Wirtschaft auf allen Leitungsebenen grassieren. Wenn es um unangenehme Entscheidungen geht, um Umstrukturierungen, Stilllegung von Abteilungen, Ergebnisoptimierung durch Verschlankung von Prozessen und Entlassungen, dann wollen sie es nicht gewesen sein, sondern behaupten können: Ich folge nur externem Sachverstand. Das hast du doch selbst erlebt, Lisa. Wann immer dir deine Verleger oder Geschäftsführer Berater auf den Hals geschickt haben, wusstest du doch in Vorhinein, was am Ende dabei herauskommen wird: Personalabbau und zwar in der Redaktion. Dafür brauchtest du keine teuren Berater, die im Zweifel auch noch aus deinem Redaktionsetat bezahlt werden mussten und dir den Spielraum noch mehr schmälerten. Aber deine Geschäftsführer oder Verleger brauchten sie, um die Einschnitte zu rechtfertigen."

Karl beißt herzhaft in sein Käsebrötchen, belegt mit Emmentaler, seinem Lieblingskäse, und gönnt sich einen kräftigen Schluck Kaffee. „Oder nimm deine Landesregierung", insistiert er, „die verfährt im Zweifel genauso, wenn unangenehme Entscheidungen anstehen. Dabei verkennt sie eins: Je mehr Millionen sie externen Beratern in den Rachen wirft, desto größer wird der Vertrauensverlust, den sie selbst erleidet. Denn der Bürger fragt sich völlig zu Recht, warum er mit seinen Steuern Regierungsapparate und einen öffentlichen Dienst unterhalten soll, wenn sie offenkundig nicht in der Lage sind, anstehende Probleme allein zu lösen. Die Politikverdrossenheit, die von der Regierung beklagt wird, ist durchaus auch hausgemacht." Sagt's, nimmt den letzten Schluck Kaffee, noch im Stehen, und lässt Lisa sitzen. So ist es wieder mal an ihr, die Zeche zu bezahlen, bevor auch sie an ihren Arbeitsplatz eilt, den Karl gerade abschätzig als „Apparat" bezeichnet hat.

26

Die Nummer, die auf ihrem Display aufleuchtet, ist Lisa in kürzester Zeit vertraut. Es ist das Vorzimmer von Jakob Behring: „Jetzt! Sofort!", die Nachricht der Kollegin am anderen Ende ist kurz. Mehr muss auch nicht gesagt werden. Lisa weiß inzwischen, was das heißt. Sie darf Jetzt! Sofort! beim Minister antanzen. Endlich! Lisa ist erleichtert. Den ganzen Vormittag schon wartet sie darauf, bei Jakob Behring vorgelassen zu werden. Immer wieder wird der Termin in letzter Sekunde verschoben. Das kennt sie nun schon. Erst ist alles ganz eilig, und dann hat der Herr Minister keine Zeit. Die Damen im Vorzimmer nervt das mindestens so wie Lisa, nur, dass sie dabei, anders als Lisa, ihren Humor nicht verlieren. Sie beordern Lisa, nachdem sie mit ihrem Notizbuch eine Weile im Vorzimmer herumgestanden hat, mit einem kessen Spruch zurück in ihr Büro. Irgendwann heißt es dann: Auf Abruf. Auf Abruf – wie Lisa das hasst! Auf Abruf – das bedeutet, dass Lisa sich erst einmal nichts vornehmen kann, dass sie eigene Termine verschieben und in Rufweite ausharren muss, bis sie zum Minister gerufen wird. Das kann Stunden dauern. Manchmal ist die Warterei am Ende ganz umsonst, weil Jakob Behring doch kein Zeitfenster mehr hat für das gewünschte Gespräch mit Lisa.

Lisa ist jetzt B 5. Ihr sagte das anfangs herzlich wenig. Allen anderen schon. Das Heer der Laufbahnbeamten um sie herum, wunderte sich nicht schlecht, als ausgerechnet Lisa ihnen vor die Nase auf die begehrte B 5 gesetzt wurde. Lisa wundert sich auch nicht schlecht, als sie plötzlich vor lauter Referatsleitern, Referenten, Sachbearbeitern steht und von Jakob Behring in dürren Sätzen in ihr Amt eingeführt wird, schmucklos wie bei Behring alles schmucklos ist. Unweigerlich muss Lisa in diesem Moment an Dolf Debour denken. Wie anders war das doch, als der sie vor Jahren als neue Chefredakteurin aus dem Hut gezaubert und ihrer Redaktion vorgestellt hat. Da gab es salbungsvolle Worte. Und Sekt. Und Schnittchen. Bei Behring gibt es nichts. Nach wenigen Minuten ist die Zeremonie, die keine ist, auch schon wieder vorbei. Als Lisa dann in ihrem schmucklosen Büro sitzt, entdeckt sie auf ihrem Schreibtisch zwei schlichte Plastikkörbe: Einer trägt die Aufschrift „Eingang". Darin türmt sich schon ein Stapel von sogenannten Gittermappen. Am zweiten Korb klebt der Zettel „Ausgang". Dieser Korb ist leer. Lisa ahnt, dass es ihre Aufgabe sein könnte, die Mappen vom einen in den anderen Korb zu befördern. Aber wie?

Jakob Behring hat Lisa – mir nichts, dir nichts – auf die B5 katapultiert und damit einen Coup so recht nach seinem Geschmack gelandet. Wenn Jakob Behring sich was in den Kopf setzt, bremsen ihn kein Personalrat und kein Paragraf im Sozialgesetzbuch. Das Einzige, worauf er, der bayrische Einser-Jurist, peinlich genau achtet, ist, dass er mit seiner rabiaten Art nicht vor Gericht oder vor einem parlamentarischen Untersuchungsausschuss landet. Lisa jedenfalls hatte niemand auf dem Schirm. Lisa stand gar nicht zur Beförderung an, Lisa stand auf überhaupt keiner Liste. Lisa ist keine Beamtin, sie hat keine typische Laufbahn vom Ministerialdirigenten über den leitenden Ministerialdirigenten bis zum Ministerialdirektor absolviert. Lisa kennt sich weder aus im öffentlichen Dienst noch mit seiner Bürokratie. Lisa ist von außen in die Verwaltung geschneit. Ob das gut geht? Gewiss, sie ist seit einiger Zeit Regierungssprecherin des Ministerpräsidenten, aber das ist ein Posten sui generis, einer, der auch anderswo mit Quereinsteigern, Journalisten zumeist, besetzt wird. Doch nun ist sie zudem auch noch Leiterin einer Abteilung und für Vorgänge zuständig, von denen sie keine Ahnung hat. Das Einzige, was sie tröstet, ist, dass ihr Vorgänger im Amt offenbar eine ziemliche Null war. Der habe sich, wie ihr berichtet wird, von einer Krankheit in die nächste und von dort in die Kur geflüchtet, bis er schließlich in den vorzeitigen Ruhestand geschickt worden sei. Schlimmer kann es mit ihr auch nicht werden. Jedenfalls ist Lisa nun, völlig überraschend, Dienerin zweier Herrn: Als Regierungssprecherin dient sie dem Regierungschef Xaver Mendel und als Abteilungsleiterin dem Amtschef Minister Jakob Behring. Ein größeres Spannungsfeld ist kaum denkbar, denn beide sind völlig gegensätzliche Charaktere.

Schnell merkt Lisa, dass Jakob Behring nicht nur mit ihr rabiat umgeht. Jeder, der mit ihm zu tun hat, braucht Nervenstärke und Geduld. Da Jakob Behring sich für ungeheuer wichtig hält, sagt er prinzipiell sämtliche Termine, die auf seinen Schreibtisch flattern, erst einmal zu, um die meisten dann, kurzfristig, doch wieder abzusagen, weil sie ihm lästig sind oder nicht mehr wichtig erscheinen. Das produziert viel Enttäuschung – im Haus und außer Haus. Lisa geht eine solche Unzuverlässigkeit total gegen den Strich. Aber was soll sie machen? Jakob Behring zeichnet die Akten mit Rot und Lisa mit Lila. Damit ist im öffentlichen Dienst alles gesagt. Bald fällt ihr zu allem Überfluss die unangenehme Aufgabe zu, den Betroffenen die späte Absage des Ministers zu übermitteln. Da lässt sie sich jedes Mal eine halbwegs plausible Entschuldigung einfallen, um ihren Chef zu schützen. Sie findet, das gehört sich so.

Insofern ist das „Jetzt! Sofort!" das Beste, was ihr passieren kann. Lisa hastet die Treppe hinauf. Jakob Behrings Büro liegt über dem ihren. Natürlich liegt es über dem ihren. Da, wo Jakob Behring sitzt, ist immer oben. Davon ist vor allem Jakob Behring überzeugt. Er signalisiert allen immerzu: Ohne mich wärt ihr hier ohnehin verloren. Jakob Behrings Selbstvertrauen ist gewaltig, dabei ist seine Statur alles andere als gewaltig. Er ist sogar ein ziemlicher Hänfling, den man leicht übersehen kann. Umso dicker spielt er sich immer auf. Dass er einmal schwerste Gewichte gestemmt haben soll, gehört zu den Legenden, die er selbst über sich verbreitet, die ihm aber niemand recht glaubt.

Oben angekommen, stürmt Lisa an den Vorzimmer-Damen vorbei und wirft ihnen rasch ein „Danke" zu. Danke für „Jetzt! Sofort!" soll das heißen. Die beiden sind wirklich nicht zu beneiden, denkt Lisa sich jedes Mal und bewundert, dass sie bei all dem Durcheinander, das Jakob Behring anrichtet, den Überblick behalten. Jakob Behring sitzt nicht an seinem Schreibtisch, als Lisa den Raum betritt. Er hat sich am Besprechungstisch niedergelassen. Da ist mehr Platz, obwohl sein Schreibtisch von beeindruckender Größe ist. Nur quillt der über von Papier, Unterschriftsmappen und allerlei Nippes, der sich angesammelt hat. Der Besprechungstisch bietet mehr Platz für sein Tablett, auf dem das Mittagessen steht. Eine der Vorzimmerdamen wird immer losgeschickt, ihm etwas Nahrhaftes zu besorgen. Jemand, der so geschäftig ist, wie Jakob Behring, hat keine Zeit, selbst in die Kantine zu gehen. Er isst zwischen Tür und Angel, wenn er nicht, was oft der Fall ist, zu wichtigen Geschäftsessen verabredet ist. Eine beeindruckende Anzahl von Quittungen fliegt ständig offen auf seinem Schreibtisch herum, bis eine der Vorzimmerdamen sich erbarmt und sie für ihn bei der Staatskasse abrechnet.

Hinter einem Berg dampfenden Gulaschs begrüßt Jakob Behring Lisa mit kurzem Nicken. Es stört ihn überhaupt nicht, weiter zu essen, während er mit Lisa spricht. Es stört ihn auch nicht, mehrfach durch Telefonanrufe unterbrochen zu werden. Ein Anruf geht immer vor – und Lisa sitzt wie Pik Sieben dabei. Sie findet das Verhalten ungehörig, es ist ihr auch unangenehm, jedes Wort mitzuhören. Aber was soll's? Sie mag an Jakob Behring vieles nicht. Zum Beispiel nicht, dass er ständig schwitzt und sich den Schweiß mit dem zerknitterten Taschentuch aus dem Gesicht wischt. Auch dass sein Arbeitszimmer, wie jetzt wieder, nach Essen riecht, findet sie eklig. „Kleinbürgergeruch" nennt sie das, weil derartige Essensgerüche sonst in den Treppenhäusern von Mietanlagen hängen. Jakob Behring ist gegen Gerüche und Geräusche vollkommen unempfindlich. Er lässt sich die Mahlzeiten durch nichts verdrießen. Und wäre er nicht stets um den Eindruck bemüht, unentbehrlich zu sein, würde er sich gewiss noch ungeniert auf dem Sofa einen Mittagsschlaf genehmigen. Doch das erlaubt er sich nicht. Eine Pause zu machen würde seiner Unentbehrlichkeit widersprechen.

Jakob Behring hat inzwischen seinen Gulasch restlos vertilgt und schiebt den Teller beiseite. Er lehnt sich in seinem Stuhl zurück, schließt die Augen und lässt die Aufträge nur so auf Lisa niederprasseln. Ihr lila Stift fliegt über das Papier des Notizbuchs: „Das ständige Gequatsche über den Demokratieverlust im Land muss ein Ende haben", erregt sich Behring. Lisa weiß nicht, ob dieser Vorwurf allgemein im Raum steht oder gegen sie gerichtet ist. Es gehört zu Behrings Angewohnheiten, seinen Mitarbeitern ständig das Gefühl zu geben, sie seien an irgendetwas schuld. „Ich will jetzt endlich wissen, wie viel Initiativen es im Land gibt, die sich um die Stärkung des demokratischen Bewusstseins kümmern sollen, wie viel Leute damit beschäftigt sind und wie viel Geld wir denen in den Rachen schmeißen." Lisa zuckt zusammen. Weiß Behring denn nicht, dass diese Zahlen nicht mal eben auf Knopfdruck zu haben sind? Dass das statistische Material nur ungenügend im Land aufgearbeitet ist? Dass die Datenträger alle vorsintflutlich sind? Doch, das weiß er. Er weiß das sogar genau. Erst gestern hat er im Haushaltsausschuss gefordert, die Landesbehörden endlich mit einem einheitlichen modernen elektronischen System auszustatten. „Sie wissen doch, wie unzureichend die Statistik im Land ist. Die einen rechnen in Stellen, die anderen in Köpfen, die einen nur in Vollzeitköpfen, die anderen rechnen auch Teilzeitkräfte dazu. Manche Stellen, die besetzt sind, sind gar nicht besetzt, sondern verwaist, weil die Stellenbesetzer dauerkrank oder sonst wie abwesend sind. Wie soll man da zu verlässlichen Zahlen …" Lisa bringt ihren Satz nicht zu Ende. Jakob Behring unterbricht sie harsch: „Mir ist es egal, wie Sie die Daten beschaffen. Ich brauche sie, und zwar bis heute 18 Uhr. Und Tschüss!" Lisa klappt ihren Notizblock zusammen. Jetzt mit Behring zu diskutieren, wäre ein sinnloses Unterfangen. Außerdem muss sie sich sputen, um alles, was Behring ihr in die Feder diktiert hat, bis 18 Uhr heranzuschaffen.

Dabei gibt es nur eines, was Lisa tröstet: Bis 18 Uhr wird Jakob Behring so viele andere Aufträge an andere Kollegen verteilt haben, dass er irgendwann den Überblick verliert. Das Interesse sowieso. Jakob Behring ist ein typischer Aktionist. Er will veranlassen, nicht warten, was dabei herauskommt. Deshalb nimmt Lisa sein Auftragsfeuerwerk inzwischen eher gelassen entgegen. Außerdem weiß sie, wenn sie gleich zurück ist in ihrem Büro, werden dort ihre Mitarbeiter, die alle mehr von den Sachen verstehen als sie, mit gespitzten Stiften sitzen, und all die Aufträge, die sie eins zu eins an sie weitergibt, klaglos erledigen. Vorausgesetzt, sie kann die eigenen Notizen, die sie eben bei Behring gemacht hat, überhaupt noch entziffern. Es kommt durchaus vor, dass sie die eigene Schrift nicht mehr lesen kann, weil bei Behring wieder alles so schnell gehen musste.

Das Datengerüst zum vermeintlichen Demokratiedefizit zu erstellen, ist an diesem Tag keineswegs der einzige Auftrag, den Behring ihr erteilt: „Die Fluthelfer müssen endlich einen Orden bekommen. Dazu will ich ein Konzept bis Dienstag zur Kabinettssitzung." Und für die Fernsehratssitzung am Freitag will er eine Liste aller familienpolitischen Leistungen des Landes. „Warum das?", erlaubte sich Lisa zu fragen, obwohl sie die Antwort ahnte. Behring will die Liste lediglich als Munition dabei haben, falls der Intendant ihm dumm kommt. Die ganze Woche schon hat Behring sich in der Morgenlage mächtig darüber erregt, dass das Land immer so schlecht wegkommt in den Fernsehberichten. „Das ist ein Skandal! Warum berichten die nicht mal darüber, was alles gut läuft bei uns", poltert er los und schaut dabei Lisa vorwurfsvoll an, so als sei sie schuld an dieser negativen Berichterstattung. „Herr Minister, darf ich daran erinnern, dass ich zwar mal Journalistin war, aber dies nicht mehr bin. Für das, was die früheren Kollegen so verzapfen, bin ich nicht verantwortlich", erklärt Lisa ihrerseits bestimmt, sodass bei den Kollegen, die mit ihr in der Morgenlage sitzen, die Hoffnung keimt, Behring würde sich an Lisa abarbeiten. Das tut er nämlich oft, vielleicht auch, weil sie die Einzige in der Runde ist, die keine Angst vor ihm hat. Solchen Typen wie

Behring, das weiß Lisa längst, darf man nie den Hals hinhalten, dann beißen sie gnadenlos zu. Man muss ihnen die Stirn bieten.

Mehr als Jakob Behring fürchtet Lisa deshalb Roland Metzger. Roland Metzger trägt den Titel „Büroleiter“ und versteht sich als Behrings einhundertfünfzigprozentiger Erfüllungsgehilfe. Gegen 17 Uhr wird er sie das erste Mal anrufen und fragen, wann die Ergebnisse, die sein Chef eingefordert hat, denn endlich vorliegen. Das wird er bis 18 Uhr noch ein paar Mal tun und richtig nerven. Wenn sie Pech hat, wird Roland Metzger sogar die von Behring flüchtig dahin geworfenen Aufträge eigenmächtig ausweiten. Dann wird es richtig unangenehm. Mit Behring kommt Lisa schon zurecht, diesen brodelnden Vulkan weiß sie zu nehmen, aber mit dem Gehilfen, der sich ständig seiner abgeleiteten Bedeutung versichern will, ist das schon schwieriger. Da muss sich Lisa ganz schön am Riemen reißen, um nicht auszurasten, wenn der sich aufspielt, als sei er der Herrscher persönlich. Wenn Roland Metzger sie von oben herab behandelt, obwohl er hierarchisch weit unter ihr steht, schwillt Lisa regelmäßig der Kamm. Das sind dann Situationen, in denen sie mit sich hadert, sich auf diesen Staatsapparat eingelassen zu haben, der vor allem eines produziert: Papier, Unmengen von beschriebenem Papier.

27

Es ist noch früh am Sonntagmorgen als bei Lisa zu Hause das Telefon läutet. Sie zuckt zusammen. Ein Anruf am Sonntag und dann noch so zeitig, das bedeutet nichts Gutes. Seit sie Sprecherin des Regierungschefs ist, wird Lisa regelmäßig an vermeintlich freien Tagen gestört. Immer ruft irgendein Journalist an, der an diesem Tag Dienst schieben muss, in der Redaktion am Bleistift kaut und verzweifelt nach einem Thema sucht, mit dem er seine Zeitung oder seine Sendung aufmachen könnte. Das Erste, was Journalisten in solchen Situationen einfällt, ist, irgendeinem Politiker einen Satz aus der Nase zu ziehen, der möglichst mediale Erregung erzeugt. Zumal auch die Nachrichtenagenturen an nachrichtenarmen Feiertagen froh sind über alles, was nur halbwegs zur Schlagzeile taugt. Gut geeignet dafür sind Personalquerelen, zumal die relativ leicht herauszukitzeln sind. Da muss man als Journalist nur zwei Politiker, am besten noch derselben Partei, unabhängig voneinander zu einem Sachverhalt befragen und schon kann man, mit ein wenig Talent zur Zuspitzung, den schönsten Widerspruch konstruieren. Beliebt ist auch, einzelne Sätze aus dem Zusammenhang zu reißen und zum Skandal hoch zu blasen. Lisa kennt dieses Spielchen zur Genüge. Deshalb fürchtet sie die Journalisten-Anrufe an Sonn- und Feiertagen. Sie weiß, da muss sie höllisch aufpassen und drei Mal überlegen, was sie ihren Regierungschef auf scheinbar harmlose Fragen antworten lässt. Ein unbedachtes Wort – und schon fliegt ihr der Laden um die Ohren.

An diesem frühen Sonntagmorgen ist es Gisbert Süß, ein Fernsehjournalist, der Lisa übergangslos mit dem Wort „Ungeheuerlichkeit" aufschreckt. „Das, was Ihr Chef gesagt hat, ist eine Ungeheuerlichkeit. Was hat er sich denn dabei gedacht? Das muss er erklären. Wann kann ich mit dem Fernsehteam vorbeikommen und einen O-Ton einfangen?" – „Moment mal", unterbricht Lisa den erregten Gisbert Süß, der für die „NFA", die Nationale Fernsehanstalt, berichtet, harsch: „Um was geht es eigentlich? Von welcher Ungeheuerlichkeit ist die Rede?" – „Na, Mendels Interview im ‚Echo'. Das ist ein Skandal!" Gisbert Süß' Stimme überschlägt sich fast. „Ich lese Ihnen mal vor, was Ihr Chef da sagt: Der Umgang mit Freiheit muss genauso gelehrt und gelernt werden wie der Umgang mit anderen Fertigkeiten, weil sonst Freiheit als Freiraum für Gewalttätigkeit und Extremismus missverstanden werden kann. Dieser Satz bedeutet doch im Umkehrschluss nichts anderes als dass alle Ostdeutschen potenzielle Extremisten und Gewalttäter sind, weil sie nicht gelernt haben, mit Freiheit umzugehen. Sie müssen zugeben, dass ist ungeheuerlich!" – „Ungeheuerlich ist Ihre Interpretation. Geradezu bösartig ist die. Eine Unterstellung! Sie haben wohl kein Thema für Ihre heutige Sendung, dass Sie derart verquer denken. Machen Sie sich nicht lächerlich, Herr Süß!" Lisa ist jetzt hellwach. Sie wittert Gefahr. Wenn Gisbert Süß seine Interpretation des Mendel-Satzes erst öffentlich macht, wird es schwer für sie, diesen Irrsinn wieder zurückzuholen. Denn sofort werden andere Medien begierig darauf springen. Ein Ministerpräsident, der seine Landsleute für potenzielle Gewalttäter und Extremisten hält – das ist ein gefundenes Fressen –, unabhängig davon, ob diese Behauptung in den folgenden Tagen noch zu halten ist. „Lieber Herr Süß", Lisa redet mit Engelszungen auf den Anrufer ein, „ich sage Ihnen noch mal: Ihre Interpretation ist vollkommen abwegig. Xaver Mendel hat keinen direkten Zusammenhang hergestellt zwischen dem Mangel an Freiheit und der bedauerlichen Zunahme von Extremismus und Gewalt. Und schon gar nicht hat er allen Ostdeutschen unterstellt, extremistisch und gewalttätig zu sein. Das ist doch absurd. Sie kennen ihn. So etwas würde er nie behaupten. Er ist doch selbst Ostdeutscher. Lesen Sie bitte genau, was Xaver Mendel tatsächlich gesagt hat, bevor Sie derartigen Unsinn verbreiten." Doch ihre Liebesmühe ist umsonst. Gisbert Süß hat Blut geleckt, jetzt will er zubeißen. Gegen Mittag haut er seine Empörungsnummer raus an die Agenturen.

Lisas Telefon steht nicht mehr still. Journalisten aus der gesamten Republik melden sich bei ihr. Alle wollen einen O-Ton des Ministerpräsidenten. Der solle sich schleunigst zu diesem Skandal äußern, wird verlangt. Lisa verflucht ihren Job. Diese verdammten Journalisten, immer auf der Suche nach der Sensation! Lisa kramt die Sonntagsausgabe des „Echo" hervor und liest das gesamte Interview, das sie am Vortag freigegeben hat, noch mal Wort für Wort nach. Der Satz:

Der Umgang mit Freiheit muss genauso gelehrt und gelernt werden wie der Umgang mit anderen Fertigkeiten, weil sonst Freiheit als Freiraum für Gewalttätigkeit und Extremismus missverstanden werden kann, lässt sich im Kontext des gesamten Textes nun wirklich nicht derart missverstehen, wie Gisbert Süß das im Umkehrschluss getan hat. „Xaver Mendel: Unfreiheit führt zu Extremismus und Gewalt. Ministerpräsident macht DDR-Regime verantwortlich für Verrohung im Osten", hat er in der Vorabmeldung geschrieben, die jetzt die Journalisten in ihren Redaktionsstuben so elektrisiert.

Gegen Mittag erreicht Lisa endlich Xaver Mendel, der bis dahin in der hintersten Ecke seines Gartens die Rosen beschnitten hat. Lisa setzt ihn ins Bild über das, was passiert ist, und fragt: „Wollen Sie dazu etwas sagen?" Nein, Xaver Mendel will zu diesem Unsinn nichts sagen. Sollen die doch schreiben, was sie wollen! Xaver Mendel will zurück zu seinen Rosen. Lisa ist das jetzt beinahe egal. Ob der noch was dazu sagt oder nicht, ändert nichts mehr an der brenzligen Situation. Die mediale Erregung nimmt von Stunde zu Stunde zu. Schon fordert das Parlament eine Sondersitzung. Der Regierungschef soll sich erklären, denn dort, auf den Abgeordnetenbänken, sitzen ja auch Landsleute, die Xaver Mendel angeblich verunglimpft hat. Betroffenheit allenthalben. Lisa ist klar, dass sie bis zur Plenarsitzung, und die ist in zwei Tagen, Xaver Mendel aus dem Schlachtgetümmel herausgeholt haben muss, sonst wird es äußerst unangenehm. Schon muckt die eigene Fraktion auf.

Lisa hat wieder mal Glück. Quasi in letzter Minute kommt ihr unvermutet Will Bruns zu Hilfe. Als Chefredakteur der renommierten Zeitung „Die Neue Allgemeine" kümmert den normalerweise die Provinz wenig, nun aber haben ihn die Schlagzeilen aufgeschreckt. Er will ein Gespräch mit Xaver Mendel führen. Will Bruns – in Lisa keimt Hoffnung. Will Bruns ist ein kluger Kopf, einer, der nicht mit den Wölfen heult. Irgendwie schafft Lisa es, in Xaver Mendels prallvollem Terminkalender kurzfristig ein Zeitfenster für das Gespräch mit Will Bruns freizuschaufeln. Xaver Mendel, der nie begeistert ist, wenn Lisa ihm mit zusätzlichen Presseterminen kommt, ist bereit, diesen Termin einzuschieben. Auch ihn hat eine gewisse Unruhe erfasst. Er verliert zwar Lisa gegenüber kein Wort, sie beobachtet aber, wie er mit seinen Fingern auf den Tischplatten herumklopft. Er ist ungehalten. Aber mit wem? Lisa fürchtet, er ist ungehalten mit ihr. Insgeheim wird er ihr vorwerfen, diesen Unsinn, den die Presse verzapft hat, nicht verhindert zu haben. Lisa hat ihm zwar gelegentlich schon klar zu machen versucht, dass sie als seine Presseverantwortliche keinerlei Einfluss hat – weder auf das, was die Medien berichten noch wie sie das tun. Bisher hatte sie aber nie das Gefühl, damit bei ihm durchzudringen.

Will Bruns trifft Xaver Mendel zwischen zwei Betriebsbesichtigungen mitten in der Walachei. Lisa hat auf die Schnelle einen Besprechungsraum reservieren lassen, damit das Interview nicht zwischen Tür und Angel stattfinden muss. Hier in der Fabrik stehen wenigstens ein Tisch, Stühle und Getränke bereit, sodass das Ganze nicht allzu provisorisch wirkt. Will Bruns kommt sofort zur Sache, was Xaver Mendel, der Small Talk sowieso nicht leiden kann, entgegenkommt. „Gibt es im Osten eine höhere Gewaltbereitschaft als im Westen?“ Gleich mit der ersten Frage kommt Will Bruns auf den Punkt. Xaver Mendel merkt schnell, dass da einer vor ihm sitzt, der nicht in das Bild passt, das er von Journalisten hat, und entspannt ein wenig: „Ja, wir haben im Osten mit dem Phänomen der Gewalt zu kämpfen“, konstatiert er ohne Umschweife, „aber dieses Phänomen ist nicht so neu, wie immer behauptet wird. Es hat früher schon Gewalt gegeben, sogar rechte Gewalt, überraschenderweise am Rande von Fußballspielen der Stasi-Clubs.“ Doch weil im Sozialismus nicht sein konnte, was nicht sein durfte, habe man diese Vorfälle kurzerhand unter allgemeiner Kriminalität verbucht. Deshalb seien sie nie ans

Licht gekommen, und die DDR habe weiter ihren antifaschistischen Mythos gepflegt. „Ganz anders heute. Heute kommt alles ans Licht. Inzwischen wird so offen über rechte Gewalt gesprochen, dass man den Eindruck gewinnt, es gibt nur noch rechte Gewalt. Das ist natürlich Unsinn. Und das ist fatal, weil es den Menschen hier Unrecht tut und sie tief verletzt." Xaver Mendel hält inne. Er erwartet wohl, dass Will Bruns nachhakt. Aber der hakt nicht nach. So redet Xaver Mendel einfach weiter: „Gewalt ist kein Phänomen des Ostens, es ist ein Phänomen von offenen Gesellschaften. Früher waren wir keine offene Gesellschaft. Heute sind wir es, mit allen Vor- und Nachteilen. Offene Gesellschaften sind verführbar. Umso mehr, je mehr soziale Probleme Zweifel am Funktionieren der Demokratie aufkommen lassen. Und solche Zweifel ...", Xaver Mendel hält wieder inne, dieses Mal, um seine Gedanken zu sortieren „... solche Zweifel sind im Osten tatsächlich stärker verbreitet als dort, wo man demokratische Gepflogenheiten länger einüben konnte."

„Ist der Osten verroht?", will Will Bruns plötzlich wissen. Denn dass der Osten verroht sei, diese Behauptung hat die Berichterstattung der letzten Tage bestimmt. Xaver Mendel schüttelt ungläubig den Kopf. „Es gibt Wissenschaftler, die sprechen von einer Verrohung des Ostens. Aber das ist, Pardon, eine typische Westsicht." Das „Pardon" zielt offenbar auf die Herkunft von Will Bruns. „Verrohung ist der falsche Begriff. Was zu beobachten ist, ist ein Wertewandel, ein ziemlich starker Wertewandel sogar. Das gesamte Koordinatensystem jedes Einzelnen wurde über den Haufen geworfen. Das muss man erst mal aushalten. Die Wunden, die derart tiefgreifende Umbrüche reißen, lassen sich beim besten Willen nicht mit staatlichen Mitteln heilen, schon gar nicht mit Finanzmitteln. Da ist die Zivilgesellschaft gefragt." Und was dies, die Herausbildung einer Zivilgesellschaft, betreffe, wisse doch jeder, dass es im Osten viel nachzuholen gebe. „Wo soll das zivile Engagement bei uns auch herkommen? Hier, wo es früher weder private Initiativen noch private Unternehmen geben durfte, wo selbst harmlose Vereinsbildungen verboten waren, wo sich keine breite bürgerliche Mittelschicht bilden konnte und die Reste, die es gab, zerschlagen wurden. Hier, wo Millionen von besser gebildeten, gut ausgebildeten Leuten abgewandert sind – gleich nach dem Krieg sind sie weggegangen, vor dem Mauerbau auch und nach dem Mauerbau schon wieder. Das war ein Aderlass. Inzwischen fehlen all diese Leute, die man anderswo zur Elite zählt. Wissen Sie, wie man früher DDR buchstabiert hat?" Xaver Mendel sieht Will Bruns ernst an: „DDR – Der Dumme Rest." Das klinge zwar böse, aber wenn man zusammenzähle, wie viele dem Sozialismus den Rücken gekehrt haben, sei dieser böse Spruch so falsch nicht gewesen. „Durch den Verlust gerade an Leuten, die Initiative hatten, die ihr Leben selbst in die Hand nehmen wollten, die bürgerlich waren, ist die Bevölkerungsstruktur aus dem Lot geraten. Das ist doch gar nicht zu leugnen." Xaver Mendel, der Journalisten sonst immer zur Verzweiflung bringt, weil er auf ihre Fragen nur äußerst knapp antwortet, holt sehr lang aus: „Diese Proletarisierung der Gesellschaft ist doch vierzig Jahre lang ideologisch gewollt gewesen, da darf sich doch niemand wundern, wenn es an Bürgerlichkeit und zivilem Engagement fehlt. Bis heute. Diese Unwucht in der Bevölkerungsstruktur wächst sich nicht so schnell aus. Das braucht Generationen."

Xaver Mendel lehnt sich zurück in den Stuhl, der eher einem Kantinenmöbel gleicht als einem Ministerpräsidentensessel. Dann fällt ihm ein, dass er die eigentliche Frage noch gar nicht beantwortet hat: „Nein, der Osten ist nicht verroht", sagt er, „der Osten ist anders." Damit setzt Xaver Mendel eine Art Schlusspunkt, doch Will Bruns, der sich ununterbrochen Notizen gemacht hat, obwohl sein Tonband mitläuft, schaut besorgt auf seinen Fragenkatalog. Allzu weit ist er noch nicht gekommen und das Gespräch dauert nun schon über eine Stunde.

Am Morgen der Parlamentsdebatte füllt das Interview, das Will Bruns mit Xaver Mendel geführt hat, eine volle Seite der „Neuen Allgemeinen". Jetzt kann sich jeder davon überzeugen, wie fahrlässig es war, Xaver Mendel zu unterstellen, er halte seine Landsleute für potenzielle Extremisten und Gewalttäter und mache das DDR-Regime verantwortlich für Verrohung im Osten. Als die Parlamentssitzung beginnt, nimmt Lisa erleichtert zur Kenntnis, dass von dem Unmut, der die Debatte auch unter den Abgeordneten bestimmt hat, nicht mehr viel zu spüren ist. Das Interview in der „Neuen Allgemeinen" hat Druck aus dem Kessel genommen – gerade noch rechtzeitig. Jedenfalls weiß nun selbst die Opposition nicht mehr so recht, was sie dem Regierungschef eigentlich vorwerfen will. Lisa atmet auf. Heute Nacht wird sie endlich wieder gut schlafen.

28

Sie habe denkbar schlecht geschlafen, klagt Lisa als Karl, gestählt durch den Frühsport, den er eisern Tag für Tag absolviert, am Frühstückstisch erscheint. „Wieso das? Gestern ist doch alles gut für dich gelaufen." – „Ja, das stimmt. Aber die Anspannung der letzten Tage war offenbar zu groß, die muss sich noch entladen. Außerdem habe ich die halbe Nacht an den blöden Behring denken müssen." – „Wieso Behring? Der hatte doch zur Abwechslung mit all dem nichts zu tun. Wenn dich Behring jetzt schon bis in die Nacht verfolgt, mach ich mir echt Sorgen um dich. Bist du krank, Lisa?" – „Nein, krank nicht, aber fertig. Fix und fertig. Und das ausgerechnet jetzt, wo ich mir keine freie Minute leisten kann. Nächste Woche tagt die Ministerpräsidentenrunde hier im Land. Da wird einiges an Arbeit auf mich zukommen." – „Und warum hält dich dann Behring vom nötigen

Schlaf ab? Schieb diesen Hänfling doch einfach mal beiseite." – „Versuch ich ja, aber schieb mal einen, der überall ist und nirgends, beiseite. Das ist nicht so leicht. Ich habe immer daran denken müssen, wie Behring mit unliebsamer Berichterstattung umgeht." – „Wie denn? Dieser Möchtegern-Elefant im Porzellanladen zerdeppert doch eher Geschirr, als dass er es kittet." – „Das stimmt, aber der zerdeppert das Geschirr so gründlich, das es gar keinen Laden mehr gibt." – „Das ist mir zu hoch. Was willst du mir eigentlich sagen, Lisa?" Karl ist leicht unwirsch. Er mag nicht, wenn Lisa ihre feuilletonistische Ader heraushängen lässt und mit Metaphern um sich schmeißt. „Mit mir muss du einfach reden. Ich bin ein schlichtes Gemüt."

Lisa hat zwar wenig Zeit, aber jetzt, wo sie schon damit angefangen hat, will sie Karl die ganze Geschichte nicht vorenthalten: Vor einigen Tagen, erzählt sie, sei Jakob Behring völlig aufgebracht in der Frühkonferenz erschienen und habe wütend aktuelle Schlagzeilen zitiert, die mit der Regierung scharf ins Gericht gingen: „Ein Hohn für die Demokratie", „Klägliches Versagen", „Xaver Mendel – wie lange noch?", so oder so ähnlich hatten die Medien getitelt. Behring sei außer sich gewesen: „Diese Idioten von der Presse, sitzen in ihren warmen Redaktionsstuben auf ihren dicken Ärschen und urteilen über Dinge, von denen sie null Ahnung haben. Ich habe keine Lust, diesen Mist auch nur einen Tag länger zu lesen! Ab sofort werden Artikel, die das Maß an üblicher Idiotie überschreiten, nicht mehr im Medienspiegel der Regierungszentrale abgedruckt. Schluss damit!" Das müsse man sich nicht länger antun, habe er noch hinterher geschoben. „Und, wie lange hat er das durchgehalten?" Karl schaut Lisa in einer Mischung aus Mitleid und Neugier an. „Halt, bevor du antwortest, sage ich dir, was passiert ist: Nachrichten-Unterdrückung! Üble Nachrichten-Unterdrückung! haben die Journalisten sofort geschrieben, nachdem sie von der interne Anweisung Behrings schnell Wind gekriegt hatten. Und dann haben sie unisono lauthals die Einschränkung der Pressefreiheit beklagt.“ – „Woher weißt du das? Du warst doch gar nicht dabei. Aber du hast recht, genauso war’s. Behrings Anweisung hatte nicht mal achtundvierzig Stunden Bestand, weil sofort ein medialer Sturm der Entrüstung losbrach.“ – „Ist doch klar. Und ich sag dir auch, was Behring dann gemacht hat: Er hat seine Verfügung klammheimlich zurückgenommen und steif und fest behauptet, dass es nie eine gegeben hat. Alles nur eine böse Unterstellung von bösen Journalisten.“

Lisa fragt sich ernsthaft, woher Karl wieder mal so genau weiß, wie alles abgelaufen ist. Aber anstatt ihn wegen seiner Fähigkeit zur Hellseherei zu loben, spielt sie ihm ein wenig die beleidigte Leberwurst vor: „Wenn das so ist, dass der oberschlaue Karl sowieso alles besser weiß, brauche ich ihm ja in Zukunft nichts mehr zu erzählen.“ – „Na, das möchte ich erleben“, prustet Karl los. „Du kannst doch gar nichts für dich behalten. Alles, was drin ist in dir, muss doch raus. Sonst platzt du!“ Lisa weiß nicht, ob sie auf diese Frechheit noch was draufsetzen soll oder nicht. Sie lässt es. Nach einer Weile klatscht sie in die Hände und ruft laut: „Peng!“ – „Was soll das denn jetzt?“ Karl tut erschreckt. „Ist doch klar: Jetzt bin ich geplatzt!“ Lisa lacht sich halb tot. Karl lächelt nur so gequält.

29

Jakob Behring verlangt schon wieder nach Lisa. Sie solle „sofort und auf der Stelle“ in sein Büro kommen, bedeutet ihr das Vorzimmer. Lisa lässt, wie befohlen, alles stehen und liegen und eilt das stattliche Treppenhaus hinauf und den breiten Flur dieses Prachtbaus entlang, der unweigerlich einschüchtert. Das Gebäude versprüht immer noch den Geist der Diktatur, obwohl hier längst eine demokratisch gewählte Regierung residiert. Jakob Behring ist ausgesprochen gut drauf und begrüßt Lisa fast liebenswürdig: „Gut, dass Sie da sind, nehmen Sie Platz, und schreiben gleich mit." Behring thront hinter seinem gewaltigen Schreibtisch, vor sich der überdimensionierte Kaffeebecher mit der Aufschrift „Boss". Der Schweiß rinnt ihm durchs Gesicht. Behring wischt und wischt, aber es nützt nichts. Er schwitzt, morgens schon.

Kaum hat Lisa auf dem Stuhl vor seinem Schreibtisch Platz genommen, da rattert Behring los, so rasant, dass sie nur Satzfetzen mitbekommt: Roadmap erstellen, Zeitplan machen, Gutachten in Auftrag geben, Telefonschaltkonferenz organisieren, Hessen gewinnen, Thüringen ausbremsen. Wie eine Maschinengewehr-Salve prasseln die Aufträge auf sie nieder. Lisas lila Stift fliegt über das Papier, sie kommt mit den Notizen kaum nach. Als Behring endlich zu Ende ist, atmet Lisa auf und setzt, sozusagen als Schlusspunkt, noch drei Buchstaben unter ihren Spickzettel: bmM. Dieses Kürzel hat sie erfunden, um Behrings Tempo mithalten zu können: „bmM" heißt: bis morgen Mittag. Manchmal kürzt sie auch anders ab: bhA – bhA ist schlimmer als bmM, denn das bedeutet: bis heute Abend. Behring liebt es, Druck zu machen und seine Mitarbeiter mit kurzen Fristen zu quälen. Anfangs hat Lisa sich gefragt, wie so viele Aufträge in so kurzer Zeit überhaupt zu schaffen sind, doch das fragt sie sich nicht mehr. Es ist zu schaffen, irgendwie.

Roadmap erstellen, Zeitplan ausarbeiten, Gutachten in Auftrag geben, Telefonschaltkonferenz verabreden, Hessen gewinnen, Thüringen ausbremsen – zurück in ihrem Büro, versucht Lisa die Stichworte auf ihrem Zettel zu entziffern. Dann trommelt sie ihre Leute zusammen und erschrickt kurz, weil sie merkt, dass sie schon wie Behring redet: Alle mögen bitte „sofort und auf der Stelle" zu ihr kommen. Wenige Minuten später sind alle um ihren runden Tisch versammelt und schauen Lisa, bewaffnet mit Block und gezücktem Stift, erwartungsvoll an. Lisa amüsiert immer, wie dienstbeflissen ihre Mitarbeiter jedes Wort, was sie von sich gibt, mitschreiben. Manchmal zuckt dem ein oder anderen schon die Hand, wenn sie nur „Guten Morgen" sagt. Das Bedürfnis, alles, was besprochen wird, schriftlich festzuhalten, sitzt bei Staatsdienern tief. Anfangs hat Lisa dieses Verhalten, das sie an Musterschüler erinnert, belächelt, doch irgendwann hat sie kapiert, dass dieses akribische Mitschreiben doch einen Sinn hat. Schriftliche Notizen sind enorm hilfreich, wenn es nötig werden sollte, hinterher rekonstruieren zu müssen, wer eigentlich was in Auftrag gegeben hat und wer für was verantwortlich gemacht werden kann.

„Ich habe den grünen Haken", die Bedeutung dieses freudig erregten Ausrufs eines ihrer Mitarbeiter, versteht Lisa nicht auf Anhieb. Erst nach und nach wird ihr klar, was es mit dem grünen Haken auf sich hat. Der grüne Haken ist sozusagen der Befreiungsschlag. Mit dem grünen Haken segnet der oberste Chef einen Vorgang ab, was in der Regierungsbürokratie das Wichtigste überhaupt ist. Bevor allerdings der grüne Haken gesetzt werden kann, muss eine Akte die gesamte Hierarchie durchlaufen haben: brauner Haken vom Referatsleiter, lila Haken vom Abteilungsleiter, roter Haken vom Amtschef. Wenn dann noch grün hinzukommt, ist sie ganz schön bunt, zumal häufig noch Anmerkungen, Aufträge, Fragen in den entsprechenden Farben dazu geschrieben werden. Erst wenn das Farbenspiel komplett ist, kann der Mitarbeiter, der den Vorgang ursprünglich auf den Weg gebracht hat, beruhigt sein: Die „Hausspitze" – auch das so ein Wort, das Lisa in der Verwaltung zum ersten Mal hört – ist einverstanden. Er steht damit in der Verantwortung. Falls politische Verwicklungen aus dem Vorgang folgen, weiß jeder, an wen er sich zu halten hat: natürlich an Grün, aber da Grün geschützt und aus kleinlichen Querelen möglichst herausgehalten werden muss, wird gelegentlich ein anders farbiges Bauernopfer gesucht. Auch dafür ist es gut, die farbigen Haken nachverfolgen zu können.

„Leute", Lisa wählt in der Eile die kumpelige Ansprache und hält sich mit keiner Vorrede auf: „Leute, es gibt viel zu tun. Jakob Behring will eine Bundesratsinitiative zum Verbot der Partei ‚Die Nationalisten' starten. Fragen Sie mich nicht, warum er das will und warum jetzt, er will es halt!" Hans Peters, der in Lisas Abteilung das Referat „Parteien und gesellschaftliche Organisationen" betreut, verdreht die Augen. Bevor er ansetzen kann, eine seiner typischen Bedenken vorzubringen – Hans Peters hat immer Bedenken –, fällt Lisa ihm ins Wort: „Herr Peters, wir kennen alle die Argumente, die dagegen sprechen, und teilen sie größtenteils auch. Dass ein solches Unterfangen nicht gerade Erfolg versprechend ist, wissen wir spätestens, seit das Verfassungsgericht das erste Verbotsverfahren abgeschmettert hat. Aber Sie kennen ja Behring, sie kennen ihn besser und länger als ich: Der schickt seine Truppen noch in Schlachten, wenn der Krieg bereits verloren ist." – „Ist der Krieg denn verloren?", fragt Lisas Stellvertreter keck in die Runde, erwartet aber offenbar nicht ernsthaft, dass ihm jemand antwortet. „Die Hürden, die das Grundgesetz für das Verbot von Parteien aufgebaut hat, sind hoch, aber sie sind nicht unüberwindlich", meint Lisa, um etwas Ermutigendes in die Runde zu werfen. „Das vorherige Verfahren war völlig falsch aufgesetzt. Das darf nicht noch mal passieren. Die Beweiskette muss lückenlos sein."

Lisa merkt selbst, dass sie jetzt wie eine Journalistin redet, obwohl sie längst keine mehr ist. Aber es sitzt halt so drin in ihr: dieses schnelle Urteilen, ohne wirklich Ahnung von der Sache zu haben, diese Besserwisserei, ohne es wirklich besser zu wissen. Journalisten sind immer fein raus, sie müssen den Kopf für nichts hinhalten, sie können am Schreibtisch sitzend die Schlaumeierposition einnehmen. Doch damit ist es für sie vorbei. In ihrer jetzigen Position muss Lisa ihre Zunge hüten, darf nicht einfach, mir nichts, dir nichts, ein Urteil raushauen, eine Forderung in den Raum stellen. Ein Parteiverbot nur zu fordern, wie sie das als Journalistin gemacht hat, das geht nun nicht mehr. Jetzt muss sie eine solche Forderung hieb- und stichfest belegen, Beweise heranschaffen, Dokumente auswerten, viele Dokumente. Ein mühseliger Prozess, der Hürden und Fallstricke bietet. Lisa sieht ihren Leuten an, wie begeistert sie sind, sich dieser Mühsal der Beweisführung ein zweites Mal unterziehen zu müssen, obwohl die Erfolgsaussichten keineswegs rosiger geworden sind. Hans Peters fasst sich als Erster ein Herz und spricht aus, was alle denken: „Eine Roadmap, einen Zeitplan, sollen wir also für das Verbotsverfahren erstellen. Und dieser Zeitplan soll, nehme ich an, die Sache von hinten aufrollen." Mehr muss er nicht sagen. Alle wissen, was er meint.

Von hinten aufrollen, das meint, alles auf den Wahltermin auszurichten. Im Herbst wird im Land gewählt. Bis dahin muss die Regierung zeigen, dass sie die Nöte und Ängste der Menschen ernst nimmt, dass sie vor Aktivität nur so strotzt, dass sie alles Dringliche in Angriff nimmt. Und dringlich ist die Bekämpfung des Rechtsextremismus – immer noch. Das Thema stand schon in der letzten Legislaturperiode an der Spitze der „To-do-Liste". Seitdem ist viel geschehen. Die Zahl der Initiativen, die aufgesetzt wurden, überblickt niemand mehr. Und die flammenden Appelle, die teuren Bildungsprogramme, die Broschüren, Bücher und Kongressberichte sind kaum zu zählen. Aber was hat all das gebracht? Die Rechten sind stärker denn je. Und sie treten frecher und dreister auf. Ihre Umfragewerte steigen permanent.

Seit „Die Nationalisten" es bis ins Parlament geschafft haben, sind die anderen Parteien noch nervöser geworden. Sie finden kein Rezept, diese Feinde der Demokratie klein zu halten. Die „Volkspartei", der Xaver Mendel vorsteht, ist besonders nervös, an ihrer rechte Flanke bröckelt es gewaltig. Und da soll ausgerechnet ein zweites Verbotsverfahren die Rettung bringen, nachdem das erste schon krachend scheiterte? Lisa glaubt nicht recht daran. Und sie hat den Verdacht, Xaver Mendel auch nicht. Aber der hütet sich, laut Zweifel anzumelden, sondern schwört seine Parteifreunde auf das Verfahren ein.

Schließlich will er den Wahlkämpfern nicht ihren Wahlkampf vermasseln, nur weil er selbst nicht mehr antritt. Und Jakob Behring, der zuständige Minister? Den kümmert nur, dass die Regierung mit der Drohung, diese Schmuddel-Partei zu verbieten, vor der Wahl auf den Putz hauen und Entschlossenheit demonstrieren kann. Ihn kümmert nicht, was aus dem Verfahren in ein, zwei Jahren, also weit nach der Wahl, wird, denn so lange wird ein Gericht mindestens brauchen, um ein Urteil zu fällen. Lisa wird also nicht drum herumkommen, mit ihren Leuten die Roadmap zu erstellen, den Zeitplan auszuarbeiten, Gutachten in Auftrag zu geben, Telefonschaltkonferenzen zu verabreden und viele Dinge mehr ins Werk zu setzen. Und das alles mit festem Blick auf den Wahltermin im Herbst.

30

„Das ist doch purer Aktionismus!" Karl bringt es auf den Punkt. Wieder mal sitzen sie beim Italiener, und er hat sich, ganz gegen seine Gewohnheit, Baby-Calamari bestellt, während Lisa bei ihren Trüffel-Spaghetti geblieben ist. Sie muss einen leichten Ekel unterdrücken, als sie zusieht, wie Karl einen kleinen Tintenfisch nach dem anderen zerteilt und die Hälften samt öligen, ziemlich großen Knoblauchscheiben aus der Soße in den Mund schiebt. Lisa mag keinen Knoblauch und hofft, dass die Knoblauchdünste seines Atems nicht an sie heranreichen, solange sie sich an dem kleinen Zweiertisch unterhalten. „Das ist doch immer dasselbe", sagt er genüsslich kauend. „Die Calamari sind übrigens vorzüglich, scharf, aber nicht zu scharf gewürzt, die musst du unbedingt mal bestellen. Eine Roadmap für ein Parteiverbot", fährt er übergangslos fort, „oder die Ausrufung des Klima-Notstands samt dem Versprechen eines Green Deals oder der Glaube der Politik, mit Konjunktur- und Infrastrukturprogrammen die Wirtschaft lenken und alle sozialen Probleme abfedern zu können, das alles sind doch nichts als Hülsen, das ist Symbolpolitik zur Beruhigung der Wählerschaft." Dass er so langsam in Fahrt kommt und sich in Rage redet, hält Karl allerdings nicht davon ab, das nächste Stück Tintenfisch in den Mund zu schieben und mit einem kräftigen Schluck Rotwein nachzuspülen, bevor er weitermacht. „Ob Terroranschläge, Nuklearkatastrophen, Dieselgate, Epidemien, Börsencrashs – irgendwas muss geschehen. Und oft sind es nur hektische, unabgestimmte Aktionen, um im Blick auf die nächste Wahl Handlungsfähigkeit zu demonstrieren."

Lisa unterbricht Karls Wortschwall. „Was sollen die Politiker denn machen? Sie stehen derart unter Druck, auch unter Zeitdruck. Erstens erwarten die Wähler, dass sie was tun, wenn was passiert ist. Zum anderen treiben meine Journalisten, wie du Oberschlauer immer vorwurfsvoll betonst, die Politiker doch geradezu rein in den Aktionismus mit ihren Forderungen, dass endlich gehandelt werden muss." – „Ja, deine Journalisten spielen eine unrühmliche Rolle. Sie jagen die Politiker unbarmherzig vor sich her." – „Aber die lassen sich auch jagen. Wo sind denn die Politiker, die der Öffentlichkeit bedeuten, dass auch mal Ruhe die erste Bürgerpflicht ist, dass Gründlichkeit vor Schnelligkeit geht. Ich kenne keinen, außer einen: Xaver Mendel, aber der ist bekanntlich ein Auslaufmodell." Lisa versucht, letzte Trüffelscheibchen mit der Gabel aufzuspießen während Karl seinen leeren Teller beiseiteschiebt. Er lehnt sich gesättigt zurück, faltet die Serviette zusammen und fährt mit seinen Gedanken fort: „Natürlich ist es besser, überhaupt etwas zu machen, als gar nichts zu tun – zumal bei existenzbedrohenden Krisen. Aber hektische Betriebsamkeit ohne Sinn und Verstand, etwas zu tun, nur um etwas zu tun, nützt niemanden und schadet allen, weil es das Vertrauen in die Politik und die Institutionen zerstört." Karl schaut Lisa erwartungsvoll an, merkt aber, dass es besser ist, mit seiner Politik- und Medienschelte aufzuhören und Lisas Stimmung wieder ein wenig aufzuhellen. Schließlich muss sie gleich zurück zu ihren Politkern und ihren Journalisten.

31

Ludwig Hertle schaut sich verstohlen um. Er wartet auf Tunia Krause, seine Lieblingskollegin. Wie er vertritt auch sie die Interessen ihres Bundeslandes in der Hauptstadt: Er, die des Freistaates Sachsen und sie die von Brandenburg. Daraus ergibt sich zwangsläufig, dass beide verschiedenen Feldpostnummern angehören, wie Ludwig Hertle scherzhaft die Tatsache umschreibt, dass beide konkurrierende Parteien vertreten: er dic Schwarzen und sie die Roten. Ludwig Hertle möchte Tunia Krause unbedingt treffen, aber nicht mit ihr gesehen werden. Das könnte zu Spekulationen Anlass geben. Deshalb ist Ludwig Hertle, der eigentlich immer gehetzt ist, noch gehetzter als sonst. Er steckt sich die nächste Zigarette an, grade so, als würde das Rauchverbot in diesem Restaurant für ihn nicht gelten. Es gilt auch nicht. Denn Ludwig Hertle hat mit dem italienischen Wirt ein Übereinkommen gefunden: Der sieht über den Rauch stillschweigend hinweg, dafür setzt Hertle sich immer in die hinterste Ecke, gleich neben das Fenster, wo der Rauch rasch abziehen kann. Als Lisa in diesem Lokal mal mit Ludwig Hertle verabredet war, musste sie ertragen, von ihm derart zugequalmt zu werden, dass ihr fast schlecht wurde. Dafür bezahlte er am Ende die Zeche, mit diskret angeforderter Spesenquittung, versteht sich. Ludwig Hertle ist großzügig auf Kosten des Steuerzahlers. Das findet er in Ordnung so. Schließlich ist er ständig im Einsatz für sein Land.

Ludwig Hertle ist immer im Dienst, er ist nie privat. Was Privatleben ist, weiß er gar nicht oder besser gesagt, nicht mehr. Irgendwo im Süden Deutschlands muss es Reste einer Familie geben, doch seit Ludwig Hertle in der Hauptstadt lebt, liegt das alles weit hinter ihm. Jedenfalls hört Lisa ihn nie von privaten Dingen erzählen, wenn sie sich mit Ludwig Hertle trifft. Das tut sie regelmäßig, einmal im Monat, wenn Lisa Xaver Mendel in die Länderkammer begleiten muss. Da gibt es niemanden, der ihr treffsicherer erklären könnte, wo die Fallstricke in der Tagesordnung verborgen liegen, wie Ludwig Hertle das kann. Er kennt sich aus in den Irrungen und Wirrungen der Geschäftsordnung dieses Gesetzgebungsorgans. Lisa nicht. Der Bundesrat war früher schon, als Lisa noch Journalistin war, für sie ein Buch mit sieben Siegeln und irgendwie ist er das geblieben, obwohl sie als Sprecherin einer Landesregierung wissen sollte, was in dieser zweiten Kammer gehauen und gestochen ist. Aber es ist schwer zu durchschauen, was da wirklich läuft, weil vieles hinter den Kulissen passiert. Lisa steht oft wie der Ochs vor dem Berg. Sie kennt vielleicht gerade noch die Regeln, aber nicht die geheimer Absprachen. Ihr kommt es manchmal vor, als würden hier Mehrheiten nur unter dem Höchsteinsatz an Geschachere zustande kommen. Das durchschaut nur Ludwig Hertle, der ihr manches verrät, aber längst nicht alles. Ludwig Hertle jongliert immer mit mehreren Bällen, will noch Asse im Ärmel behalten, um sie bei Bedarf in letzter Minute in die Waagschale werfen zu können. Lisa bewundert Ludwig Hertle, aber er tut ihr auch leid. Er ist immer getrieben. „Sie müssen mal entspannen“, rät sie ihm ein ums andere Mal, „Urlaub machen, sich ausruhen.“ Ludwig Hertle schaut sie dann gequält an: „Wie recht Sie haben.“ Lisa ahnt, würde er ihren Rat befolgen, würde er wohl erst richtig krank werden. Also verschleppt er eine Bronchitis nach der anderen und hustet sich die Seele aus dem Leib.

Ludwig Hertle will Tunia Krause an diesem Mittag unbedingt treffen. Einmal, weil er sie immer gern trifft und manchmal händeringend nach Vorwänden sucht, um sie zu sich an seinen Raucher-tisch zu locken, was so schwer nicht ist. Denn Tunia Krause steckt sich ebenfalls gern eine Fluppe an und genießt es, diesem Laster unter Hertles Obhut sogar im Restaurant frönen zu dürfen. Heute hat Ludwig Hertle keinen Vorwand gebraucht, um sich mit Tunia Krause zu verabreden. Heute hat er tatsächlich etwas mit ihr zu besprechen – etwas, was tunlichst unter der Decke bleiben sollte, um das Gekungele der beiden nicht öffentlich werden zu lassen.

Ludwig Hertle hat nicht mehr viel Zeit. Bis morgen früh 9 Uhr muss die Mehrheit stehen. Und noch fehlen ihm vier Stimmen, um die Entschließung seines Landes im Bundesrat durchzubringen. Er steht mächtig unter Druck. Er möchte seinem Ministerpräsidenten, der wie all seine Kollegen am Vorabend der Plenarsitzung anreist, um im Kreise der Parteifreunde letzte Schlachtpläne zu beraten, nicht unter die Augen treten, ohne ihm die frohe Botschaft mitteilen zu können, dass die Mehrheit steht. Schließlich hat Ludwig Hertle einen Ruf zu verlieren. Er ist der Dienstälteste unter den sechzehn Landesvertretern in der Hauptstadt. Drei Legislaturperioden wuselt er schon durch die Hinterzimmer und Beamtenflure, um in Erfahrung zu bringen, was hinter den Kulissen so läuft. Ludwig Hertle ist ein begnadeter Strippenzieher. Er beherrscht das Bundesratsgeschäft aus dem Effeff, ein Geschäft, bei dem es nur vordergründig um Sachentscheidungen geht. Oft geht es um andere Dinge. „Das ist doch alles ein einziges Geben und Nehmen", hatte Ludwig Hertle Lisa neulich verraten.

Ludwig Hertle hat Lisa schnell die Illusion geraubt, dass es in der Politik darauf ankäme, gute Ideen zur Verbesserung der Welt zu haben. „Die besten Ideen sind nichts wert, wenn man keine Mehrheit hat, sie durchsetzen", hat er ihr nüchtern erklärt. Erst wenn man die Mehrheit hinter sich habe, habe man auch Macht – so einfach sei das, und doch so schwer. „Denn organisieren Sie mal Mehrheiten, wenn das Parteispektrum immer breiter wird." Früher, Ludwig Hertle warf einen wehmütigen Blick zurück, früher, in der alten Bundesrepublik, da sei die Mehrheitsbeschaffung noch einfacher gewesen. „Da gab es Rote und Schwarze und zwischendrin versprengte Gelbe, die sich ihr Dasein als Zünglein an der Waage gut bezahlen ließen – mal von den einen, mal von den anderen." Mal sei der Bundesrat für die Regierenden ein Instrument zum Durchregieren gewesen, mal für die Opposition ein Instrument zum Opponieren. „Seit die Republik größer ist, geht es bunter und unübersichtlicher zu. Da mischen Grüne und Dunkelrote mit, neuerdings sogar Blaue, die eigentlich Braune sind. Je mehr Parteien, desto mühsamer wird das Geschäft der Mehrheitsbeschaffung." – „Aber doch nicht für einen so ausgebufften alten Hasen wie Sie", hat Lisa eingewandt, um was Nettes zu sagen. „Doch auch für mich. Ich habe immer mehr zu kämpfen, bis ich die nötige Stimmenzahl beisammen habe." Ludwig Hertle schaute Lisa an wie ein getretener Hund. Kein Wunder, dass der immer so grau aussieht im Gesicht, dachte sie sich, konnte aber auch nicht übersehen, dass sich neuerdings etwas Glanz auf seine Wangen legt. Ob das an dieser Kollegin aus Brandenburg liegt, von der Ludwig Hertle ihr erzählt hat und, als er von ihr sprach, leicht errötete? Jedenfalls kam es Lisa so vor.

Seit Ludwig Hertle und Tunia Krause sich beim Sommerfest der Hessen unter dem Einfluss des guten Rheingauer Rieslings näher gekommen sind, als es für ihr berufliches Verhältnis schicklich ist, begegnen sich beide nicht mehr ganz so unbefangen, wie das vorher der Fall war, als sie ungebremst miteinander geflirtet haben. Beide spüren, dass dieses Stadium irgendwie hinter ihnen liegt, sind sich aber nicht so richtig im Klaren darüber, ob ein neues Stadium beginnen soll oder besser nicht. Ludwig Hertle hat seiner Kollegin beim Italiener zur Begrüßung zwei vorsichtige Küsschen auf die Wange gehaucht und „Schön, dich zu sehen" geflüstert. Tunia Krause belässt es bei einem freundlichen, nicht eben herzlichen „Grüß dich" und setzt sich nicht neben ihn auf die Bank, sondern auf den Platz gegenüber. Bevor

Ludwig Hertle sein Kompliment „Gut siehst du aus" richtig los werden kann, schlägt Tunia Krause schon den Ton an, den sie für dieses Mittagessen passend findet: „Du wolltest mich sprechen, was gibt's?" Für einen Moment ist Ludwig Hertle enttäuscht über die Nüchternheit, die sie an den Tag legt, andererseits ist er auch froh, keine weiteren Balztänze aufführen zu müssen, sondern zur Sache kommen zu können.

„Schön, dass du gekommen bist. Ich will offen mit dir sein. Du weißt wie ich, dass uns für die Entschließung in Sachen Gewalt noch vier Stimmen fehlen. Mein Ministerpräsident steht zu Hause bei seiner Fraktion im Wort. Er hat seinen Leuten nach den kriminellen Übergriffen der letzten Wochen versprochen, im Bundesrat eine Initiative zur Ausweitung der Videoüberwachung zu starten – als Gegenleistung dafür, dass die Fraktion sein Polizeigesetz endlich durchgewunken hat. Wenn dein Land sich nicht der Stimme enthält, sondern unserer Entschließung zustimmt, hätten wir die vier Stimmen, die uns fehlen." Als Ludwig Hertle sieht, wie sich Tunia Krauses Stirn kräuselt, setzt er sofort nach: „Ich weiß, ich weiß, dass eurer Koalitionspartner da nicht mitmacht. Aber wie wär's mit einem Koppelgeschäft?" Hertle senkt die Stimme und nimmt sein Gegenüber scharf in den Blick: „Euer Koalitionspartner will sich doch immer als Gutmenschen-Partei profilieren und mehr für die Willkommenskultur tun. Die Entschließung, die ihr dazu eingebracht habt, geht ohne unsere Hilfe nie und nimmer durch. Da könnten wir doch ins Geschäft kommen. Wenn mit der veränderten Willkommenskultur auch mehr Deutschkurse, mehr Beschulung von Migrantenkindern, mehr Arbeitspflichten einhergehen, steht das, zumal kurz vor der Wahl, auch unserer Regierung ganz gut an. Ich glaube, ich kann meinem Ministerpräsidenten diesen Deal verkaufen. Außerdem wissen wir, liebste Tunia, doch beide: Eine Bundesrats-Entschließung – was ist das schon? Die ist doch für die Galerie. Wenn das mediale Getöse, das die Verabschiedung begleitet, verklungen ist, kräht kein Hahn mehr danach. Komm schon, liebste Tunia, gibt dir einen Ruck.“ Ludwig Hertle versucht sich noch mal in der Rolle des Verführers. Sein Ton wird merklich sanfter und er schaut die Kollegin ein wenig so an wie neulich in der Rheingauer-Riesling-Nacht.

Tunia Krause lässt das kalt. Sie geht darauf gar nicht ein, bleibt spröde. Dienst ist Dienst und Schnaps ist Schnaps. Außerdem ist sie sich nicht sicher, ob ihr diese eine Riesling-Nacht nicht reicht. „Ich bin in Eile“, sagt sie entschuldigend, obwohl sie so sehr in Eile gar nicht ist. „Ich denke über dein Angebot nach und spreche nachher mit meinem MP. Spätestens bis 18 Uhr ruf ich dich an. Dann kannst du den deinen informieren, bevor er heute Abend in seine B-Runde geht.“ Tunia Krause drückt ihre Zigarette aus, tätschelt Ludwig Hertle freundschaftlich den Arm und schenkt ihm zum Abschied immerhin ein leichtes Lächeln. Dann ist sie weg. Ludwig Hertle bestellt sich endlich sein kleines Glas Roten. Einen Nulleinser, wie immer. Schließlich ist erst Mittag und der Abend wird noch lang. Er ist nicht zufrieden mit sich. Wegen der vier Stimmen, die noch fehlen. Vor allem aber wegen Tunia Krause. Die war wirklich sehr abweisend heute. Mag sie ihn doch nicht? Ludwig Hertle verfällt in dumpfes Grübeln.

Um 17 Uhr ist alles klar: Brandenburg könnte unter Umständen mitziehen. Ihr MP werde Brandenburgs Abstimmungsverhalten heute in seiner A-Runde besprechen. Sie, Tunia, werde ihn, Ludwig, deshalb abends spät noch mal anrufen. „Dann weißt du auch, wie es bei euch in der B-Runde ausgegangen ist. Bis nachher also.“ – „Bis nachher, Liebste. Und vielen Dank.“ Ludwig Hertle beißt sich auf die Lippen. „Liebste“ ist ihm im Überschwang so rausgerutscht, obwohl er schon mitbekommen hat, dass Tunia Krause derartige Anreden höchst machohaft findet. Aber was soll’s? Wenn Brandenburg bis morgen früh nicht noch mal umfällt, hat die sächsische Initiative die vier Stimmen, die ihr fehlen. Bis dahin, das weiß Ludwig Hertle nur zu gut, wird es allerdings wild hin- und hergehen, werden mithilfe von Nachrichtenagenturen und späten Fernsehsendungen noch einige Schaukämpfe ausgetragen werden. Es werden weitere Nerven draufgehen, bis die Entschließung endlich morgen Vormittag mit Mehrheit verabschiedet werden kann. Dann, erst dann, kann Ludwig Hertle wirklich aufatmen. Dann wird auch diese Entschließung den Weg fast aller Bundesrats-Entschließungen nehmen: Sie wird, wenn's gut läuft und keine konkurrierenden Themen in die Quere kommen, kurz als großer Erfolg seines Landes in den Medien gefeiert werden und dann als Bundestagsdrucksache dort landen, wo fast alle Entschließungen landen: in der Schublade. Viele Entscheidungen der Länderkammer wirbeln nur deshalb in den Medien Staub auf, weil das Gros der Journalisten, in Unkenntnis parlamentarischer Abläufe, meint, sie wären wichtig, würden tatsächlich etwas bewirken und nicht das sein, was sie sind: bloße Meinungsbekundungen. Lisa weiß, wovon sie redet, auch sie hat das Prozedere erst richtig kapiert, seit sie regelmäßig mit Xaver Mendel in der Länderkammer ist und seit Ludwig Hertle sie vor dem gröbsten Unsinn bewahrt. Seitdem kann sie Entschließungen von Gesetzen unterscheiden und weiß sogar, dass es Einspruchsgesetze und Zustimmungsgesetze gibt. Peinlich berührt ist sie immer noch, wenn sie daran denkt, wie Ludwig Hertle sie dabei ertappte, dass sie arglos von einem Gesetz sprach, wo es doch um eine Entschließung ging. Peinlich war ihr das. Sehr peinlich.

Wenn Lisa Ludwig Hertle beobachtet, wie er herumwuselt, Stimmen zählt und Mehrheiten eintreibt, muss sie unwillkürlich an Sisyphos denken und daran, wie der den Stein unermüdlich den Berg hochrollt, obwohl er weiß, der rollt sofort wieder herunter und die Anstrengung beginnt erneut. Das Unermüdliche seines Tuns ficht Ludwig Hertle nicht an. Er ringt unverdrossen um Stimmen für sein Land. „Warum tun Sie sich das an?", fragt Lisa ihn, als sie mal beim Viertele zusammenhocken, „das ist doch im höchsten Maße frustrierend: Immer den Mehrheiten hinterherlaufen, ohne dass man weiß, ob die am Ende überhaupt was bewirken oder ob die hart erkämpften Beschlüsse nur in der Schublade landen.“ Doch Ludwig Hertle schaut sie nur verständnislos an. Er versteht die Frage nicht.

32

„Was ist Macht?“ Karl kaut auf diesen drei Worten, die Lisa ihm unvermutet zwischen Kartoffelbrei und Sauerkraut serviert hat, bedächtig herum, so als ließe sich eine Antwort finden, wenn man sie sich Silbe für Silbe im Mund zergehen lässt. Aber da zergeht nichts. „Schwierig. Schwierig“, gibt Karl zu. „Was für Macht meinst du denn überhaupt?“ – „Na, politische Macht, du Schlauberger. Das liegt doch nahe bei dem, was ich im Moment täglich erlebe.“ Lisa merkt, dass Karl an das Thema nicht recht ran will. Sein Mittagessen ist ihm wichtiger. Ist ja auch blöd von mir, ein solch diffiziles Thema in der knapp bemessenen Pause anzusprechen, denkt sich Lisa. Karl versucht, Zeit zu gewinnen: „Lass uns heute Abend darüber sprechen. Nicht jetzt. Jetzt habe ich Hunger.“ – „Heute Abend wird das nichts. Da bin ich mit Mendel bei den Gewerkschaftern des öffentlichen Dienstes. Irgendein Jubiläum, zu dem er als Festredner geladen ist. Da wird er den Genossen bestimmt wieder Honig ums Maul schmieren, obwohl er gestern, in unserer Vorbesprechung, deren aktuelle Tarifforderung noch als bodenlose Unverschämtheit abgetan hat und den Funktionären unterstellt hat, sie würden den Staat ausrauben. Aber er wird den Teufel tun, das heute laut zu wiederholen, gehört sich ja auch nicht. Auf einer Festversammlung werden ja nur Artigkeiten ausgetauscht. Ehrlich gesagt, ich kann diese Drumherumrederei nur noch schwer ertragen. Politik ist schon ein verlogenes Geschäft. Da wird geheuchelt, dass sich die Balken biegen. Manchmal möchte ich es machen wie die drei Affen: nichts hören, nichts sehen, nichts sagen." – „Ach, hast du die Politik schon satt? Wusstest du denn nicht, auf was du dich einlässt? In der Politik geht es doch nicht um Ehrlichkeit. In der Politik geht es um Macht, immer nur um Macht." Diesen Hinweis hätte Karl sich besser verkniffen, denn jetzt sitzt er in der Falle. Lisa schlägt sofort zu: „Apropos: Auf meine Frage von vorhin, was Macht ist, bist du mir noch eine Antwort schuldig." Lisa insistiert deshalb so hartnäckig, weil ihr nicht in den Kopf will, was Menschen, erwachsene Menschen antreibt, in die Politik zu gehen. Macht zu haben, Einfluss auszuüben, gestalten zu können – sie hat immer gedacht, dass es das ist, was die Politiker den Terminstress, den Mangel an Schlaf, das Übermaß an Arbeit, die nicht gerade üppige Entlohnung ertragen lässt. Seit sie selbst mitten drin ist diesem Betrieb findet sie, dass der Preis für den Lohn, im Rampenlicht stehen und sich wichtig fühlen zu können, ziemlich hoch ist. Politiker müssen sich immer öfter übel, sehr übel sogar beschimpfen lassen, sie werden zunehmend bedroht und mit ekligen Hassmails bis in die eigenen vier Wände verfolgt. Ist das die Sache wirklich wert? Lisas Zweifel sind enorm gewachsen, seit sie das alles aus der Nähe erlebt.

„Was Macht ist, weiß ich doch nicht. Ich habe keine Macht. Noch nicht mal Macht über dich. Ich bin vollkommen machtlos, wie soll ich da wissen, was Macht ist." Karl verspürt noch immer keine Lust, ernsthaft über das Thema nachzudenken. Aber er kennt Lisa nur zu gut. Sie wird nicht locker lassen, sie wird es wissen wollen. Also gibt Karl doch klein bei: „Machen wir es doch konkret und fragen: Ist dein Ministerpräsident mächtig? Sag, Lisa, ist dein Ministerpräsident mächtig? Was meinst du?" – „Klar, der ist sehr mächtig", Lisa muss nicht lange nachdenken. „Und worin, bitte schön, besteht seine Macht?" – „Na, der hat Macht zu gestalten." – „Gestaltungsmacht? Dass ich nicht lache." Karl lacht tatsächlich kurz auf und wird sofort zynisch: „Eingezwängt zwischen Partei, Fraktion, Koalition, Opposition und der Öffentlichkeit, die alle den Politikern nicht nur auf die Finger schauen, sondern sie oft in der Luft zerreißen – wo gibt es denn da noch Gestaltungsmacht?“ Lisa zuckt mit den Schultern. „Könnte es sein, dass dein vermeintlich mächtiger Ministerpräsident gar nicht mächtig ist, sondern nur den Anschein erweckt, er sei mächtig? Wer von einem Chauffeur im dicken Dienstwagen vorgefahren wird, wer in jeder Festhalle, in jedem Festzelt wie ein kleiner König empfangen wird, wer überall Grußworte sprechen und Festreden halten darf, wer auf der Straße erkannt und gegrüßt wird, wer in Talkshows sitzen und in jedes Mikrofon sprechen darf, wer mit beinahe jedem Wort, das er von sich gibt, zitiert wird, der meint vielleicht, er sei mächtig. Aber in Wirklichkeit ergeht es ihm wie dem Kaiser ohne Kleider: Er ist nackt.“

Karl wird jetzt ernst: „Macht auszuüben bedeutet im Kern, den eigenen Willen auch gegen das Widerstreben der anderen durchzusetzen. Macht bedeutet, Parteigenossen mit Ministerämtern zu belehnen und sie, sobald sie lästig werden, wieder aus dem Amt zu kegeln. In den frühen Zeiten der Bundesrepublik, ja, da waren die Kanzler noch mächtig. Sie konnten gegen große Widerstände Präsidentschaftskandidaten küren und höchstpersönlich nationale Gedenkstätten nach ihren Vorstellungen gestalten lassen. Sie umgab, solange sie sich nicht durch zu viele Kameras und Mikrofone und Reporter irritieren ließen, durchaus eine Aura von Unerschütterlichkeit und Durchsetzungskraft. Heute ist das anders. Dein Ministerpräsident, liebe Lisa, kommt dieser Macht allenfalls graduell nahe. Und wenn er aus dem Amt scheidet, ist sowieso alles vorbei. Der größte Fehler, den Politiker machen, besteht darin, die qua Amt auf Zeit verliehene Bedeutung mit der eigenen Person zu verwechseln und zu glauben, sie seien aus sich heraus bedeutend. Den Absturz, den sie erleben, wenn sich kein Schwein mehr um sie schert, verkraften die meisten deshalb nur schwer.“ – „Wenn das so ist, lieber Schlüssel, solltest du gottfroh sein, dass du keine Macht hast, noch nicht mal über mich", Lisa wischt sich den Mund ab und verabschiedet sich nun ihrerseits leicht ironisch: „So, genug geplaudert, ich gehe jetzt zurück in die Machtzentrale, von der du Schlaumeier meinst, es sei ohnehin nur eine Ohnmachtszentrale."

33

Auf Lisas Computer ploppt eine Nachricht auf mit dem Betreff: „Traurig". Lisa ahnt nichts Gutes und öffnet die Mail: Otto Rüdiger ist tot. Lisa ist sprachlos. Sie wundert sich, wie schnell ein Leben zu Ende gehen kann. Vor wenigen Tagen noch hat sie mit Otto Rüdiger telefoniert. Da lag er im Krankenhaus. „Was fehlt dir denn?", hatte sie erstaunt gefragt. „Krebs. Ich habe Krebs. Metastasen im gesamten Körper und niemand weiß, wo der Herd ist", hatte er ganz ruhig geantwortet. Lisa war geschockt gewesen – wegen der Botschaft, aber auch wie unaufgeregt diese Botschaft rübergebracht wurde. Sie versprach, ihn bald zu besuchen. Zu diesem Besuch kam es nicht mehr, stattdessen jetzt diese Nachricht. Die hatte ihr ein früherer Kollege geschickt mit den Worten: „Sie hatten doch zu Otto Rüdiger immer einen engen Draht." Das stimmt. Sie verstand sich gut mit ihm.

Bevor Otto Rüdiger ihr Kollege wurde, Abteilungsleiter wie sie, war er Lisas Mitarbeiter gewesen: einer der Referatsleiter in ihrer Abteilung. Otto Rüdiger war so ziemlich der Einzige aus dem Staatsapparat, mit dem sie nach Feierabend mal ein Bier trank. Dass der Draht zu Otto Rüdiger enger war als zu anderen lag nicht an ihr, sie hätte auf diese Vertrautheit sogar lieber verzichtet. Es lag an ihm. Otto Rüdiger suchte das Gespräch, so hartnäckig, dass Lisa sich kaum entziehen konnte. Irgendetwas brodelte ständig in ihm. Es musste heraus und

Lisa sah es schon beinahe als einen Akt der Fürsorge an, ihm ihr Ohr zu leihen. Mehr musste sie gar nicht tun, wenn er morgens, nach der „kleinen Lage", zu der Jakob Behring seine engsten Mitarbeiter zusammentrommelte, sich mit ihr „auf einen Kaffee", wie er das nannte und dann doch eine Bockwurst aß, in die Kantine traf oder sie abends noch zu einem Bier in der Kneipe animierte. Es waren eigentlich keine Gespräche, die die beiden führten, es waren Selbstgespräche von Otto Rüdiger. Es bedurfte nur eines Stichwortes von Lisa und schon sprudelte es aus ihm heraus. Der Inhalt drehte sich meistens im Kreis. Otto Rüdiger wollte alles, was ihm widerfuhr, unter dem Aspekt seiner eigenen Rolle in diesem Geschehen widerspiegeln. Oft kam es Lisa so vor, als suche er nach Bestätigung, alles genau richtig gemacht zu haben in seinem relativ unaufgeregten Leben, das, seit er sich für die Beamtenlaufbahn entschieden hatte, wie auf Schienen lief. Otto Rüdiger redete und redete und Lisa hörte zu. Gelegentlich ertappte sie sich dabei, sich zu langweilen. Immer war sie es, die zum Aufbruch mahnte. Sie wusste, morgen früh, beim Kaffee in der Kantine, würde es ohnehin wieder weitergehen. Es gab in dieser Kommunikation kein natürliches Ende.

Otto Rüdiger, ein eher unauffälliger Mitarbeiter, saß meistens schweigend dabei, wenn sie sich berieten. Er wagte er sich selten aus der Deckung. Otto Rüdiger war ein Verwaltungsbeamter durch und durch, Jurist, wie die meisten, die den höheren Staatsdienst einschlagen. Wenn er sich darüber geärgert haben mochte, dass mit Lisa eine Journalistin, die von Verwaltung so gut wie nichts verstand, in den öffentlichen Dienst hineinschneite und, sämtliche Stufen der Verwaltungslaufbahn überspringend, auf die B 5 katapultiert worden war – und es ist anzunehmen, dass es ihn mächtig geärgert hat –, ließ er Lisa diesen Ärger nicht spüren. Im Gegenteil, er half ihr zu lernen und die verwaltungstechnischen Abläufe zu verstehen. Da hockte sie nun über Akten, deren Sprache ihr, die ihre Artikel immer frech und unterhaltsam formuliert hatte, spröde vorkam, fraß sich durch Papierberge und verbrachte wertvolle Lebenszeit in Sitzungen, in denen außer heißer Luft wenig bewegt wurde. Lisa stand oft neben sich. Wenn ihre Neugier auf diese fremde Behördenwelt nicht gewesen wäre, wäre sie schier verzweifelt. Doch bevor Zweifel an ihr nagen können und sie sich zum wiederholten Male fragt, warum ausgerechnet sie Vorgesetzte von Leuten ist, die alle eine ordentliche Laufbahn absolviert haben, tröstet sie sich damit, dass sie zumindest etwas hat, was allen fehlt: Entscheidungsfreude. Lisa scheut sie sich nicht, Verantwortung zu übernehmen. Sie öffnet die Brust und lenkt die Pfeile bereitwillig auf sich, selbst dann noch, wenn sie streng genommen gar nicht verantwortlich ist. Diese Eigenschaft hat ihr schon im Zeitungsgeschäft manches Ungemach beschert. Jetzt, im Staatsapparat, ist das erst recht unpassend und führt oft dazu, dass sie sich im bürokratischen Gestrüpp verheddert.

Und neu für Lisa ist auch, das es eigentlich nur eine Sache gibt, die all die routinierten Sachbearbeiter, Referenten, Referatsleiter, die um sie herumschwirren, gleichermaßen beschäftigt: Das ist ihre jeweilige Laufbahn. Um Stufe für Stufe auf dieser vorgezeichneten Laufbahn voranzukommen, müssen Laufbahnbeamte sich zwar nicht sonderlich anstrengen – im Gegenteil, zu viel Elan kann sogar hinderlich sein –, dennoch kann der Automatismus einer turnusmäßigen Beförderung auch ins Stocken geraten, dann nämlich, wenn auf der nächst höheren Beförderungsstufe keine entsprechende Stelle frei ist. Stellen sind im öffentlichen Dienst überhaupt das A und O, das hat Lisa schnell kapiert. Um sie herum dreht sich alles um Stellen: Entweder gibt es zu viele Stellen oder es gibt zu wenige Stellen oder es gibt die falschen Stellen an der falschen Stelle. Gerade in Zeiten, in denen das Stichwort „Stellenabbau“ in keinem Regierungsprogramm fehlt und vielen Stellen kurzerhand der Stempel kw – kann wegfallen – aufgedrückt wird, tritt jemandem, dessen Beförderung ansteht, schon mal der Angstschweiß auf die Stirn im bangen Blick auf freie Stellen. Dabei droht Staatsdienern weder Entlassung noch Arbeitslosigkeit, sondern, wenn's schlimm kommt, die Versetzung in ein anderes Ministerium oder, wenn's noch schlimmer kommt, in eine nachgeordnete Behörde.

Auch Otto Rüdiger hat seine Laufbahn immer fest im Blick: B 2, endlich die ersehnte Gehaltsstufe B 2. Das ist sein Ziel. Lisa erlebt mit, wie wichtig es ihm ist, endlich vom Ministerialrat zum Ministerialdirigenten befördert zu werden. Und wie stolz er erst ist, als er eines Tages, völlig überraschend, eine verwaiste B 5 Stelle besetzen darf. B 5 – Abteilungsleiter. Und das mit fünfzig – für Otto Rüdiger ist das der helle Wahnsinn. Nun ist er Lisa gleichgestellt. Er lässt sich die Genugtuung zwar nicht anmerken, doch Lisa nimmt wahr, dass er zutiefst davon überzeugt ist, endlich habe es den Richtigen getroffen. Dass er dabei zunächst nur Abteilungsleiter „auf Probe" ist, ist nebensächlich. Die endgültige Ernennung wird reine Formsache sein, da ist sich Otto Rüdiger sicher. Er hat ja nicht vor, silberne Löffel zu klauen.

„Wir sind alle traurig", diesen Satz hat der Kollege, der Lisa die Todesnachricht übersandte, dazugeschrieben. Lisa ist auch traurig. A 15, A 16, B 2, B 5, wenn auch auf Probe, und jetzt das: tot. Sie findet, das Schicksal hat es nicht gut mit Otto Rüdiger gemeint. Schon bevor die Krankheit kurz, aber heftig von ihm Besitz ergriff, war bereits anderes Ungemach auf ihn eingestürmt. Übergangslos erschütterte seine ruhige Beamtenlaufbahn etwas, das ihn tief ins Mark traf. „Sag' mal, was ist eigentlich mit deinem Bruder los?", fragt Lisa ihn eines Abends unvermittelt, als sie wieder beim Bier zusammensitzen. Sie gibt sich alle Mühe, in ihrer Stimme keinerlei Vorwurf mitklingen zu lassen. Lange hat sie sich gescheut, dieses Thema überhaupt anzutippen, aber nachdem ihre Mitarbeiter ihr hinter vorgehaltener Hand die wildesten Gerüchte zuraunten, will sie es genau wissen. Und zwar aus erster Hand. Otto Rüdiger schaut sie erschrocken an, unterbricht seinen

Redefluss und sagt erst einmal nichts. Dann bricht es aus ihm heraus: „Ein Drama ist das! Ein Drama!"

Sein Bruder sitzt in Untersuchungshaft. Seit Wochen schon. Was die Staatsanwaltschaft ihm und weiteren Mitgliedern der gemeinsamen Firma genau anlastet, ist für ihn so undurchschaubar, wie es zuvor die Geschäfte waren, die sein Bruder tätigte. Irgendwas mit Versicherungen. Otto Rüdiger blickt da nicht durch. Niemand blickt da durch, auch die Staatsanwaltschaft tut sich schwer, ihr forsches Vorpreschen mit handfestem Beweismaterial zu rechtfertigen. Die Ermittlungen ziehen sich hin. Otto Rüdiger setzt mühsam Puzzleteile zusammen, ohne dass ein klares Bild entsteht. „Mir ist nur aufgefallen, dass Geld für meinen Bruder keine Rolle mehr spielte. Er hatte offenbar genug." Das große Haus, das Schwimmbad, die Autos – neidvoll habe er registriert, wie sich das Leben des Bruders veränderte. Dass er, der so stolz auf seine Laufbahn im öffentlichen Dienst war, da irgendwann nicht mehr mithalten konnte, habe ihn gewurmt und auch stutzig gemacht. Aber sonst? Abend für Abend stochert Otto Rüdiger, wenn er mit Lisa beim Bier sitzt, im Leben des Bruders herum, in der Hoffnung, Entlastendes zu finden, oder auch Belastendes. Nur Klarheit will er, endlich Klarheit. Wenn Otto Rüdiger mit Lisa über den Bruder spricht, ändert sich seine Gemütslage von Minute zu Minute: Mal überwiegt die Wut auf ihn, dann wieder nimmt er den Bruder gegen vermeintlich wild gewordene Ermittler in Schutz. Innerlich stemmt er sich mit aller Macht gegen den Verdacht, der Bruder könne ein Verbrecher sein.

Doch Otto Rüdigers größte Sorge ist, mit in den Strudel zu geraten – jetzt, so kurz vor der endgültigen B 5. Unbegründet ist diese Angst nicht. Für die Medien ist der Fall bereits ein Skandal, auch ohne dass irgendjemand ahnt, dass der Bruder eines der Inhaftierten ein hohes Tier im Staatsdienst ist. „Hältst du es für möglich, dass ich da mit hineingezogen werde?", fragt Otto Rüdiger Lisa immer wieder.

Als die Zeitung eines Tages den Bruder mit vollem Namen nennt und ihn sogar im Foto zeigt, was jedem Presserecht Hohn spricht, sagt sie, was sie denkt: „Ja, das halte ich sogar für wahrscheinlich. Sobald irgendein Journalist die verwandtschaftliche Beziehung spitzkriegt, haut er dies als Schlagzeile raus. Du siehst doch, was der Pressekodex noch wert ist. Nichts! Die guten Sitten sind längst versaut. Die Sensationsgier der Medien hat sämtliche ethischen Grundsätze vom Tisch gehauen. Ich sehe die Schlagzeilen schon vor mir: ‚Bruder von hohem Beamten in Haft' – ‚Gibt es einen Draht in die Regierungszentrale?' – ‚Was weiß der Ministerpräsident?' Und dann, mein Lieber, ist alles zu spät, dann kannst du tausendmal versichern, nicht zu wissen, was dein Bruder gemacht hat. Das will niemand hören." Otto Rüdiger schaut Lisa entgeistert an. Sie sieht ihm an, was ihm schwant: Ade B 5, Ade schöne Beamtenlaufbahn. Lisa rät Otto Rüdiger dringend zur Flucht nach vorn: „Du musst mit Behring reden. Er muss erfahren, was los ist – und zwar von dir und nicht erst aus der Zeitung." Im Krisenmanagement ist sie inzwischen leidvoll erfahren.

Otto Rüdiger braucht Tage, bis er sich ein Herz fasst. Jakob Behring, ganz Jurist, weiß, was er zu tun hat, um sich und sein Haus aus der Schusslinie zu halten. Er lässt Otto Rüdiger unverzüglich eine eidesstattliche Erklärung unterschreiben. Darin muss er versichern, nichts, aber auch gar nichts mit den Geschäften des Bruder zu tun zu haben. Diese Erklärung nimmt Behring zu den Akten. Damit ist der Fall für ihn erledigt. Und Otto Rüdiger ist erst einmal erleichtert.

Als Otto Rüdiger stirbt, hat das Gericht immer noch kein Urteil über den Bruder gesprochen. Der darf die Untersuchungshaft lediglich für die Stunden der Beerdigung verlassen. Lisa sieht diesen Bruder, über den sie so viel geredet haben, am offenen Grab zum ersten Mal. Er fällt schon deshalb auf, weil er als Einziger in der Kapelle nicht in stiller Andacht verharrt, sondern mit wehendem Mantel um den mit Kränzen und Blumengestecken geschmückten Sarg herumspringt und wie wild fotografiert, als gelte es, ein Event im Foto festzuhalten. Lisa wendet sich ab und nimmt stattdessen das mit Trauerflor versehene Foto von Otto Rüdiger, das neben dem Sarg auf einer kleinen Staffelei steht, fest in den Blick. Wie unterschiedlich doch Brüder sein können.

34

Lisa lässt nicht locker, obwohl Jakob Behring schon ungehalten ist. Seit einer halben Stunde bombardiert sie den Minister mit Zahlen und Fakten. Sie wirft Kurven-, Säulen- und Kuchendiagramme auf die Wand. Das geht Schlag auf Schlag. Sie zitiert psychologische Studien, erziehungswissenschaftliche Aufsätze und diverse schlaue Köpfe. „Geht das nicht schneller?“, Jakob Behring hat für intellektuelles Beiwerk wenig Sinn. Er will wissen: „Was ist der politische Gewinn?“, „Was bringt das für die Wahl?“ Lisa kennt das schon und behauptet steif und fest: „Damit kann man Wahlen gewinnen.“

Lisa zieht alle Register. Sie will ihr Ziel, das sie schon die ganze Legislaturperiode über umtreibt, endlich erreichen. Sonst ist sowieso alles zu spät. Im Herbst wird im Land gewählt. Bald packt die Regierung endgültig ein und verfällt in den Wahlkampfmodus. Das bedeutet: Nichts geht mehr. Vorher will Lisa den Minister unbedingt dazu kriegen, einem Vorhaben zuzustimmen, von dem sie überzeugt ist, dass es dem Land aus den negativen Schlagzeilen heraushelfen könnte – vielleicht nicht sofort, aber auf Dauer wird es Früchte tragen. Die Langfrist-Wirkung ihres Projektes, das ahnt sie, ist die größte Hürde, die zu überspringen sein wird. Jakob Behring ist auf Nachhaltigkeit nicht besonders erpicht, er will Ergebnisse sofort. Im Wochenrhythmus der Öffentlichkeit neue Programme und Projekte als Lösung von

Problemen vorzustellen, das ist seine Art, Politik zu machen. Dass dabei oft nicht mehr herauskommt als ein medienwirksamer Auftakttermin – wen interessiert das schon?

Jakob Behring bestimmt nicht. Der schaut nach vorn und da sticht ihm nur ein Termin ins Auge: der Wahltag im Oktober. Was die Aussichten seiner Partei betrifft, sieht es ziemlich düster aus in letzter Zeit. Es ist schier zum Verzweifeln: Seit Monaten schon ist die Berichterstattung verheerend. Seit Übergriffe auf alles, was fremd ist und anders aussieht, an der Tagesordnung sind und ein pöbelnder Mob seine Gesinnung dreist zur Schau stellt, kommt das Land einfach nicht zur Ruhe. Immer mehr Bürger wenden sich enttäuscht ab von der Politik. Die Politiker beklagen besorgt die Erosion des demokratischen Gefüges, finden aber kein Rezept, dem Vertrauensverlust Einhalt zu gebieten, geschweige denn, ihm ein Ende zu bereiten. Jakob Behring bringt das zur Weißglut. Tag für Tag schimpft er wechselweise auf die „Idioten auf der Straße", die alle Errungenschaften zunichtemachen, oder auf die „vaterlandslosen Gesellen von der Presse", die nur einseitig berichten. Diese kritische Berichterstattung vor allem ist ihm ein Dorn im Auge, sie ist seiner Meinung nach schuld, dass die Regierung so schlecht dasteht. Auch bei Behring hat sich inzwischen viel Unmut angestaut. Das erklärt, warum er, ganz gegen seine Gewohnheit, Lisa überhaupt so lange anhört – über eine halbe Stunde schon.

Aber der Schock sitzt tief. Bei der letzten Wahl stießen „Die Nationalisten" weit in die Zweistelligkeit vor, und die bürgerliche Partei Behrings konnte nur mit Müh' und Not überhaupt noch mal eine Mehrheit zusammenbringen. Sofort nach Amtsantritt hat die Regierung den Extremismus zum Feind Nummer eins erklärt und alle Ministerien aufgefordert, sich schleunigst was einfallen zu lassen, um das Vertrauen in die demokratische Grundordnung zu stärken. Doch eingefallen ist allen wieder nur, ein weiteres Programm gegen Extremismus aufzusetzen, eine weitere plakative Initiative zur Stärkung der Demokratie zu unterstützen, einen weiteren dringenden Appell an die Bevölkerung zu starten, sich doch, bitte schön, nicht mit denen gemeinzumachen, die Hass säen. Als Krönung des Einfallsreichtums wurden mit viel Aplomb sogenannte Bürgerdialoge ins Leben gerufen. Unter dem Slogan „Nah bei Menschen", schwärmen die Regierenden dorthin aus, wo sie eigentlich immer sein sollten, nah bei denen, die sie regieren.

Lisa muss diese Dialoge zwischen Bürgern und Politikern organisieren. Neun Mal schon ist sie mit dem Ministerpräsidenten und seinem Tross durchs Land getourt. Neun Mal schon hat sie für ihn zu Townhall-Meetings geladen, wie diese Gespräche mit den Bürgern neudeutsch heißen. Townhall-Meeting, nach Nähe klingt das nicht. Aber es klingt schick und modern, nicht so vermufft wie Bürgersprechstunde. Neun Mal schon hat Lisa erlebt, wie die Bürger an runden oder eckigen Tischen Platz nehmen und erwartungsfroh der Lösung all ihrer Probleme entgegensehen. Es dauert jeweils nicht lange, bis alle am Tisch merken, hoppla, hier will ja jeder etwas anderes. Nur schwer können sich die Bürger im Saal untereinander darauf einigen, was wichtig ist und was nicht. Widerstreitende Interessen prallen hart aufeinander: Die einen wollen mehr und bessere Straßen, die anderen lieber mehr Grün, die einen wollen mehr arbeiten, die anderen weniger und wieder andere wären froh, überhaupt einen Arbeitsplatz zu haben. Die einen wollen mehr Gespräche mit den Regierenden, die anderen weniger Gerede und endlich mehr Entscheidungen. Es geht drunter und drüber und kreuz und quer mit den Ansichten und Meinungen. Die Pinnwand, auf die die Bürger ihre Wunschzettel kleben dürfen, ist am Ende kunterbunt.

Weniger farbenfroh, eher nüchtern sind die tatsächlichen Ergebnisse: Die Politiker sind enttäuscht über Bürger, die vermeintlich falsche Erwartungen haben und vermeintlich falsche Fragen stellen. Und die Bürger sind enttäuscht über die Politiker, weil sie ihnen ihre

Sorgen nicht auf der Stelle abnehmen und ihre Wünsche nicht sofort erfüllen. „Gut, dass wir darüber geredet haben", sagen die Wohlmeinenden. Für alle anderen steht hinterher fest, was sie vorher wussten: „Hat wieder nichts gebracht." Neun Mal schon war Lisa am Ende ziemlich verzweifelt und hat sich jedes Mal gedacht: Das sind keine Dialoge, das sind lauter Monologe, bei denen alle aneinander vorbeireden. „Demokratie ist mächtig anstrengend", hat ein Teilnehmer gestöhnt. Offenbar war ihm das neu.

„Wir doktern nur an den Symptomen herum." Lisa redet auf den Minister ein und versucht, ihm an den Verstand zu bringen, dass all das, was die Regierung bisher an Programmen zur Stärkung des Vertrauens in den gesellschaftlichen Zusammenhalt auf den Weg gebracht hat, Murks ist. Es bringt nicht nur nichts, es wirkt augenscheinlich sogar kontraproduktiv: „Je mehr gemacht wird, desto schlimmer wird es doch!" Lisa hält mit ihrer Kritik nicht hinterm Berg, obwohl das heikel für sie ist. Erstens kann Jakob Behring Kritik überhaupt nicht vertragen, außerdem sitzt sie selbst im Glashaus. Schließlich ist ihre Abteilung laut Geschäftsverteilungsplan für die politische Strategie der Regierung zuständig. Wenn sie allzu deutlich von Versagen spricht, wird Behring ihr sofort ans Bein binden, selbst versagt zu haben. Aber das ist ihr in diesem Moment egal. Was hat sie noch zu verlieren, so kurz vor dem Ruhestand? Deshalb legt sie bei Behring noch nach: „Die Regierung betäubt sich, indem sie ein nutzloses Programm nach dem anderen auflegt. Die vielen Aktionen sind purer Aktionismus." Sie hält erschrocken inne. Ist sie zu weit gegangen? Der Vorwurf des Aktionismus zielt direkt auf Behring. Denn alles, was der tut, tut er einzig und allein, um zu demonstrieren, dass er was tut. Aber Behring wäre nicht Behring, wenn er einen solchen Vorwurf sofort auf sich beziehen würde.

„Jede Gutmenschen-Initiative wird von der Regierung sofort gefördert, nur um sich nicht nachsagen zu lassen, sie mache nichts."

Dass Lisa das böse Wort Gutmenschen in der Erregung so rausgerutscht, ist nicht so schlimm. Behring spricht oft noch verächtlicher über die, die meinen, sich moralisch über andere erheben zu dürfen, weil sie sich auf der moralisch besseren Seite wähnen. Für ihn sind das alles Zwangsbeglücker. Also macht Lisa munter weiter: „Jeder Verein, jede Gruppierung, die vorgibt, gegen Extremismus und für Toleranz zu kämpfen, wird großzügig mit Steuergeld unterstützt, obwohl das alles, wenn man ehrlich ist, bisher nichts gebessert hat." Lisa beschreibt die Lage immer drastischer: Bis vor ein paar Jahren hätten allenfalls ewig Gestrige sich heimlich Hakenkreuze auf den Arm stechen lassen, und zwar dorthin, wo man es nicht gleich sieht, weil sie Angst hatten, ihre Gesinnung offen zu zeigen. Inzwischen pöbelten Horden von neuen Nazis ungeniert herum und grölten lauthals durch die Straßen Parolen, die sie früher nicht mal im stillen Kämmerlein auszusprechen gewagt hätten. „Da sind Dämme gebrochen, trotz der vielen Gegenmaßnahmen, für die der Staat immer mehr Geld lockermacht." Da müsse sich doch jeder Vernünftige fragen: Was haben all die wohlmeinenden Programme, all die wohlmeinenden Initiativen, all die Bürgerdialoge gebracht? „Nichts! Wir brauchen einen ganz neuen Ansatz und nicht zum x-ten Mal das ewig Gleiche. Damit wirft die Regierung nur Steuergeld zum Fenster raus. Dieses Geld kann besser eingesetzt werden."

Lisa hat sich gut überlegt, warum sie auf den Kosten herumhackt, um Behring für ihren Plan zu gewinnen. Beim Thema Geld reagiert Behring neuerdings hellhörig, seit die Opposition ihm einen Skandal ans Bein heften wollte. Die Vorwürfe, derer er sich zu erwehren hatte, waren massiv: Behring habe zwei teure Dienstreisen ins Silicon Valley unternommen, ohne dass dabei für das Land das Geringste rausgekommen sei. In der Tat: Die Reisen waren vollkommen überflüssig, schlecht vorbereitet und wurden überstürzt angetreten. Behring wollte den weltläufigen Netzexperten mimen, der mit den Start-ups auf vertrautem Fuße verkehrt. Das war peinlich genug, zumal die Nerds ihn abblitzen ließen. Aber diesen Reinfall als Veruntreuung von Steuergeld zu dramatisieren, wie es im Haushaltsausschuss dargestellt wurde, war auch übertrieben und nur damit zu erklären, dass inzwischen Feinde wie Parteifreunde schlecht auf ihn zu sprechen sind. Den Ruf, ein „Mann fürs Grobe" zu sein, hat sich Behring redlich verdient.

Die Empörung schlug zwar hohe Wellen, nur an Behrings dickem Fell prallte sie ab. Allerdings nicht ohne Wirkung zu zeigen: Behring agiert jetzt vorsichtiger, wenn es ums Geld geht. Deshalb geht Lisas Kalkül auch auf: Behring hört immerhin hin, als sie im Zusammenhang mit den vielen Programmen und Initiativen gegen den Extremismus von falsch eingesetztem Steuergeld redet. Diesen Umstand will Lisa nutzen, um ihm endlich ihre Idee zu verklickern. Sie macht es kurz: „Die Regierung muss eine groß angelegte Kampagne starten unter dem Motto: ‚Jedem Kind ein Instrument'. Jedes Schulkind soll verpflichtet werden, ein Musikinstrument zu spielen. Die Instrumente stellt das Land und die Lehrer für den Unterricht auch." Und Lisa erklärt ihm auch, warum das eine glänzende Idee ist: Die Kampagne sei kein Selbstzweck, um mehr Musiker hervorzubringen. Die Kampagne habe einen tieferen politischen Sinn. „Sie wird", Lisa argumentiert ganz feierlich, „Schulkinder zu Toleranz und Weltoffenheit erziehen." Wer Noten lesen kann und ein Instrument spielt, der sei für Hass und platte Parolen nicht mehr so leicht empfänglich. Musik selbst zu machen, sei besser, als sich von Musik nur die Ohren volldröhnen zu lassen. Lisa zitiert eine Reihe von Studien, die ihr recht geben. „Die Idee habe ich mir keineswegs aus den Fingern gesogen", schiebt Lisa nach, um Behring davon abzuhalten, dies gleich als Schnapsidee abzutun. Sie habe sich von einem Erziehungsprojekt der Berliner Philharmoniker anregen lassen, das auch verfilmt worden sei. „Haben Sie diesen Film gesehen", fragt Lisa Behring pro forma, obwohl sie die Antwort kennt. Dass Behring sich Dokumentarfilme zu Gemüte führen würde, wäre ihr neu. Er schüttelt dann auch missmutig den Kopf. „Ein wundervoller Film ist das und ein tolles Projekt. Da kann man zusehen, wie der Umgang mit Musik und Tanz benachteiligte Jugendliche zu großartigen Menschen formt." Lisa gerät geradezu ins Schwärmen: „Hauptschüler, die nur rumhängen und sich langweilen, entfalten plötzlich ungeahnte Talente und sind, als sie schließlich zusammen mit den Profimusikern auf der Bühne stehen, zum ersten Mal in ihrem Leben stolz, richtig stolz auf sich und ihre Leistung." Überzeugend, völlig überzeugend sei dieses Projekt! Genauso müsse man es machen: Jugendlichen, die nichts mit sich anzufangen wissen, helfen, etwas aus sich zu machen. Alles andere komme beinahe von allein.

„Was soll das?", Behring reagiert unwirsch. Aber Lisa gibt nicht auf: „Wir können doch nicht länger leugnen, dass unsere Demokratie in eine Krise geraten ist. Immer mehr zweifeln daran, dass das politische System, so wie es ist, die Probleme lösen kann. Immer mehr laufen denen hinterher, die einfache Lösungen versprechen. Diesen Zustand können wir noch tausend Mal beklagen. Das hilft nicht weiter." Die Politik müsse sich dringend was Neues einfallen lassen, um verloren gegangenes Vertrauen zurückzugewinnen. „Wir müssen viel früher, bei den Jüngsten, ansetzen, die müssen von den Werten der Demokratie überzeugt werden." Lisa ist richtig laut geworden und Behring blafft zurück: „Dann soll der Kultusminister den Schulkindern doch mehr Staatsbürgerkunde verordnen, mehr Werteunterricht oder wie das Zeugs heutzutage heißt." – „Staatsbürgerkunde, das können Sie vergessen. Da hört doch keiner hin. Nein, wir müssen die jungen Leuten anders packen. Vertrauen wächst aus Selbstvertrauen. Und was vermittelt mehr Selbstvertrauen, als zu musizieren? Einem Instrument Töne zu entlocken? Mit einer Band aufzutreten, in einem Orchester mitzumachen? Das schafft Selbstvertrauen!" Lisa ist richtig in Fahrt und setzt noch eins drauf: „Die Kampagne ‚Jedem

Kind ein Instrument' ist das beste Mittel zur Stärkung der Demokratie. Als solche wird es langfristig eine großartige Wirkung entfalten."

Lisa sieht Behring sofort an, dass mit dem Hinweis auf die Langfristwirkung des Programms dessen Geduldsfaden endgültig gerissen ist. Er schaut sie entgeistert an. „Sie stehlen mir die Zeit. Wir wollen im Herbst Wahlen gewinnen und Sie kommen mir mit Langzeit-Projekten." Behring beendet das Gespräch umgehend – nicht ohne vorher den Auftrag für die Organisation eines weiteren Bürgerdialogs zu erteilen. Es wird Lisas zehnter sein.

35

„Weißt du, was mich wundert, Schlüssel?" – „Nein, weiß ich nicht", Karl ist nicht scharf darauf, gestört zu werden. Er hat Feierabend. Lisa hat auch Feierabend, aber im Gegensatz zu ihm kann sie schwer abschalten. Sie plappert munter drauflos: „Mich wundert, dass ich noch nicht mal enttäuscht bin. Ich habe nichts anderes erwartet und geahnt, dass es so kommen würde. Diesen Behring kannste in der Pfeife rauchen." – „Kannste deinen Behring nicht wenigstens vergessen, wenn du zu Hause auf dem Sofa sitzt?" – „Nein, das kann ich nicht und das weißt du auch. Mir geht alles immer nach. Das ist meine Art, die Dinge zu verarbeiten. Andere haben andere Methoden. Du zum Beispiel. Du verdrängst einfach. Dafür bewundere ich dich, möchte aber nicht so sein wie du. Verdrängung führt zur Verstopfung." Das ist nicht sehr nett von Lisa, da sie doch weiß, dass Karl ständig mit seiner Verdauung kämpft. „Zauberer" hat sie ihn deshalb schon mal scherzhaft getauft, in Anspielung auf Thomas Manns manische Beschäftigung mit seiner Verdauung. „Zauberer", das hat Karl gründlich missfallen. Wenn er jetzt durch Lisas freche Bemerkung vergrätzt sein sollte, zeigt er es zumindest nicht, sondern liest seelenruhig weiter. Und Lisa spricht auch seelenruhig weiter, eher mit sich als mit ihrem Gegenüber hinter der Zeitung: „Seit der Zufall mich in die Politik gespült hat, fühle ich mich nach solchen Gesprächen wie heute mit Behring völlig fehl am Platze. Ich kann mich einfach nicht daran gewöhnen, in Wahlerfolgen und Legislaturperioden zu denken. Ich will es auch nicht. Es ist mir ein Graus, wenn Politiker jedes Problem immer sofort unter dem Aspekt betrachten: Nützt mir das oder nützt das den anderen? Jede Sache wird so gedreht, dass auf jeden Fall die eigene Partei am Ende gut dasteht und der politische Gegner schlecht. Das ist doch furchtbar. Diese Fixierung auf Parteipolitik stößt mich geradezu ab."

„Du hast gut reden, Lisa, du musstest nie Mehrheiten organisieren, nie Parteifreunde überzeugen", meldet sich plötzlich hinter seiner Zeitung Karl doch noch zu Wort, „du warst ja nie in einer Partei." – „Nein, war ich nicht. Und dies aus Überzeugung: Journalisten gehören in keine Partei, Journalisten müssen unabhängig sein, wenn sie unabhängig urteilen wollen. An diesem Prinzip habe ich eisern festgehalten. Ich wollte nie in den Konflikt geraten, über eine Partei berichten zu müssen, in der ich im Zweifel selbst bin." – „Das ist gut und richtig, aber dass du deinen Unabhängigkeitswahn so weit getrieben hast, harmlose Mitgliedschaften wie die im ADAC oder sonst einem geselligen Klub abzulehnen, kommt dir das nicht selbst ein wenig übertrieben vor?" – „Ich bin mit dieser Entschiedenheit gut gefahren." – „Mag sein, aber jetzt bist du keine Journalistin mehr, sondern Mitarbeiterin einer Regierung. Da herrschen doch andere Gesetze. Da ist Parteilichkeit sozusagen Grundlage allen Denkens und Handelns. Wäre es da nicht ein Akt der Fairness, sich ebenfalls zu einer Partei zu bekennen?" – „Nein, Karl, nein. Und ich bin heilfroh, dass Xaver Mendel das nicht verlangt hat, als er mich zu seiner Regierungssprecherin ernannte. Er hat nicht einmal gefragt, ob ich in einer

Partei bin. Ich glaube, es interessierte ihn nicht. Aber ich gebe gern zu, da ist er eine einsame Ausnahme. Und ich bin nicht sicher, was ich gemacht hätte, wenn er gefragt hätte." – „Ich aber, liebste Lisa, ich weiß, was du gemacht hättest", die Stimme hinter der Zeitung klingt ziemlich überzeugt, „du wärst eingetreten."

36

Lisa macht sich möglichst klein und unauffällig. Sie will Xaver Mendel nicht auf den Wecker fallen. Bisher nimmt der es nämlich stoisch hin, dass sie auf den Fahrten zu seinen Terminen neben ihm im Fonds des Dienstwagens sitzt: er rechts hinten, auf dem Chefplatz, wie es sich gehört, sie links hinten. So touren sie durch die Lande, manchmal sind sie täglich unterwegs. Eigenartigerweise kommt trotz dieser räumlichen Nähe menschliche Nähe nicht auf. Die lässt Xaver Mendel nicht zu. Deshalb ist sich Lisa nicht sicher, ob ihn ihre Anwesenheit stört oder ob sie ihm egal ist. Sie tröstet sich damit, dass er sie im Zweifel in den Wagen der Personenschützer verweisen würde, der dem Fahrzeug, in dem er sitzt, immer hart auf den Fersen ist. So ist es Lisas Vorgängerin ergangen, aber die hatte, nach allem, was Lisa hört, alles falsch gemacht, was man bei Xaver Mendel falsch machen kann: Sie hat ihm Unterhaltungen aufgedrängt, wenn er keine Unterhaltung wünschte, vor allem hat sie ihn mit ihren lauten Telefongesprächen während der Fahrt genervt. Das war einfach zu viel. Xaver Mendel will seine Ruhe, sonst will er nichts. „Wie soll es mir gehen? Ich tue meine Pflicht." Spätestens seit Xaver Mendel Lisa derart kurz abfertigte, als sie anfangs meinte, sich nach seinem Befinden erkundigen zu sollen, weil er schon zum wiederholten Male in sein Taschentuch schnäuzte, ist ihr klar: Halt lieber den Mund! Dabei war ihre Frage durchaus fürsorglich gemeint. Doch Fürsorge will Xaver Mendel schon gar nicht, er will überhaupt nicht über sein persönliches Befinden Auskunft geben müssen. Jede Form von Small Talk ist seine Sache nicht. Wenn man was von ihm will, muss man ihm schon mit einem konkreten Anliegen kommen.

Für Lisa ist das gewöhnungsbedürftig: Stundenlang im Fond einer bequemen Limousine neben einem Menschen, also einem sprechfähigem Wesen, zu sitzen und nichts anderes zu tun als zu schweigen, einfach nur zu schweigen. Bisher hat es Lisa immer für ein Gebot der Höflichkeit gehalten, derartig nutzlose Zeit durch eine nutzbringende Unterhaltung aufzulockern, doch sie muss umlernen. Xaver Mendel will kein Geplaudere. Erst ist Lisa irritiert, dann findet sie Gefallen an diesen schweigsamen Fahrten. Diese Stille hat auch etwas Entspannendes. Manchmal nimmt Lisa ein Buch zur Hand und liest oder sie vertieft sich in Vermerke. Immer wenn sie bemerkt, dass Xaver Mendel die Augen schließt, wirft sie verstohlen einen Blick auf ihr Handy, das sie noch vor dem Einstieg ins Auto auf lautlos gestellt hat. Xaver Mendel selbst telefoniert unterwegs nie, obwohl sein Fahrzeug mit allem technischen Schnickschnack ausgestattet ist, den ein Regierungschef normalerweise benötigt. Xaver Mendel nicht. „Wozu? Wenn's brennt, wird man mich schon erreichen", war seine trockene Replik auf Lisas Verwunderung darüber, dass er auch privat kein Mobiltelefon benutzt. Erst als Lisa ihm mal unterwegs eine wirklich wichtige Nachricht zustecken kann, die stumm auf ihrem Handy aufgeploppt ist, beginnt Xaver Mendel sich ein wenig für das kleine Gerät zu interessieren. Lisa darf ihm sogar zeigen, was das Wunderding noch alles kann. Xaver Mendel ist verblüfft. Nach und nach findet er Gefallen daran, sich von Lisa mit ihrem gegoogelten Handy-Wissen noch schnell Fragen beantworten zu lassen, die ihm plötzlich kommen, wenn er sich die Rede, die er gleich halten muss, unterwegs noch mal durch den Kopf gehen lässt. Und als Xaver Mendel sie eines Tages von sich aus bittet: „Googeln Sie das doch mal“, weiß Lisa: Sie hat es geschafft. Der Platz links hinten ist ihr erst einmal sicher.

Der Fahrer, Rudolf Rangsdorff, ist für Xaver Mendel der ideale Begleiter: Er ist stumm wie ein Fisch. Für RR, wie die Kollegen ihn nennen, ist nur eines wichtig: Er fährt den Chef und muss nicht eine niedrigere Charge durch die Gegend kutschieren. Damit ist der Ehrgeiz von RR ausreichend beschrieben: Er will den Chef heil und auf die Minute pünktlich ans Ziel bringen. Dafür behält er den Zeitplan, die Route und den Verkehr immer stur im Auge. Ab und an spricht er zwar während der Fahrt, aber nicht mit Xaver Mendel und nicht mit Lisa, sondern leise in ein kleines Mikrofon. Über dieses Ding ist er mit den Personenschützern im hinteren Wagen verbunden, die zum Tross dazugehören. Sie geben RR dann und wann Hinweise, wenn er die Fahrtroute kurzfristig ändern soll, um einen Stau zu umfahren, oder wenn er wegen unvorhergesehener Störungen besser den Hintereingang ansteuern soll. Mendels Bewacher stehen ständig mit der Polizei vor Ort in Kontakt, erfahren aktuellste Meldungen über die örtlichen Verkehrslagen und wissen immer genau, was unterwegs los ist. Lisa jedenfalls muss sich, wenn sie erst im Auto sitzt, um keinerlei Logistik kümmern, das erledigen „die Jungs“. Die „Jungs“ – so redet Xaver Mendel, wenn er seine Beschützer meint, und wirkt dabei beinahe kumpelhaft. „Die Jungs“ – so wie Xaver Mendel das sagt, hört sich das für Lisa ein klein wenig frauenfeindlich an, so als wolle Xaver Mendel andeuten, dass man, wenn's ernst wird, die Sache lieber den Jungs überlässt.

Die enge Begleitung der Termine durch zwei bis drei Personenschützer, allesamt Polizisten in Zivil, empfindet Lisa als nicht so lästig, wie sie anfangs gedacht hat. Im Gegenteil. Diese Eskortierung hat enorme Vorteile. Einmal macht es Eindruck, wenn Xaver Mendel, der den großen Auftritt nicht liebt, wenigstens mit kleinem Gefolge einen Saal betritt. Außerdem hat Lisa durchaus brenzlige Situationen miterlebt, wo sie froh war, dass die Jungs dabei waren und aufpassten. Man weiß nie, was jemand, der freundlich auf den Regierungschef zukommt, tatsächlich im Schilde führte. Ganz abgesehen davon, dass Xaver Mendel ohne das Netzwerk, in das seine Jungs eingebunden sind, die eng getakteten Termine, die nicht selten quer über das Land verteilt sind, überhaupt nicht schaffen würde.

37

„Transportation and Information", Karl tut wieder mal ganz schlau. „Transportation and Information, weißt du, wer das gesagt hat?" – „Keine Ahnung, sag's schon." – „Winston Churchill soll das gesagt haben. Hoffentlich weißt du wenigstens noch, wer das war." – „Na, ich bitte dich, sei nicht gemein, Schlüssel." – „Transportation und Information, das sei das Einzige, was er vermisse, seit er nicht mehr im Amt sei, hat Churchill gemeint. Ein kluger Satz – wie auf deinen Mendel gemünzt." – „Wieso das? Was hat mein Ministerpräsident mit dem britischen Premierminister zu tun?" – „Viel. Du hast mir doch gerade erzählt, wie dein Mendel neulich anlässlich seines Geburtstages zum Gläschen Sekt auch einen kleinen Scherz spendiert und berichtet hat, dass er sich am Wochenende aus alter Gewohnheit hinten in sein Privatauto gesetzt und mächtig gewundert hatte, dass dies nicht losfuhr. Wie auch? Wenn der, der es fahren soll, hinten sitzt?" – „Das stimmt", Lisa muss schmunzeln, als Karl sie an diese lustige Geschichte erinnert. „Der Mendel ist halt dem normalen Leben ziemlich entwöhnt."

„Sag' ich doch. Und jetzt stell dir mal vor, wie es ihm, der weder einen Computer noch ein Handy bedient, erst erginge, wenn ihm die vielen Informationen fehlten, die ihm täglich von den diversen fleißigen Bienchen aufbereitet zur Verfügung gestellt werden? Der wäre doch ohne diese Zuarbeit verloren, wie übrigens jeder andere auch in seiner Lage. Morgens über Wirtschaftsinvestitionen sprechen zu müssen, mittags mit den Verbesserungen des Katastrophenschutzes befasst zu werden, nachmittags Auskunft zu geben über die Folgen der Schulnetzplanung und abends noch gescheit über Friedrich Nietzsche daherreden zu sollen – ein solches Pensum ist nur zu bewältigen, wenn man die nötigen Informationen mundgerecht serviert bekommt." – „Nichts gegen meinen Mendel, Schlüssel, der ist, was die Zuarbeiten betrifft, ziemlich pflegeleicht. Ihm reichen nüchterne Daten und Fakten. Den geistigen Überbau zimmert er sich ohnehin selbst zurecht. Mir ist es ziemlich rätselhaft, wie jemand, der so wenig und am liebsten gar nicht redet, in dem Moment, in dem er am Rednerpult steht, geschliffene Reden halten kann." – „Das mag ja alles sein, trotzdem sind wir schnell wieder bei Winston Churchill: Transportation and Information – genau das wird deinem Mendel fehlen, wenn er beides mal nicht mehr hat. Denn du glaubst doch wohl nicht, dass der sich, wenn er nicht mehr gefahren wird, ein Navigationsgerät anschafft." – „Ich glaub was ganz anderes, Schlüssel, der fährt dann überhaupt nicht mehr in der Gegend herum, sondern verkriecht sich ganz in seinen Garten."

38

Heute ist Xaver Mendel spät dran. Viel Verkehr, außerdem noch eine Trecker-Kolonne, die den Weg kreuzt. Doch das mobile Blaulicht, das der Fahrer griffbereit im Auto hat, wird trotzdem nicht aufs Dach gesetzt. Xaver Mendel will kein Aufsehen. Noch ist der Termindruck nicht so stark, dass er das Privileg für sich in Anspruch nehmen möchte, an allen vorbeirauschen zu können. Lisa ist ihm dankbar. Sie mag diese halsbrecherischen Blaulichtfahrten gar nicht – im Gegensatz zu RR, dem Fahrer. Der zeigt zu gern, was er drauf hat. Lisa schwitzt jedes Mal Blut und Wasser. Xaver Mendel nicht, der schwitzt nie, allenfalls greift er, wenn es zu rasant wird, zum Griff an der Decke, um sich festzuhalten.

Für seine Verhältnisse wirkt Xaver Mendel heute leicht nervös. Lisa spürte schon, dass irgendetwas nicht stimmte, als er ins Auto einstieg und seine abgewetzte Aktentasche, die so aussieht, als habe sie ihn schon seine gesamte Schulzeit über begleitet, nicht so sanft, wie sonst zwischen ihnen ablegte, sondern unwirsch hinknallte. Kaum sitzt er, reißt er den Lederranzen auf und holt das Manuskript seiner Rede, die er gleich halten muss, heraus. Auch das ist ungewöhnlich. Normalerweise nimmt er die Zettel, die er sich immer auf die Größe DIN-A5 zurechtschneiden lässt, erst kurz vor dem Ziel zur Hand, wirft einen flüchtigen Blick drauf, faltet sie zusammen und lässt sie in der Tasche seines Jacketts verschwinden, das immer neben ihm am Hacken baumelt. Heute kramt Xaver Mendel in seiner Tasche noch umständlich nach einem Stift, findet schließlich einen billigen Kugelschreiber mit Volksbank-Aufdruck. Xaver Mendel blättert die Zettel seines Manuskripts durch, macht sich hier und da Notizen, die wegen der kurvenreichen Fahrt ziemlich krakelig ausfallen. Lisa merkt, dass ihm das, was er da liest, nicht sonderlich gefällt.

„Sind Sie nicht zufrieden mit Ihrem Redeentwurf? Fehlt was?“, fragt sie in die Stille hinein, wohl wissend, dass Xaver Mendel beim Lesen ungern gestört wird. „Das kann man wohl sagen! Es fehlt eigentlich alles. Was soll ich in diesem Flüchtlingsheim überhaupt? Was kann ich da ausrichten? Das Problem ist doch nicht zu lösen. Was soll meine Botschaft da sein?“ – „Na, das ist doch klar: Sie gehen dahin, um deutlich zu machen, dass die Regierung die Vorfälle dort sehr ernst nimmt und alles tun will, um die Situation zu verbessern.“ – „Verbessern? Wie verbessern? Etwa durch bunte Container? Durch mehr Polizei vor der Tür? Das kann's ja wohl nicht sein." Lisa fühlt sich irgendwie ertappt, obwohl sie diese Rede gar nicht geschrieben hat. Aber sie hat sie passieren lassen, hat ihren lila Haken darunter gesetzt, das ist schlimm genug. „Wird denn nicht klar, dass Sie ein Zeichen setzen wollen? Diese Botschaft ist doch zwischen den Zeilen deutlich herauszuhören", meint sie kleinlaut. „Zwischen den Zeilen wird nie etwas klar, was nicht auf den Zeilen steht. Was erwarten Sie von den Leuten? Dass sie eine Textexegese betreiben? Die meisten lesen doch ohnehin nicht mehr, sondern daddeln den ganzen Tag auf diesen Dingern herum." Xaver Mendel ist verärgert. „Nein, ich muss Tacheles reden, die Dinge beim Namen nennen, selbst wenn das unangenehm ist, weil der Hauptvorwurf die eigenen Leute trifft. Das, was sich dieser Schröder da geleistet hat, ist eine Sauerei sondergleichen. Erst hat er für das Flüchtlingsheim viel Geld kassiert und dann hat er dieses Geld auch noch falsch verwendet und schamlos in andere Projekte gesteckt. Das geht doch nicht! Und dass er den armen Leutchen, die in dem Loch wohnen müssen, auch noch das Wasser abdrehen ließ, ist die größte Frechheit! Ich kann gut verstehen, dass denen da die Sicherung durchbrennt und sie dem Verwalter an die Gurgel wollen." – „Ja schon, aber Gewalt bleibt Gewalt", wirft Lisa ein, „und Gewalt können Sie als Regierungschef doch unmöglich gutheißen." – „Ich will nichts gutheißen, ich will nur Verständnis äußern! Oder darf man das in dieser überkorrekten Gesellschaft nun auch nicht mehr?" Xaver Mendel ist aufgebracht, für seine Verhältnisse ist er sogar sehr aufgebracht.

Lisa bemerkt schon seit einiger Zeit bei ihm eine Gereiztheit, wenn die Sprache auf das Thema Flüchtlinge kommt. Und früher oder später kommt fast jedes Gespräch in diesen Tagen auf dieses Thema. Xaver Mendel passt die ganze Richtung nicht, mit der seine „Volkspartei" in dieser Frage agiert. Erst konnten gar nicht genug Flüchtlinge ins Land kommen und die Politiker vor Ort mussten selbst sehen, wie sie den Ansturm bewältigen, jetzt sollen möglichst viele von denen, die kamen, wieder nach Hause geschickt werden. Dieser abrupte Schwenk empört Xaver Mendel: „Das ist doch keine Linie!“, schimpft er öfter und zunehmend unverhohlener. Noch mehr allerdings empört ihn, dass „dieser Schröder“ – Xaver Mendel spricht neuerdings von seinem Parteifreund, Bürgermeister Klaus Schröder, nur noch verächtlich als „dem Schröder“ – dass der das Chaos rücksichtslos ausgenutzt hat. Erst hat dieser Schröder Himmel und Hölle in Bewegung gesetzt, damit das Flüchtlingsheim, das er bereitstellen musste, möglichst groß ausfällt, weil jedes Bett mehr der Kommune mehr Fördergeld brachte. Dann leitet er die Mittel, die schnell und ausnahmsweise unbürokratisch fließen, klammheimlich um: Der Sportplatz wird saniert, die Schule neu gestrichen und der Bibliotheksbus ist endlich wieder fahrbereit. Nur das Flüchtlingsheim – das modert weiter vor sich hin. Als der Betrug auffliegt, ist die Wut groß. Wie konnte das passieren?, fragen plötzlich alle, so als wüssten sie nicht, dass außergewöhnliche Situationen dem Missbrauch staatlicher Gelder geradezu Vorschub leisten.

Nun steht „der Schröder“ zwar öffentlich am Pranger und ist auch nicht mehr Bürgermeister, aber seine Parteifreunde hauen ihm, wenn's keiner sieht, anerkennend auf die Schulter: „Gut gemacht, Schröder!“ Als Lisa Xaver Mendel neulich auf eine Parteiversammlung begleitete, konnte sie selbst miterleben, wie sich die Pro-Schröder-Stimmung im Saal breitmachte. Um ein Haar wäre die in eine Anti-Mendel-Stimmung umgeschlagen, als Xaver Mendel seinen Leuten scharf ins Gewissen redete: „Recht muss immer noch Recht bleiben. Und was der Schröder gemacht hat, ist Unrecht. Basta.“ Na, da war was los im Saal! Lediglich der Respekt vor Xaver Mendel, dem seine Partei verdankt, überhaupt wieder an die Regierung gekommen zu sein, hielt das Parteivolk davon ab, ihn lautstark auszubuhen.

Jetzt will Xaver Mendel genau hier, wo dieser Schröder so viel Vertrauen in die Politik verspielt hat, Flagge zeigen und das neue Flüchtlingsheim höchstpersönlich eröffnen. Dieses Heim wurde auf die Schnelle aus dem Boden gestampft: Weiße, rote, blaue Container stehen direkt neben dem alten Kasten, der endgültig aufgegeben werden soll. Xaver Mendel weiß, dass dies kein einfacher Termin für ihn ist. Die Stimmung ist aufgeheizt. Denn Schröders Unrecht hat weiteres Unrecht nach sich gezogen: Eines nachts wurden Molotowcocktails durch die Scheiben des alten Flüchtlingsheims geworfen, die glücklicherweise nur einen Flur in Brand setzten. Daraufhin fackelten die Bewohner in ihrem Zorn einen Fahrradschuppen ab, wobei die Flammen auf den angrenzenden Wald überschlugen. Seitdem sind Polizei und Feuerwehr ständig vor Ort, um die Aggression in Schach zu halten – Aggressionen, die von draußen kommen und Aggressionen, die sich drinnen aufstauen. Xaver Mendel muss eine Gratwanderung vollziehen: einerseits die Gewalt scharf verurteilen, andererseits den Leuten Mut machen, dass alles besser wird. Aber wie? „Was ist die Lösung?“, Xaver Mendel schaut Lisa ratlos an, „bunte Container kann ich wohl kaum als Lösung verkaufen.“

Missmutig faltet Xaver Mendel seine Zettel zusammen, steckt sie in die Jackentasche und steigt aus. Sofort hebt ein ohrenbetäubendes Pfeifkonzert an und laute Buhrufe ertönen. An die hundert Demonstranten haben hinter einer Absperrung Stellung bezogen. Sie reißen ihre selbst gebastelten Transparente hoch und wedeln mit Fahnen herum, manche Schwarz-Rot-Gold, manche regenbogenfarbig. Ähnlich gespalten scheint die Stimmung zu sein: „Refugees welcome“ kann Lisa auf einigen Schildern lesen, auf andere das krasse Gegenteil: „Flüchtlingsheim schließen!“ oder „Go Home!“, wobei Lisa nicht klar ist, ob sich das auf die Flüchtlinge oder auf den Regierungschef bezieht, der hier ebenfalls nicht willkommen zu sein scheint, jedenfalls nicht von denen, die das ohrenbetäubende Pfeifkonzert veranstalten. Vor den bunten Containern hat sich die Heimleitung in Reih und Glied aufgebaut. Der Landrat ist da, auch der Bürgermeister, der neue, der dem Schröder nachgefolgt ist und jetzt nicht mehr zu Mendels Partei gehört, sondern von den „Freien Bürgern“ gestellt wird. Mendels „Volkspartei“, ist hier nur durch die örtliche Parlamentsabgeordnete vertreten. Von den Heimbewohnern ist niemand zu sehen, die haben sich offenbar in ihre Zimmer verkrochen oder warten drinnen auf den Gast, der ihnen als hohes Tier angekündigt wurde, obwohl sie ihn nicht kennen. Woher auch? Xaver Mendel begrüßt jeden mit Handschlag, wechselt ein paar Worte mit diesem und jenem, dann verschwindet der Tross im Inneren eines dieser nagelneuen Container. Lisa ist sich unschlüssig, was sie jetzt machen soll: Soll sie draußen bleiben und die aufgeheizte Stimmung im Blick behalten? Oder soll sie drinnen hören, was Xaver Mendel den Anwesenden zu sagen hat? Sie ahnt, eine Lösung wird es hier und heute nicht geben – drinnen nicht, und draußen nicht.

39

Am Gründonnerstag, dem letzten Arbeitstag vor Ostern, startet Lisa ihren Countdown: Sie schlägt den Kalender auf, beginnt zu zählen und kommt auf 135 Tage. Zur Sicherheit zählt sie noch mal nach. Nun sind es plötzlich noch 137 Tage. „Verdammt, da stimmt was nicht“, Lisa hadert mit sich und ihrer Zählkunst. Es kann doch nicht so schwer sein, im Kalender die Tage bis zu ihrem regulären Ausscheiden aus dem Dienst abzuzählen! Sie fängt von vorn an. Bei sechs angekommen stutzt sie: Soll sie die Sonn- und Feiertage mitzählen oder nur die Wochentage, die offiziell als Arbeitstage gelten? Lisa gerät ins Grübeln. Ihr ist nicht ganz klar, was die ganze Zählerei überhaupt soll. Was will sie damit bezwecken? Will sie wissen, wie viele Tage ihr noch bleiben, an denen sie definitiv ins Büro gehen muss? Oder will sie wissen, wie viele Tage ihr überhaupt noch bleiben bis …, ja, bis was eigentlich?

Eine blöde Frage. Denn selbst, wenn sie nicht mehr arbeitet, geht ihr Leben doch weiter. Nur, weil sie nicht mehr täglich in die Behörde trottet, wie sie zuvor jahrzehntelang auch in die Redaktion gegangen ist, ist doch nicht alles vorbei. Aber ein Einschnitt wird das Ende ihrer Dienstzeit schon sein, das spürt sie. Immer öfter fragt sie sich: Was kommt danach? Lisa ist dann ziemlich durcheinander. Immer öfter ertappt sie sich auch dabei, dass sie in den Kategorien Vorher und Nachher denkt. Seit die Rentenversicherung ihr im nüchternen Amtsdeutsch mitgeteilt hat, dass ihre Regelaltersrente am 1. November beginnt und die Deutsche Post angewiesen ist, ihr diese Regelaltersrente für den jeweiligen Monat am Monatsende auszuzahlen, geht ihr dieses Datum nicht aus dem Kopf. Statt es zu ignorieren, kommt sie auf so abstruse Ideen, wie die, die Arbeitstage zu zählen, die ihr noch bleiben. 135 Tage also noch. Oder 137 Tage? Sie ärgert sich, dass sie noch nicht einmal das genau feststellen kann, sondern sich beim Zählen immer wieder zwischen Wochentagen und den Sonn- und Feiertagen verhaspelt. Und was ist mit den freien Tagen, die sich angesammelt haben? Wird sie die noch abbummeln? „Das ist jetzt auch egal“, beschließt sie und kramt nach dem Notizbuch, das sie sich extra für diesen Zweck besorgt hat. Lisa greift zum lila Stift, der Farbe, mit der sie jetzt immer schreibt, und notiert auf der ersten Seite dieses Notizbuches: „Gründonnerstag, noch 135 Tage.“ Auch das kleine Etikett auf der Vorderseite beschriftet sie: „Letzte Tage“ steht jetzt darauf.

Lisa ist fest entschlossen, diese letzten Tage nicht einfach so vorüberplätschern zu lassen. Ihre Erwartungen an die verbleibende Zeit sind gewaltig, so, als müsse noch Großartiges passieren. Stattdessen passiert fast gar nichts, schon gar nichts Großes. Das, was sie am Abend unter dem Datum „Gründonnerstag, noch 135 Tage“, notieren kann, ist Alltagskram: „Wenig zu tun. Kleine Ärgernisse." Hätte Lisa nicht das Notizbuch angelegt, wäre alles, was sie festhält, gleich der Vergessenheit anheimgefallen. Wen interessiert schon, dass Lisa bei der Prüfung eines Landesprogramms zur Stärkung von Demokratie und Toleranz Bedenken gekommen sind, ob das viele Geld, das der Staat vor allem zur eigenen Beruhigung verteilt, überall sinnvoll angelegt ist? Lisa notiert: „Strengere Kontrollen der Fördermittelempfänger veranlassen." Und eine Vorahnung, was dann passiert, notiert sie auch: „Die Gutmenschen-Szene wird empört aufschreien. Und die Presse wird eine volle Breitseite gegen die Verwaltung fahren, weil sie lauter gut gemeinte Initiativen wieder mal behindert." Und die eigenen Mitarbeiter? „Die werden mich fragend anschauen und zweifeln, ob diese Mehrarbeit nun wirklich nötig ist. Ging doch bisher auch ohne." Dass sie das alles unter dem lapidaren Stichwort „kleine Ärgernisse" abbucht, zeigt Lisa, dass sie, 135 oder 137 Tage vor dem Ruhestand, resigniert hat. Früher wäre sie kämpferischer gewesen.

Genau der richtige Zeitpunkt, um zu gehen, findet Lisa und veranlasst ihr definitives Ausscheiden aus dem Staatsdienst für die Woche nach der Wahl. Lisa gefällt die Vorstellung einer Punktlandung: Das Datum des Ausscheidens aus dem Dienst und das Renteneintrittsdatum, das die Rentenversicherung ihr mitgeteilt hat, werden nahtlos ineinander übergehen. Hinter Lisa liegen dann über vierzig Arbeitsjahre, in denen sie trotz mancher Wechsel und anstrengender Hochs und Tiefs nicht einen einzigen Tag arbeitslos gewesen ist. Darauf stolz zu sein, erlaubt sie sich nur in kurzen Momenten. Ihr ist es noch nie gelungen, sich an dem festzuhalten, was hinter ihr liegt. Sie sieht die Hürden, die sich vor ihr türmen, und als Nächstes übersprungen werden müssen. Sich ausruhen und sei es auf den Lorbeeren, hat sie nie gelernt. Schon in der Schule waren ihr deshalb die Ferien ein Graus. Sie wusste nichts mit sich anzufangen und war froh, wenn es wieder losging mit dem Trott. Dass sie jetzt nichts vor sich hat als den sogenannten Ruhestand, irritiert sie mächtig. Ruhestand – wie das schon klingt! Doch trotz dieser Aussichten schließt Lisa die Möglichkeit, die es durchaus gäbe, über die Renteneintrittsgrenze hinaus noch eine Weile im Staatsdienst zu bleiben, für sich kategorisch aus. Sie will das nicht. Sie will nicht den Eindruck erwecken, am Amt zu kleben, nicht aufhören zu können. Sie will mit erhobenem Kopf und fröhlich gehen. Ihr Entschluss steht fest. „Genau richtig, der Zeitpunkt", sagt sie sich immer wieder und bestärkt sich in ihrem Entschluss.

40

„Warum um alles in der Welt hast du dich jetzt, kurz bevor dein Countdown abläuft, entschlossen, noch mal einige Wochen dranzuhängen? Das verstehe ich nicht, Lisa. Du hast doch steif und fest behauptet, du gehst pünktlich, und zwar gerne." Karl schüttelt nur den Kopf, als er erfährt, dass Lisa nun doch länger an Bord bleiben will. „Ich habe mir überlegt, dass ich noch für den geordneten Übergang in die nächste Legislaturperiode sorgen sollte, das ist verantwortungsbewusster." – „Verantwortungsbewusst, das klingt gut, ist aber, wenn du ehrlich bist, Lisa, nur ein vorgeschobener Grund. Der Übergang würde doch auch ohne dich geordnet passieren, das weißt du so gut wie ich. Nein Lisa, in glaube, du hast Angst vor dem Eintritt in das Has-been-Zeitalter. Has-beens – diese Spezies verachtest du doch zutiefst. Wie regst du dich immer auf, wenn Leute, die nichts mehr sind außer eben Leute, die mal was waren, penetrant darauf verweisen, was sie früher alles gewesen sind. Da ist dir die Verachtung doch immer auf der Stirn geschrieben." – „Das ist ja auch schrecklich, schrecklich traurig und schrecklich entwürdigend. Schlüssel, ich bitte dich inständig, mich, wenn' s mal so weit ist, sofort zu bremsen, wenn ich davon anfangen sollte zu erzählen, wie bedeutend ich mal war. Bitte halt mich davon ab. Wenn's sein muss mit Gewalt." – „Mit Gewalt? Ich glaube, du spinnst. So schlimm ist es doch wieder auch nicht, sondern eher der normale Lauf der Dinge. Irgendwann ist jeder nichts mehr. Was willst du denn antworten, wenn du in Zukunft gefragt werden wirst – und du wirst immerzu danach gefragt werden –, was du so machst? Ich bin Rentnerin! Wirst du das sagen, Lisa?" – „Auf keinen Fall!", Lisa ist aufgebracht, „Rentnerin, wie das klingt! Außerdem ist das kein Beruf." Lisa schießt sofort in den Kopf, wie sie neulich zusammengezuckt ist, als die freundliche Frau an der Museumskasse sie fragte, ob sie schon Rentnerin sei. Nein!, hat sie ihr empört entgegengeschleudert. Nein! Dabei war die Frage ganz harmlos, sogar nett gemeint. Die gute Frau wollte ihr jene Preisermäßigung zukommen lassen, die Rentnern zusteht. Lisa will keine Ermäßigung. Sie doch nicht. „Rentnerin? Sag Schlüssel, sehe ich so aus?" Karl schaut Lisa lange und ein wenig mitleidig an, bleibt aber höflich: „Nein, du doch nicht. Auf keinen Fall. Du siehst aus wie das blühende Leben."

Als die Rentenversicherung Lisa kurz darauf die offizielle Rentenbescheinigung schickt, erschrickt sie. Nun also ist es amtlich: Lisa wird in absehbarer Zeit Rentnerin sein. Die Vorstellung graust ihr. Sie heftet das amtliche Papier eilig in ihrem Ordner mit der Aufschrift „Rente" ab, den sie schon vor Jahren angelegt hat, als regelmäßig die Berechnungen der voraussichtlichen Höhe ihre Ruhegeldbezüge ins Haus schneiten. Doch bevor sie das amtliche Papier abheftet, schneidet sie den mitgelieferten kleinen Rentnerausweis dann doch wie vorgesehen an den perforierten Linien fein säuberlich mit der Schere aus. Diesen Ausweis, der nur ein kleiner unscheinbarer Zettel ist, verstaut sie griffbereit in ihrem Portemonnaie. „Warum das denn? Ich denke, du denkst, den brauchst du nicht." Karl ist einigermaßen überrascht. „Man weiß ja nie", Lisa wechselt schnell das Thema.

41

Der rote Teppich ist ausgerollt. Gleich wird Xaver Mendel vorfahren und Rudolf Rangsdorff, der Fahrer, wird seinen ganzen Ehrgeiz daran setzen, die Limousine so exakt zum Stehen zu bringen, dass der Chef, wenn er dem Fond entsteigt, mittig auf dem Teppich steht. Diese Präzision ist Rudolf Rangsdorff sich und seiner Berufsehre schuldig. Denn RR ist ein Fahrer der alten Schule, nicht einer dieser Jungspunde, die nicht mehr wissen, was sich gehört. Rudolf Rangsdorff hat sich aus dem feierlichen Anlass sogar in Schale geworfen und den besten Anzug aus dem Schrank geholt, obwohl er beim festlichen Konzert gar nicht dabei sein wird. Er wird auch nicht ins Fahrerzimmer verschwinden, um mit anderen Fahrern zu quatschen, viel Kaffee zu trinken und die obligaten Schnittchen in sich hineinzufuttern. Rudolf Rangsdorff vertritt sich in den langen Wartezeiten gern ein wenig die Beine, wobei er immer peinlich darauf bedacht ist, sich nicht allzu weit von seinem Fahrzeug wegzubewegen. Es könnte ja sein, dass Xaver Mendel früher als geplant abfahren will, dann will Rudolf Rangsdorff zur Stelle sein. Er ist kein Verzögerungsfaktor, er nicht.

Lisa steht ein wenig abseits, beobachtet die Szene vor dem Festspielhaus. Sie steht hier keineswegs allein, sondern inmitten eines Pulks von Leuten, für die die Auffahrt der Gäste das Aufregendste ist am ganzen Festspielprogramm, für das die meisten ohnehin keine Karten haben. Sie sind hier zum Promigucken. Das kostet nichts und ist doch großes Kino – zumindest für die Provinz, in der sonst wenig los ist und nur zur Festspielzeit Hochbetrieb herrscht. Zu danken ist diese Abwechslung keinem Geringeren als dem Geheimen Rat Goethe, der sich einst in diesen entlegenen Landstrich verliebte und nach eigenen Plänen ein schönes Sommertheater errichtete. Die Stimmung um Lisa herum ist aufgekratzt. Mit jedem Fahrzeug, das um die Ecke biegt, setzt unter den Zaungästen ein munteres Rätselraten ein: „Wer kommt jetzt? Wer das wohl ist?“ Erwartungsvoll werden Namen in die Luft geworfen, von denen Lisa die meisten nicht kennt. Sie hat es nicht so mit den Klatschspalten in den Illustrierten. Dass dann statt der erhofften Prominenz aus den bunten Blättern nur ein Bürgermeister der Nachbargemeinde, ein Landrat des Kreises oder ein Professor der nahe gelegenen Universität aus den vorfahrenden Autos steigen, tut der guten Laune keinen Abbruch. Auch lokale Größen sehen in ihrem dunklen Zwirn und mit herausgeputzter Gattin an ihrer Seite auf dem roten Teppich bedeutend aus. Die Szene vor dem Festspielhaus macht durchaus was her. „Das ist ja ein richtiger Auftrieb“, hört Lisa neben sich jemanden zu seiner Begleiterin sagen.

Lisa ist allerdings nicht entgangen, dass sich in einiger Entfernung noch ein ganz anderer Auftrieb entwickelt, der weniger erfreulich ist. Die jüngeren Leute, viele über und über mit Tattoos versehen, die hinter rot-weißen Gittern Aufstellung bezogen haben, werden durch eine Reihe von Polizisten in Schach gehalten. Lisa zählt überschlägig rund dreißig Uniformierte, alle mit Helm und Schutzweste ausgestattet. Vorhin am Ortseingang, waren ihr schon zahlreiche Mannschaftswagen aufgefallen, in denen sich offenbar eine Polizeireserve bereithält, für den Fall, dass es heftiger zur Sache gehen sollte. Es liegt was in der Luft, das spürt Lisa deutlich. Außerdem hat sie aus der Besprechung gestern, als dieser Termin von Xaver Mendel noch einmal haarklein in der Regierungszentrale durchgesprochen wurde und wegen der Brisanz der Lage sogar der Innenminister dabei war, herausgehört, wie besorgt die Sicherheitskräfte sind. Sie rechnen mit massiven Störungen der Veranstaltung. Obwohl bislang niemand offiziell eine Demonstration angemeldet hat, geistern seit Tagen Aufrufe durch das Netz, die befürchten lassen, dass rechte und linke Chaoten sich eine Schlacht liefern könnten. Und damit das Szenario eintritt, das die Polizei am meisten fürchtet, weil sie zwischen den Fronten agieren muss und unweigerlich selbst zur Zielscheibe wird. Warum es die rechten Provokateure und die linken Krawallmacher, von denen die wenigsten aus der Gegend stammen dürften, reizt, ausgerechnet dieses harmlose Festspiel des Liedes für ihren Zusammenprall auszusuchen, erschließt sich Lisa nicht so recht. Aber wahrscheinlich ist der Liedgesang den Schlägertrupps beider Seiten ohnehin piepegal, der Reiz liegt für sie darin, hier die Elite des Landes, des verhassten Staates, provozieren zu können. Denn das Festspiel des Liedes hat sich zu einem gesellschaftlichen Ereignis gemausert, zu dem die Gäste fein gemacht von nah und durchaus auch von fern anreisen, sich zur Feier des Tages ein Gläschen Sekt leisten und bedeutend vorkommen. Diese Festspielstimmung zu stören, ist für Zeitgenossen, die auf Störung und sonst nichts aus sind, gewissermaßen auch ein Fest.

Im Augenblick kann Lisa hinter den rot-weißen Absperrungen nur Gestalten entdecken, die sie auf den ersten Blick für Rechtsradikale hält. Doch sie ist vorsichtig geworden mit derlei Zuordnungen. Linke oder rechte Chaoten sind äußerlich oft gar nicht mehr so leicht auseinanderzuhalten, seit die einen nicht mehr unbedingt kahl geschoren und mit Springerstiefeln aufmarschieren und die anderen nicht langhaarig und uniformiert in Jeans herumlaufen. Im Zweifel tragen beide Seiten gleichermaßen eine Kapuzenkluft und vermummen das Gesicht. Die äußeren Unterscheidungsmerkmale haben an Bedeutung verloren, seit rechte wie linke Chaoten ihre Gesinnung nicht mehr versteckt, sondern aggressiv zur Schau stellen. Denn was haben sie schon zu befürchten? Was passiert denen, die unverhohlen Nazi-Parolen brüllen? Was, denen, die Steine schmeißen, Ordnungskräfte bespucken, Fenster und Türen eintreten? Nichts. Jedenfalls nichts, was die hasserfüllten Gesinnungstäter beider Seiten nachhaltig davon abhalten könnte, ihrem Hass und ihrer Zerstörungswut freien Lauf zu lassen. Lisa wird manchmal angst und bange angesichts der brutalen Gewalt, die sich auf Straßen und Plätzen entlädt. Und ihr tun die Polizisten leid, die ihren Kopf für Konflikte hinhalten müssen, die die Gesellschaft trotz flammender Appelle und permanenter Gesetzesverschärfung nicht in den Griff bekommt. In letzter Zeit ist Lisa manchmal richtig mulmig zumute, wenn sie Xaver Mendel inmitten vieler Menschen stehen sieht. Wer weiß schon, was der Einzelne im Schilde führt? Bis jetzt ist gottlob bei den Veranstaltungen nie was Schlimmes passiert, nur einmal, und das ausgerechnet in einer Kirche, kam ein Verrückter auf den Regierungschef zugestürmt, warf seinen Mantel ab und zeigte sich splitterfasernackt. Abgesehen von einer Schrecksekunde, war dieses Vorkommnis eher skurril, zumal der Personenschutz den Irren blitzschnell im Schwitzkasten hatte und abführte. Aber so harmlos ist die Lage längst nicht mehr überall. Jeder halbwegs Prominente, dessen Gesicht aus den Medien bekannt ist, muss darauf gefasst sein, angegriffen zu werden: mit verletzenden Worten, mit Eiern und Tomaten oder tödlichen Geschossen. Die Sprüche, die Xaver Mendel sich anhören muss, wenn er sich unter das Volk mischt, also das tut, was von Politikern verlangt wird, sind oft so weit unter der Anstandslinie, dass Lisa der Atem stockt.

„Mendel, verpiss dich", brüllt am Festspielhaus jemand, als Xaver Mendel aus dem Wagen steigt. Doch diese Bösartigkeit verfängt hier nicht, wo die meisten einfach nur neugierig sind auf ihren Landesvater. Es wird sogar verhalten geklatscht, als er aussteigt. Das wiederum findet Lisa auch unpassend. Ein Politiker ist doch kein Künstler, der Kunststücke vorführt, sondern er tut, wie Xaver Mendel immer betont, seine Pflicht. Von den Demonstranten, die drüben hinter der Barrikade stehen, dröhnt ein ziemliches Gegröle und Gejohle herüber. „Mendel, du Schwein!", schreit jemand laut, wobei Lisa beim besten Willen nicht weiß, worauf dieser Vorwurf zielt. Man kann Xaver Mendel manches vorwerfen, aber dass er ein Schwein sei, nicht. „Volksverräter! Volksverräter!", skandiert jetzt eine ganze Horde.

Lisa entdeckt, dass von weit hinten ein Trupp schwarz Vermummter heranstürmt. Sind das die Linksautonomen, die sich bisher im Hintergrund gehalten haben? Die Polizei hat den Ansturm ebenfalls bemerkt und formiert sich eilig in Zweierreihe im Rücken der rechten Demonstranten. Dieser Kordon an Sicherheitskräften verhindert, dass die heranstürmenden Linken, die aufmarschierten Rechten von hinten angreifen können. Die Rechten haben die Gefahr, die ihnen droht, allerdings noch nicht bemerkt, sondern sind damit beschäftigt, ein riesengroßes Transparent zu entrollen: „Mendel, Dich kriegen wir auch!" steht darauf in leuchtenden Buchstaben zu lesen. Zur Bekräftigung der Drohung wird ein bengalisches Feuerwerk entzündet, das die Szenerie in Nullkommanichts in dicke rote Rauchschwaden hüllt. „Wie im Krieg", schießt es Lisa durch den Kopf. Dabei hat sie Krieg, richtigen Krieg, nie erlebt.

Xaver Mendel gibt sich von den Vorkommnissen um ihn herum unbeeindruckt. Federnden Schrittes geht er auf dem roten Teppich zum Eingang des Festspielhauses, wo das Empfangskomitee auf ihn wartet. An dessen Spitze die Intendantin. Xaver Mendel begrüßt sie galant mit Handkuss. Unterwegs schüttelt er die eine oder andere Hand, die ihm Schaulustige, die hinter einer Kordel stehen, entgegenstrecken. Lisa wundert sich über Xaver Mendels Gelassenheit. Sie selbst ist ziemlich genervt von dem Lärm und dem Tumult, der lautstark von drüben herüberschwappt. Woher kommt nur diese Wut? Woher diese Aggression?, fragt sie sich, keineswegs zum ersten Mal. Dieser blanke Hass, diese Wut, die Politikern entgegenschlägt, sobald sie sich irgendwo offiziell blicken lassen, machen Lisa ihrerseits wütend und aggressiv. Sie möchte am liebsten auch laut schreien und ist froh, als sie Xaver Mendel mit seiner Entourage endlich ins Festspielhaus entschwinden sieht.

Auf dem Vorplatz geht der Tumult jetzt erst richtig los. Während die, die nur zum Promi-Gucken gekommen sind, nun, da es nichts mehr zu gucken gibt, eilig nach Hause streben, drücken die Gestalten hinter der Barrikade, die Lisa als Rechtsradikale identifiziert zu haben glaubt, immer stärker gegen die Absperrung. Inzwischen haben sie geschnallt, dass die Gefahr von hinten droht, von den heranstürmenden Autonomen. Dazwischen hat die Polizei, die ihre Truppen in Windeseile verstärkt hat, Aufstellung bezogen. Sie bildet die Mauer zwischen den feindlichen Lagern. Von hinten fliegen erste Steine. Sie landen zwischen den Polizisten, die ihre Schutzschilde hochreißen.

Lisa wird die Situation zu brenzlig. Sie läuft hinter das Festspielhaus, wo sie ihr Auto abgestellt hat. Von dort hofft sie, sich im Windschatten des Geschehens in Sicherheit bringen zu können. Als Lisa um die Ecke biegt, erschrickt sie fürchterlich. Auf der Rückseite des Festspielhauses liegt jemand am Boden. Zwei Frauen beugen sich über einen regungslos auf dem Pflaster liegenden Mann. Eine der Frauen schiebt ihm gerade eine Jacke unter den Kopf, während die andere aufgeregt in ihr Handy schreit: „Notfall! Dies ist ein Notfall! Ein Mann blutet! Hinter dem Festspielhaus! Ja, er lebt noch! Sie müssen sofort kommen!" Lisa tritt näher an die Gruppe heran und wagt es, den am Boden liegenden Mann genauer anzuschauen. Blut rinnt aus seinem Haar auf den Kragen. Offenbar ist er hinten am Kopf verletzt. Als Lisa sich herunterbeugt, um die Wunde näher zu inspizieren, erschrickt sie ein zweites Mal. Sie kennt diesen Mann, sie kennt ihn sogar sehr gut. Das ist doch Hans! Ja, sie ist ganz sicher: Das ist Hans Winterhalter, der Chefredakteur des „Anzeigers", der da auf dem Boden liegt. „Hans, hörst du mich? Hans, was ist passiert?" Lisa spricht ihn leise an, sie hat Angst, ihre Worte könnten dem Verletzten wehtun. „Hans, hörst du mich?", fragt sie noch mal, nachdrücklicher. Der Angesprochene öffnet tatsächlich die Augen, schaut sie an, sagt aber keinen Mucks. „Hans, hörst du mich? Hörst du mich?" – „Lisa?" die Stimme klingt schwach, ist kaum zu verstehen. „Ja, ich bin's, Lisa. Bleib ruhig liegen. Hilfe ist schon unterwegs." Hans Winterhalter versucht, sich aufzurichten, sackt aber sofort zurück auf die Jacke, die am Boden ausgebreitet liegt. Von Ferne hört Lisa das Blaulicht des Rettungswagens näher kommen.

42

Am nächsten Morgen hat der „Anzeiger“ sein Thema: „Anzeiger-Chefredakteur durch Steinwurf verletzt – Rechtsradikale schlagen zu“, verkündet eine fette Schlagzeile der Zeitung. Auf vier Sonderseiten wird das Geschehen vor dem Festspielhaus beschrieben und rekonstruiert, wie es zum Angriff auf den „Anzeiger“-Chefredakteur kam – mutmaßlich kam, müsste es besser heißen, denn genau beobachtet, was wirklich passiert ist, hat niemand. Der „Anzeiger“ druckt zwar ein Foto ab, das zeigt, wie Hans Winterhalter noch inmitten einer Gruppe von Berichterstattern in jenem Bereich vor dem Festspielhaus steht, der abgekordelt und für Medienvertreter reserviert war. Doch was sagt das schon? An dieser Stelle hat es Hans Winterhalter offenbar nicht lange ausgehalten, denn der „Anzeiger“ zitiert den Augenzeugen Josef K., der, wie es heißt, seinen vollen Namen nicht in der Zeitung lesen möchte. Josef K. will gesehen haben, wie Hans Winterhalter über eine rot-weiße Barriere kletterte, den Aufmarsch der Rechten und die Reihe der dahinter stehenden Polizisten durchquerte und sich neben dem Block der Linksautonomen aufstellte. Er habe sich noch gewundert, so Josef K., dass der Chefredakteur, der ihm flüchtig bekannt sei, intensiv mit einem der Vermummten sprach. Als der linke Block losstürmte, habe er gesehen, wie erste Steine aus diesem Block nach vorn geschleudert wurden, direkt auf die Polizisten zu. Hans Winterhalter sei neben dem Block hergerannt. „Ich sah noch, wie der Winterhalter im Laufen plötzlich strauchelte, sich an den Kopf fasste, abdrehte und hinter dem Festspielhaus verschwand", zitiert der „Anzeiger" Josef K. Mehr hat der Augenzeuge nicht gesehen. Was danach passierte, kann Lisa dem Polizeibericht entnehmen: „Hinter dem Festspielhaus wurde gegen 21 Uhr eine verletzte Person auf dem Boden liegend von zwei zufällig vorbeikommenden Passantinnen entdeckt. Diese haben umgehend einen Rettungswagen gerufen, der um 21.10 Uhr am Unfallort eintraf und den Verletzten ins Krankenhaus St. Josef brachte, wo er versorgt wurde." Dass es sich bei dem Verletzten um Hans Winterhalter, den Chefredakteur des „Anzeigers" handelt, steht nicht im Polizeibericht. Dort heißt es nur lapidar: „Die Identität des Verletzten konnte festgestellt werden."

Der „Anzeiger" ist in seiner Berichterstattung voll des Lobes für die beiden Passantinnen, die sofort Alarm geschlagen haben: „Sie haben spontan richtig reagiert. Ihre Geistesgegenwart hat unseren Chefredakteur vor Schlimmerem bewahrt." Dass die beiden Frauen aufgrund des Vorfalls das Festspiel des Liedes verpasst hätten, sei bedauerlich, schreibt die Zeitung und kündigt an, den beiden Helferinnen das Geld für die Karten zu erstatten und sie zum nächsten Festspiel des Liedes einzuladen. Für Hans Winterhalter war es tatsächlich ein Segen, dass er schnell versorgt werden konnte. Dadurch hielt sich der Blutverlust in Grenzen. Neben dem Loch im Kopf hat er aber eine schwere Gehirnerschütterung davongetragen. Der Notfallsanitäter, der als Erster vor Ort war, äußert gegenüber dem „Anzeiger" die Vermutung, dass die stark blutende Wunde am Hinterkopf des Verletzten von einem harten Gegenstand, vermutlich einem Pflasterstein, herrühren müsste.

Die Artikel über das Ereignis haben drei „Anzeiger"-Redakteure aus diversen Quellen zusammenschreiben müssen, denn keiner von ihnen war Augenzeuge des Geschehens. Dennoch fällt die Berichterstattung außergewöhnlich umfassend aus, schließlich ist die Zeitung selbst betroffen. Über den Umstand, dass es offenbar kein einziges Foto zum eigentlichen Tathergang gibt, hilft sich der „Anzeiger“ durch eine Fülle anderer Fotos hinweg, die zeigen, wie aufgeheizt die Stimmung vor dem Festspielhaus war. Auf dem großen Foto auf der ersten Seite ist gut zu sehen, wie der Pulk von Rechtsextremisten, eingekeilt zwischen Absperrgitter vorne und dem Polizeiaufgebot hinten, unschlüssig herumsteht, weil er am Weitermarsch gehindert ist. Ein anderes Foto zeigt, wie sich die martialisch ausgestatteten Polizisten zu einer Mauer zwischen rechten Demonstranten und linken Angreifern formieren. Die Linksautonomen sind auf den Fotos allerdings schlecht zu erkennen. Nur wer genau hinschaut, entdeckt im Hintergrund, wie einige vermummte Gestalten heranstürmen. Die Kommentarspalte hat die Zeitung ausnahmsweise von der zweiten auf die erste Seite gerückt. Sven Schulze, der stellvertretende Chefredakteur, lässt gleich im ersten Satz keinen Zweifel daran, was er von dem Steinwurf auf Hans Winterhalter hält: „Dies war ein gezielter Angriff rechter Schläger auf die freie Presse.“ Sven Schulze ist zutiefst empört über diesen feigen Anschlag und ruft die Leser eindringlich auf, sich mit aller Macht gegen die Versuche der „braunen Brut“ zu stemmen, einen Keil in die Gesellschaft zu treiben: „Wir Demokraten müssen unsere Demokratie mit Zähnen und Klauen verteidigen“, fordert Sven Schulze bestimmt und sein leidenschaftliches Plädoyer endet mit dem nicht sehr originellen Appell: „Wehret den Anfängen!“

43

„Ein gezielter Angriff rechter Schläger? Warum schreibt der das? Weiß der mehr? Mehr als die Polizei?“ Lisa tippt mit dem Finger immer wieder auf den Kommentar in der Zeitung, die sie vor Karl ausgebreitet hat. „Hier, lies das, Karl! Das ist unglaublich. Da behauptet dieser Schulze doch glatt, rechte Schläger hätten Hans Winterhalter niedergestreckt. Dabei ist der Vorgang doch nicht ansatzweise geklärt. Woher will der das so genau wissen? Der war doch gar nicht vor Ort." – „Vielleicht weiß der das gar nicht so genau, sondern tut nur so, weil er Stimmung machen und den Verdacht von vornherein in eine bestimmte Richtung lenken will." Karl bleibt ganz ruhig, während Lisa immer aufgeregter wird: „Aber das wäre doch eine glatte Lüge." – „Na, und? Wäre ja nicht die erste Lüge, die in der Zeitung steht." Karl bleibt weiter völlig ungerührt. „Über das, was Medien so berichten, wenn der Tag lang ist, kann ich mich schon lange nicht mehr aufregen." – „Ich schon", zetert Lisa los, „das ist doch widersinnig! Wie kann jemand hinten am Kopf getroffen werden, wenn die Steine von vorne gekommen sein sollen?" – „Ach Lisa, komm runter vom Baum. Das lohnt doch nicht. Du weißt doch, wie das läuft. Du hast dir doch nicht umsonst geschworen: Nicht werden wie Winterhalter! Und den Namen Winterhalter kann du getrost ersetzen durch die Namen Schulze, Meier, Müller oder wie die Journalisten alle so heißen, die immer lieber rechte Schläger als Täter ausmachen als linke."

44

Bei den Krawallen vor dem Festspielhaus ist keineswegs nur Hans Winterhalter verletzt worden, sondern zwei Polizisten haben ebenfalls leichte Verletzungen durch Steinwürfe erlitten. In ihrem Fall ist eindeutig, aus welcher Richtung die Angriffe kamen. „Die Steine sind", berichtet ein Polizeisprecher dem lokalen Fernsehsender D 12, „aus dem Block der Linksautonomen auf die Ordnungskräfte geschleudert worden." Diese Feststellung würde sowohl durch Zeugenaussagen als auch durch Videobilder belegt. „Im Übrigen", das fügt der Sprecher hinzu, „hat unsere Polizei die Lage jederzeit im Griff gehabt. Die Strategie, eine Konfrontation von rechten und linken Demonstranten durch einen Puffer aus Polizeikräften zu verhindern, ist aufgegangen." Die eingekeilten Rechtsextremisten hätten ihren Aufmarsch abbrechen müssen und seien durch Sicherheitskräfte zurück zu ihren Bussen eskortiert worden. Die Linksautonomen hätten sich, nachdem die Rechten den Platz geräumt hatten, zwar noch Scharmützel mit der Polizei geliefert, dann aber ebenfalls verzogen. Der gesamte Bereich des Festspielhauses sei bereits von Störern geräumt gewesen, als das Festspiel des Liedes gegen 22 Uhr zu Ende ging und die Gäste nach draußen strömten. Der Regierungschef, und alle übrigen Festspielbesucher seien völlig unbehelligt geblieben. „Das war ein gelungener Einsatz", bilanziert der Polizei-Sprecher den Abend und lässt eine gewisse Genugtuung erkennen.

Ein gelungener Einsatz? Das hätte er besser nicht gesagt. „Unser Chefredakteur verletzt, die freie Presse angegriffen, rechte Chaoten auf dem Platz vor dem Festspielhaus: Das nennt der Polizeisprecher einen gelungenem Einsatz! Ein Skandal ist das!" Der „Anzeiger" ist entsetzt und beschuldigt seinerseits die Ordnungskräfte, völlig versagt zu haben: „Nichts hat die Polizei im Griff gehabt. Gar nichts." Andere Medien stoßen sofort ins gleiche Horn. Das Entsetzen über eine Polizei, die diesen feigen Anschlag von Rechtsextremisten auf die freie Presse nicht verhindert hat, wächst sich in Windeseile zu einem Orkan aus.

Der Polizeisprecher, der den Einsatz gelungen nannte, weiß gar nicht, wie ihm geschieht. Eigentlich hatte er die Kollegen für ihre Umsicht loben wollen und nun das: ein Sturm der medialen Entrüstung, durch seine unbedachte Äußerung provoziert. Die Boulevardpresse haut richtig drauf. In dem härter werdenden Kampf um Auflage schlachtet sie das Thema Polizeigewalt regelrecht aus und startet eine Aktion: „Unsere Polizei – Freund und Helfer oder Schlägertruppe?"

Dazu sollen die Leser ihre Meinung kundtun. Die meisten, die sich melden, tragen nicht zur Sache bei, sondern wollen Wut ablassen: Wut auf Polizisten, die Blitzer an hundsgemeinen Orten platzieren oder Knöllchen wegen unvorschriftsmäßigem Parken verteilen. Auch die elektronischen Medien springen auf das Thema auf. „Wann ist ein Polizeieinsatz gelungen?", fragt die Moderatorin der Talkshow im öffentlich-rechtlichen Fernsehen. Der Wahlforscher Günther Hauser, Dauergast in allen Medien, fällt ihr sofort ins Wort: Die Frage ob der Polizeieinsatz gelungen gewesen sei oder nicht, sei völlig falsch gestellt: „Es kann keine gelungenen Polizeieinsätze geben. Wenn die Ordnungsmacht eingreift, liegt das Kind bereits im Brunnen. Polizeieinsätze sind immer eine Reparaturhandlung, ein Signal, dass etwas kaputt ist in der Gesellschaft." Jonas Ziegler, ein Schauspieler der 68er-Generation, hält scharf dagegen: „Nicht die Gesellschaft ist kaputt, sondern das System, das eine solche Gesellschaft hervorbringt." Ein Psychiater der Universität Erlangen verweist auf seine neueste Studie. Er will herausgefunden haben, dass eine Uniform, denjenigen, der sie trägt, dazu verführt, sich überlegen zu fühlen und schneller zuzuschlagen. „Das ist Unsinn, kompletter Unsinn", entgegnet ein ehemaliger Weltmeister im Ringen, der selbst Polizist ist: „Verantwortlich für die erschreckende Zunahme an Gewalt ist nicht die uniformierte Polizei, verantwortlich dafür ist die Verwahrlosung der Sitten. Es gibt in unserer Gesellschaft keinen Anstand mehr."

Anstand – dieses Stichwort gibt der öffentlichen Debatte eine neue Richtung. „Geht uns der Anstand verloren?", unter dieser Überschrift startet das Magazin „Wochenblatt" gleich eine ganze Serie, in der es allerdings schwerpunktmäßig auch gegen die Polizei geht. Nur die bedächtig argumentierende „Neue Allgemeine" erlaubt sich, die Ordnungshüter in Schutz zu nehmen. Unter der schon ans Religiöse grenzenden Überschrift „… und werfe den ersten Stein", legt Ansgar Bettelmaier, einer ihrer schlauen Köpfe, dar, welch fatale Folgen es für den Zusammenhalt einer Gesellschaft hat, wenn sie ihre Polizisten zu Prügelknaben macht: „Am Ende geht dem Bürger jegliches Vertrauen in staatliche Autorität verloren." Und was das bedeute, könne man in einigen Gegenden der Republik schon besichtigen.

Es ist wie verhext. Egal, ob Lisa die Zeitung aufschlägt, das Radio einschaltet, Fernsehen schaut oder im Internet surft – für die Medien gibt es tagelang nur noch ein Thema. Und es dauert nicht lange, da wird auch der erste Rücktritt gefordert. Die „Bildpost" fordert den des Polizeipräsidenten. „Schuhmann muss gehen!" Harald Schuhmann, der sich vom kleinen Beamten zum Chef der Behörde vorgearbeitet hat und seit vierzig Jahren im Polizeidienst ist, hat einen Fehler gemacht, als er seinem bedrängten Sprecher beisprang und twitterte: „Jawohl, das war ein gelungener Polizeieinsatz." Das hätte er besser nicht getan. Nun gerät er selbst ins Visier. Einen kapitalen Bock zu erledigen macht den Jägern ohnehin mehr Spaß, als einen kleinen Spießer vor der Flinte zu haben. Als dann noch ruchbar wird, dass der Polizeipräsident am fraglichen Abend persönlich im Festspielhaus anwesend war, wittert die Meute endgültig Blut. Aber Harald Schuhmann hat Glück, er fällt sofort aus den Schlagzeilen raus, als der „Anzeiger" enthüllt, dass neben Schuhmann auch sein oberster Dienstherr, der Innenminister, im Parkett saß. Ein Polizeiminister, der drinnen in weichen Sesseln hockt, während draußen seine Polizisten im Straßenkampf sind – der ist nicht länger tragbar, da sind sich fast alle Medien einig.

Xaver Mendel sagt lange keinen Mucks zu dem Getöse. Erst als zur Hetzjagd auf seinen Innenminister, der gar nicht seiner Partei, sondern der seines Koalitionspartners angehört, geblasen wird, greift er ein. Xaver Mendel, der immer den Eindruck vermittelt, frei von Machtkalkül zu sein, spürt genau, wann eine Situation für ihn selbst gefährlich werden könnte. Diesen Moment sieht er gekommen, als sein Innenminister sich wegen der Teilnahme am Festspiel mit massiven Rücktrittsforderungen konfrontiert sieht. Das ist ein gefährlicher Funke, der leicht auf ihn überspringen könnte. Schließlich war neben dem Polizeipräsidenten und dem Innenminister auch der Regierungschef drinnen im Festspielhaus, als draußen die Polizei zwischen die Fronten geriet. Xaver Mendel reagiert kurz und staatsmännisch: „Der Vorfall am Festspielhaus, bei dem ein Journalist zu Schaden kam, ist bedauerlich", diktiert er Sven Schultze vom „Anzeiger" in den Block: „Meine Regierung", Xaver Mendel benutzt dieses Besitzpronomen nur selten, „meine Regierung wird diesen Vorfall restlos aufklären und dafür sorgen, dass die Schuldigen zur Rechenschaft gezogen werden. Solange dieser Vorfall nicht aufgeklärt ist, sind Vorverurteilungen völlig fehl am Platze. Jetzt Rücktritte zu fordern, ist absurd."

Dennoch ist fraglich, ob Xaver Mendels Machtwort für Ruhe gesorgt hätte, wenn ihm nicht glückliche Umstände in die Karten gespielt hätten. Völlig unerwartet taucht nämlich ein anonymes Handy-Video auf. Das Video zeigt, in diffuses Dämmerlicht getaucht, den Platz vor dem Festspielhaus, am fraglichen Abend. Gut zu sehen sind die eingepferchten Rechtsextremisten, gut zu sehen ist das vor ihnen in Stellung gegangene Polizeiaufgebot und ganz am Bildrand ist, ebenfalls gut zu sehen, wie aus dem Block der Autonomen ein junger Mann mit Gesichtsmaske Steine in Richtung auf die Ordnungshüter schleudert. Und gut erkennbar ist ebenfalls, wie Hans Winterhalter, unverwechselbar durch seine schlohweiße Mähne, nach vorne rennt, unglücklicherweise direkt hinein in die Flugbahn eines der Steine. Winterhalter strauchelt, fasst sich an den Kopf und stolpert weiter. An dieser Stelle bricht das Video zwar ab, aber das, was es zeigt, genügt, um die Frage, wie es zu diesem Unglück kommen konnte, bei dem Hans Winterhalter schwer am Hinterkopf verletzt wurde, zu beantworten. Diese Klarheit sorgt erst einmal für eine mediale Funkstille.

Als Erster löst sich Sven Schulze aus der Schockstarre: „Ein Handy-Video ist kein Beweis. Niemand weiß, ob dieses Video überhaupt echt ist. Die Wahrscheinlichkeit spricht sogar dafür, dass es ein Fake ist. Bevor die Echtheit dieser Quelle nicht geklärt ist, ist nichts geklärt", schreibt er im „Anzeiger". Für ihn gibt es vorerst keinen Grund, sich zu korrigieren: „Solange die Echtheitsfrage nicht zweifelsfrei geklärt ist, hat die Zeitung von ihrer Behauptung nichts zurückzunehmen." Immerhin fügt der „Anzeiger" das Wort „mutmaßlich" in seine Berichterstattung ein und schreibt jetzt: „Der Angriff auf die Pressefreiheit wurde mutmaßlich von Rechtsradikalen verübt."

Nach weiteren vierundzwanzig Stunden ist auch diese Version obsolet. Jetzt steht fest: Das Handy-Video ist echt und der, der es gedreht hat, ist auch identifiziert: Jaime D., einer jener Chaoten, die von Demo zu Demo reisen, ist zwar bisher nicht als Gewalttäter auffällig geworden, er ist aber fest in der linksautonomen Szene verankert. Das Video hat er gedreht, um Beweismaterial für den Vorwurf zu haben, die Polizei knüppele friedliche Demonstranten brutal nieder. Dummerweise ging ihm das Handy im Gerangel verloren. Und dummerweise beweist es das Gegenteil dessen, was gewünscht war: Statt rücksichtslos agierender Polizisten zeigt es Steine werfende linke Chaoten.

Es dauert noch eine geschlagene Woche, dann meldet sich endlich Hans Winterhalter selbst aus dem Krankenhaus zu Wort. Zur Aufklärung muss er jetzt, da die Sache geklärt ist, nicht mehr beitragen. Und er tut es auch nicht. „Ich weiß nichts", verkündet er in dem Interview, das seine Zeitung mit ihm führt. „Ich erinnere mich an nichts. Es ist wie ein totaler Filmriss." Der behandelnde Arzt und Neurologe am städtischen Krankenhaus, Franz Permoser, springt seinem Patienten bei: „Ein Blackout ist nichts Ungewöhnliches, wenn ein so harter Schlag den Kopf erschüttert. Manchmal kommt die Erinnerung nach einiger Zeit plötzlich zurück, manchmal bleibt sie dauerhaft weg. Wir müssen den Heilungsprozess abwarten", gibt er zu Protokoll.

45

„Hast du das gelesen, Schlüssel?“ Lisa ist hinter dem aufgeschlagenen „Anzeiger“ kaum mehr zu sehen. „Was soll ich gelesen haben?“ Karl redet gegen die Wand aus Papier, die ihm die Sicht auf sein Gegenüber verstellt. „Na, diesen Artikel von Hans Winterhalter.“ – „Wie soll ich den gelesen haben, wenn du die Zeitung seit einer halben Stunde mit Beschlag belegst? Wenigstens den Sportteil hättest du mir rüberreichen können, der interessiert dich doch gar nicht.“ – „Sportteil, Sportteil, der ist ganz unwichtig, hier, diesen Artikel auf Seite drei musst du lesen.“ Lisa lässt die Zeitung fallen und schiebt sie Karl aufgeschlagen quer über den Frühstückstisch zu. „Da oben, der mit dem Titel ‚Der normale Wahnsinn‘, das ist der von Winterhalter.“ – „Ach, schreibt der jetzt endlich darüber, wie es zu seinem Loch im Kopf kam?“ – „Das dachte ich auch, aber nein, er schreibt gar nicht über die Ereignisse am Festspielhaus, er schreibt über was ganz anderes, nämlich über ‚meine Erfahrungen mit der Psychiatrie‘, wie es wörtlich im Untertitel heißt.“ – „Seine Erfahrungen mit der Psychiatrie? Was hat der Winterhalter denn da für Erfahrungen? Ist er etwa endgültig verrückt geworden, dieser verrückte Kerl?“ – „Nein, das wohl nicht. Er war nur deshalb in der Klapsmühle, weil auf der neurologischen Station gerade kein Bett frei war und er auf die Station 14 verlegt werden musste. Und die wird, wie du weißt, im Volksmund Klapsmühle genannt.“ – „Das wusste ich zwar nicht, aber du machst mich neugierig.“

Karl vertieft sich in den Artikel und liest, erst leise, dann plötzlich laut: „Durch meine Einblicke in dieses Krankenhaus habe ich erschütternde systembedingte Unzulänglichkeiten festgestellt, die mich an der gesamten Gesundheitspolitik zweifeln lassen. Nicht der Verrückte ist verrückt, verrückt ist, dass sich eine verrückt gewordene Gesellschaft anmaßt, Leute, die nicht ins System passen, für verrückt zu erklären." Karl hält inne und schüttelt den Kopf: „Typisch Winterhalter. Kaum ist der ein paar Tage im Krankenhaus, schon weiß er ganz genau, was in unserem Gesundheitssystem falsch läuft. Der ist so was von präpotent, das ist nicht zum Aushalten." – „Na, das kann man wohl sagen. Endlich merkst du Oberschlauer das auch." Lisa kann sich eine gewisse Genugtuung nicht verkneifen. Karl geht darauf nicht weiter ein, sondern setzt seinen Gedanken einfach fort: „Und was ich auch typisch finde, ist, dass dieser Winterhalter, kaum dass er genesen ist, kein Wörtchen darüber verliert, was er vor dem Festspielhaus erlebt hat. Das hätte mich nun wirklich interessiert." – „Da kannst du lange drauf warten, darüber wird er nichts schreiben wollen, weil sich alles so ganz anders abgespielt hat als von ihm erhofft. Dass ausgerechnet Linke den Stein geworfen haben, der ihn verletzte, passt ihm überhaupt nicht in den Kram. Deshalb wird er darüber kein Sterbenswort verlieren." – „Glaubst du wirklich, dass der so unprofessionell ist?" – „Und ob. So ist der. Warum wohl habe ich mir schon vor Jahren vorgenommen: Nicht werden wie Winterhalter?" Karl faltet die Zeitung zusammen und legt sie beiseite. „Da kann ich dir nur gratulieren, dass du so ein weitsichtiges Mädchen bist, Lisa." Lisa überhört geflissentlich den ironischen Unterton und beißt beherzt in ihr Brötchen, das sie sich dick mit Leberwurst bestrichen hat.

46

Die Menschen gehen aggressiver, unerbittlicher, unversöhnlicher miteinander um. Ist das die Folge der gravierenden Veränderungen, der totalen Vernetzung, die jeden jederzeit mit jedem verbindet; der Nachrichtenflut, die nie abreißt und einem keine Ruhe gönnt? Unglücke und Katastrophen, die irgendwo auf der Welt passieren, sind plötzlich ganz nah. Diese Reizüberflutung macht Lisa ganz kirre. Und nicht nur sie. Dass die Stimmung zunehmend gereizt ist im Land, das ist sogar Xaver Mendel nicht entgangen, obwohl der mehr in Akten als aus dem Fenster schaut. Aber Lisa ist aufgefallen, wie ernst er neuerdings jede Umfrage zur Stimmung in der Bevölkerung nimmt, die er früher eher als Gefühlsduselei vom Tisch gewischt hat. Jetzt ist er besorgt. Jedenfalls hat Xaver Mendel Lisa gebeten, ihm zu dieser allgemeinen Verunsicherung mehr Zahlen und Fakten zur Verfügung zu stellen, weil er seine Besorgnis über die Entwicklung der Gesellschaft in den Mittelpunkt einer Rede im Parlament stellen möchte – nicht irgendeiner Rede, sondern seiner Abschiedsrede. Auch wenn Xaver Mendel bisher alles vermieden hat, was auf den Umstand seines politischen Endes hindeuten könnte, gelingt es selbst ihm nicht länger zu verdrängen, dass die letzten Tage gekommen sind. Die Legislaturperiode geht unwiderruflich zu Ende. Und mit der bevorstehenden Vereidigung seines bereits nominierten Nachfolgers wird Xaver Mendel endgültig aus dem Amt scheiden müssen und, wie es aussieht, auf das Altenteil entschwinden. „Ich kenne mein Alter", ist das Einzige, was Xaver Mendel von sich gibt, wenn irgendjemand es wagt, ihn nach möglichen Plänen für die Zukunft zu befragen. Lisa ist deshalb gespannt, was er seinen Landsleuten zum Abschied mitteilen will. Sie kann sich beim besten Willen nicht vorstellen, dass er noch so etwas wie ein politisches Vermächtnis hinterlassen möchte. Das wäre so gar nicht seine Art.

„Der Zusammenhalt der Gesellschaft ist uns abhandengekommen." Xaver Mendel beginnt seine Rede, die eine Abschiedsrede ist, aber nicht als solche angekündigt ist, mit dieser Zustandsbeschreibung. Für amtierende Politiker sind solch kritische Beschreibungen der aktuellen Lage immer heikel. Schließlich kann man ihm sofort vorwerfen: Sie haben das Land doch zehn Jahre regiert, da hätten Sie doch Zeit genug gehabt, dafür zu sorgen, dass der Zusammenhalt nicht bröckelt. So oder so ähnlich hört Lisa insgeheim schon die Opposition höhnen. Selbst die eigenen Leute werden nicht begeistert sein, dass „der Alte", wie sie Xaver Mendel immer öfter hinter vorgehaltener Hand nennen, es nicht lassen kann, den Finger in Wunden zu legen, anstatt einfach die Erfolgsbilanzen aufzublättern. Aber so kennen sie ihn und so haben sie ihn auch immer gewähren lassen. Sie haben sich zwar über ihn geärgert, aber im entscheidenden Moment dann doch gestützt. Was sollten sie auch sonst machen? Zu dem knorrigen Alten hat es keine Alternative gegeben, jedenfalls keine, die ähnlichen Erfolg versprochen hätte. Was den Parteifreunden missfiel, begeisterte die Wähler: Dass da jemand ist, der im Zweifel wenig Rücksicht nimmt auf seine Partei. „Es fehlt der Kitt, die auseinanderdriftenden Kräfte zusammenzuhalten." Auch Xaver Mendels zweiter Satz ist nicht gerade geeignet, die Mienen in den Abgeordnetenreihen aufzuhellen. Nacheinander dekliniert Xaver Mendel die Institutionen durch, die eigentlich die Aufgabe haben, für diesen Kitt zu sorgen: die Familie, die Schule, die Kirche und, ja auch, die Parteien. „Statt Zusammenhalt zu organisieren, brechen all diese Institutionen selbst auseinander und offenbaren beängstigende Auflösungserscheinungen." Am meisten aber beunruhige ihn, Xaver Mendel hebt ein wenig die Stimme, dass das Miteinander der Menschen so massiv gestört sei. „Der Umgangston ist unfreundlich, rau, unbarmherzig, rechthaberisch, kompromisslos, sogar hasserfüllt geworden – draußen im Land, aber leider auch hier drinnen im Parlament, also in einem Haus, das den Anspruch erhebt, das Hohe Haus und damit ein Vorbild zu sein."

Als Xaver Mendel diesen Satz sagt, erschrickt sogar Lisa auf ihrem Platz ganz außen auf der Regierungsbank, dem Stammplatz des jeweiligen Regierungssprechers. Er wird doch wohl auf seine letzten Tage nicht noch seinen angestauten Frust über die Parlamentarier loswerden wollen?, schießt es Lisa durch den Kopf. Zuzutrauen wäre es ihm. Lisa hat oft genug miterlebt, wie Xaver Mendel innerlich bebte, weil die Abgeordneten, keineswegs nur die der Opposition, ihm für ein Vorhaben, das ihm dringlich und wichtig war, die Mehrheit versagten, weil wieder mal das Parteiinteresse über das Sachinteresse siegte. Gesagt hat Xaver Mendel dazu selten etwas, aber kolossal geärgert hat er sich schon. Das konnte man ihm regelrecht ansehen. Sollte er diesen angestauten Frust loswerden wollen? Lisa merkt, dass sie nicht die Einzige ist, die derartige Befürchtungen hegt. Im Plenarsaal macht sich gewisse Unruhe breit. Einige hüsteln, andere rascheln mit Papier oder rutschen auf ihrem Stuhl herum.

„So wie wir Politiker uns präsentieren, dürfen wir uns nicht wundern, wenn wir nicht mehr als Vorbild taugen und die junge Generation sich ganz von der Politik abwendet. Wir fragen doch alle immer wieder, wieso das Ansehen unserer demokratischen Institutionen derart dramatisch abnimmt, wieso uns, den etablierten Parteien, die Wähler abhandenkommen oder scharenweise Rattenfängern wie den ‚Nationalisten' nachlaufen, obwohl die außer Polemik und dummen Sprüchen nichts zu bieten haben. Ich muss Ihnen ehrlich sagen: Ich frage mich das nicht mehr." Xaver Mendel holt tief Luft, macht eine längere Pause, schaut vom Rednerpult auf in die Gesichter der Abgeordneten. Lange blickt er nach ganz rechts, dorthin, wo sich „Die Nationalisten" eine Legislaturperiode lang in den Abgeordnetensitzen lümmeln und das Parlament als Bühne für ihre oft kruden Weltsichten nutzen. Xaver Mendel wird ganz ernst: „Die Erklärung ist einfach: Viele Bürger, mich übrigens eingeschlossen, haben es schlicht satt, einem Terror unterworfen zu sein, der sich flächendeckend ausgebreitet hat. Und da meine ich nicht den Terror, der von Terroristen ausgeübt wird. Der ist schlimm genug und erfordert unsere höchste Wachsamkeit. Ich meine den Terror, den wir alle täglich entweder selbst ausüben oder dem wir uns bereitwillig unterwerfen: Ich meine den Terror der politischen Korrektheit. Wie ein Virus breitet sich der aus und durchseucht alle Lebensbereiche. Man weiß überhaupt nicht mehr, was man noch tun und lassen darf, vor allem, was man noch sagen darf und was nicht. Ein unbedachtes Wort und schon wird einem dasselbe im Munde herumgedreht und fliegt einem wie ein tödliches Geschoss um die Ohren.

Die Empörung über den vermeintlich unkorrekten Sprachgebrauch hat inzwischen Formen angenommen, die die Grenze zur Hysterie überschreiten. Dass diese Empörung Existenzen vernichtet, scheint vielen dabei völlig egal zu sein. Im Wahn der politischen Korrektheit spielt es keine Rolle mehr, ob jemand sich jahrzehntelange Verdienste erworben hat, ob er sich im Dienst der Gemeinschaft aufgerieben hat. Das ist alles völlig egal, wenn er wagt, sich vermeintlich unkorrekt auszudrücken. Wen diese Empörung trifft, der wird vom Hof gejagt – mit Schimpf und Schande. Dafür, dass dies geschieht, sorgt die Moralpolizei, wohl gemerkt, eine selbst ernannte Moralpolizei. Diese Moralpolizei, zu der sich Menschen vereinigt haben, die sich im Besitz höherer Weihen wähnen, schreibt allen anderen vor, was erlaubt ist und was nicht. Und dies tun sie außerhalb aller Normen, denn diese Normen, auch das mussten wir jetzt lernen, gelten nicht für die, die auf der moralisch richtigen Seite kämpfen. Wehe dem, der sich nicht an die Vorschriften dieser Moralpolizei hält! Der wird mit einem Bann belegt, der so einschneidend ist, dass es mir vorkommt, als würde die heilige Inquisition Auferstehung feiern."

Xaver Mendel holt wieder tief Luft, ist aber keineswegs zu Ende mit seiner Philippika. „Ich sage es hier ganz deutlich und ganz bewusst, wohl wissend, dass der nächste Bannstrahl mich trifft: Das, was diese Moralapostel predigen, stößt viele vor den Kopf. Mich auch. Wir verstehen die Welt nicht mehr. Wir kommen mit den Widersprüchen nicht zurecht: Auf der einen Seite wird die totale Freiheit gepredigt. Niemand, wirklich niemand darf in unserer Gesellschaft benachteiligt sein. Keine Frau. Kein Homosexueller. Kein Queerer oder wie die, die anders sind, heutzutage alle so heißen mögen. Kein Behinderter. Kein Armer. Allenfalls die Reichen, die dürfen gesellschaftliche Verachtung ruhig zu spüren bekommen. Diese totale Freiheit wird als Fortschritt gefeiert, auch wenn manch einer angesichts von so viel Diversität schon nicht mehr weiß, wer oder was er eigentlich ist. Und die Kehrseite? Trotz all dieser nie gekannten Möglichkeiten der ungehemmten Entfaltung hat sich in unserer Gesellschaft andererseits eine erschreckende Enge breitgemacht, fast eine neue Prüderie, eine Intoleranz, die abstößt. Mich zumindest. Inzwischen muss jeder, der einer Kollegin unbedacht ein Kompliment ins Ohr flüstert, darauf gefasst sein, als Sittenstrolch bezichtigt zu werden und vor Gericht zu landen. In dieser Beziehung gibt es plötzlich überhaupt keine Freizügigkeit mehr, da wird die Grenze ganz eng gezogen. Was früher vielleicht als ungeschickter, aber doch harmloser Annäherungsversuch abgetan worden wäre, kommt heutzutage einem Verbrechen gleich.

Und dieser Wahnsinn geht so weit, dass selbst harmlose Begriffe, die lange zum durchaus üblichen Sprachgebrauch gehörten und die, so weit ich das überblicke, keinerlei Schaden angerichtet haben, derart verdammt werden, als handele es sich um Vernichtungswaffen. Warum um alles in der Welt, darf eine Mohrenstraße nicht mehr Mohrenstraße heißen dürfen? Warum darf ich keinen Türken mehr bauen? Warum muss ich, wenn ich das Wort Mitarbeiter schreibe, durch ein albernes Sternchen deutlich machen, dass selbstverständlich auch Mitarbeiterinnen gemeint sind? Wem hilft das alles? Ich weiß inzwischen nicht einmal mehr, was ich meinen Enkelkindern noch ungestraft vorlesen darf. Kinderbücher, die Generationen von jungen Menschen gefesselt haben, stehen plötzlich auf dem Index, weil dort böse Wölfe vorkommen oder böse Großmütter. Das ist doch alles nur noch hysterisch und nicht hinnehmbar. Letzteres meine ich ganz ernst. Ich jedenfalls bin dazu nicht bereit, das hinzunehmen. Ich empfinde diesen Zwang zur politischen Korrektheit als Meinungsdiktatur und damit als das glatte Gegenteil von Meinungsfreiheit, wie sie unser Grundgesetz festschreibt.

Und ich darf daran erinnern: Für Meinungsfreiheit wurde mal auf den Barrikaden gekämpft, für Meinungsfreiheit wurden Mauern niedergerissen, für Meinungsfreiheit wandern in vielen Teilen der Welt noch immer Menschen ins Gefängnis. Und was machen wir hier in unserem satten Wohlfahrtsstaat? Wir opfern die Meinungsfreiheit auf dem Altar einer politischen Korrektheit, die in Wirklichkeit nichts anderes ist als Willkür. Denn wer setzt eigentlich fest, was politisch korrekt ist und was nicht? Die Exekutive? Die Legislative? Die Judikative? Keine dieser Gewalten, die die Machtbalance der demokratischen Ordnung wahren, tut dies. Die politische Korrektheit wird von der öffentlichen Meinung bestimmt und von denen, die sie beherrschen. Und öffentliche Meinung kann, wie wir leidvoll erfahren haben, ein sehr schwankendes Schiff sein. Ich für meinen Teil bin jedenfalls nicht bereit, die willkürliche Festlegung dessen, was richtig sein soll und was falsch, einfach so zu akzeptieren. Und ich habe den Verdacht: Es geht nicht nur mir so. Andere sagen das vielleicht nicht laut, aber sie ziehen still und heimlich ihre Konsequenzen. Sie geben beispielsweise an der Wahlurne ihre Stimme solchen Kräften, die unserer Demokratie nun wirklich schaden, viel mehr schaden als harmlose Worte oder Märchenfiguren das jemals könnten.

Meine Damen und Herren, dies ist meine letzte Rede in einem Parlament, dies ist mein Abschied aus der Politik, deshalb erlaube ich mir einen letzten, politisch völlig unkorrekten Rat: Am Gutmenschenwesen wird die Welt nicht genesen. Es ist höchste Zeit, zur Vernunft zurückzukehren. Am besten fangen wir damit hier und heute an.“ Xaver Merkel packt seine DIN-A5-Zettel wieder in die Jackentasche und geht zurück auf seinen Ministerpräsidentenstuhl. Im Saal herrscht für Sekunden Schweigen, dann klopfen zumindest die Abgeordneten seiner eigenen Fraktion pflichtbewusst auf die Bänke.

47

Hans Winterhalter ist außer sich vor Wut. In der Mittagskonferenz tobt er herum und schimpft wie ein Rohrspatz. „Das ist unerträglich! Ungeheuerlich ist das! Skandalös! Was nimmt der sich heraus! Dieser alte Sack! Der redet ja schon wie ein Nazi!" Hans Winterhalter stößt wilde Drohungen aus: „Den machen wir fertig! Den vernichten wir!" Wie immer, wenn Hans Winterhalter sich über jemanden aufregt, kennt er kein Maß. Er sei äußerst ausfallend und grob geworden. So jedenfalls wird es Lisa brühwarm von einem ihrer „Informanten" berichtet, die sie immer noch in ihrer alten Redaktion hat. In diesem Fall ist es Ralf Küster, der Hans Winterhalter noch nie ausstehen konnte, der Lisa anruft, um sie besorgt zu warnen: Vernichten, Hans Winterhalter habe tatsächlich von Vernichten gesprochen. Lisa kann nur lachen. Sie kennt ihren Winterhalter nur zu gut. Der wird nicht handgreiflich, der ist ein Maulheld, aber als solcher kann er seinen Feinden schon zusetzen. Denn verbale Angriffe können für Leute, die wie Politiker im öffentlichen Leben stehen, durchaus unangenehme Folgen haben. Darauf spekuliert Hans Winterhalter, er will seine Macht spüren: Daumen rauf, Daumen runter. Wenn Hans Winterhalter jemanden auf dem Kieker hat, verfolgt er ihn äußerst hartnäckig. Da ist es mit einem einzigen scharfen Kommentar nicht getan, da lässt er die Zeitung eine Kampagne fahren, die erst endet, wenn derjenige, den er jagt, entweder in die Wüste geschickt worden ist oder entnervt aufgibt. Für jeden Rücktritt, von dem er meint, ihn durch seine Artikel mit befördert zu haben, schneidet Hans Winterhalter symbolisch eine Kerbe in seinen Stock. Da ist schon einiges zusammengekommen im Verlaufe seiner Journalistenkarriere. Hans Winterhalter jedenfalls ist nicht unzufrieden mit seiner Bilanz.

Für die Redakteurinnen und Redakteure, die an diesem Mittag den tobenden Hans Winterhalter am ovalen Konferenztisch erleben, ist das nichts Neues. Sie wissen, es hat wenig Zweck, ihren Chef in seiner Erregung bremsen zu wollen. Der braucht diese Ausbrüche, der muss von Zeit zu Zeit Dampf ablassen. Heute reißt allerdings Sven Schulze, der neben ihm sitzt und sich immer noch nicht von seiner peinlichen Fehleinschätzung erholt hat, überraschend rasch die Hutschnur: „Hans, jetzt ist es gut. Mäßige dich!", raunzt er ihn in scharfem Ton an. Etwas versöhnlicher fügt er hinzu: „Warum regst du dich über diesen Mendel überhaupt noch auf. Das lohnt doch nicht. Der ist ein Auslaufmodell." Hans Winterhalter schnappt kurz nach Luft, sein Kopf ist puterrot. Er blickt seinen Stellvertreter irritiert an. „Schon gut, schon gut! Du hast ja recht, Sven. Was rege ich mich über den Alten noch auf. Das lohnt wirklich nicht mehr. Aber was der da heute Morgen im Parlament von sich gegeben hat, ist skandalös: Diese Häme über politische Korrektheit, diese Warnung vor einer angeblichen Meinungsdiktatur, die die demokratische Ordnung gefährdet – das können wir ihm doch nicht durchgehen lassen! Das geht alles gegen uns, uns Journalisten. Habt ihr gesehen, wie diese Neonazis auf ihren Abgeordnetenbänken feixten, als der Alte redete? Die haben sich ins Fäustchen gelacht! Ich finde es widerlich von Xaver Mendel, diesem rechten Gesindel so nach dem Mund zu reden. Das dürfen wir ihm nicht durchgehen lassen! Das müssen wir ihm um die Ohren hauen – Ruhestand hin oder her!"

„Wieso, das war doch alles sehr richtig, was er gesagt hat. Ich fand, das war eine mutige Abschiedsrede. Endlich mal nicht der übliche Politikerquark von wegen ‚da müssten wir mal' oder ‚wir würden ja, wenn man uns nur ließe' oder die ewige Leier vom Geld, was man nicht hat, aber dringend bräuchte. Das waren doch mal andere, überraschende Töne", meldet sich plötzlich ein zartes Stimmchen aus der zweiten Reihe. Die Köpfe aller, die am Tisch sitzen, drehen sich verblüfft um. Ganz hinten, verdeckt durch den breiten Rücken des Sportredakteurs Tom Walter, sitzt Simone Pollack, die junge Volontärin.

Sie fällt in der Redaktionskonferenz eigentlich nie auf, sondern übernimmt still und ergeben die kleinen undankbaren Termine, um die sich die anderen in der Redaktion herumdrücken. Auf diese Weise hat sich Simone Pollack schnell bei den Kollegen beliebt gemacht, zumal auch ihre Berichte, die sie von diesen undankbaren Terminen mitbringt, so sind, dass sie der Schlussredaktion wenig Arbeit machen. Ihre Texte sind zwar nicht glanzvoll, aber druckbar. Und falls doch mal was geändert oder gekürzt werden muss, macht sie kein Theater und zetert nicht herum wie die Feuilletonisten, die immer den ganzen Laden aufhalten, wenn aus Platznöten ihr Artikel gekürzt werden muss. Die kämpfen um jeden Halbsatz und tun so, als ginge das an die Substanz. Dass nun ausgerechnet Simone Pollack ihre Stimme erhebt, noch dazu um ihrem Chef in den Rücken zu fallen, überrascht alle. Am allermeisten Hans Winterhalter, der sich erst einmal sammeln muss. „Was hast du da gerade gesagt, Simone? Willst du das Geschwätz von diesem Mendel auch noch verteidigen? Ich glaub, ich bin im Wald! Soll ich diese unsägliche Abschiedsrede etwa in meinem Kommentar, den ich schreiben werde, auch noch loben? Das kommt überhaupt nicht infrage. Ich werden die Rede nach Strich und Faden verreißen." Hans Winterhalter, der kurzzeitig beruhigt schien, ist sofort wieder auf hundertachtzig.

Vielleicht reagiert er deshalb so erregt, weil er Widerspruch grundsätzlich schlecht erträgt. Oder auch, weil er mit seinem Latein ziemlich am Ende ist. Denn was will er machen? Einen Ruheständler oder Fast-Ruheständler wie Xaver Mendel zum Rücktritt auffordern, weil er Ungeheuerliches von sich gegeben hat? Eine weitere Kerbe im Stock bringt das jedenfalls nicht. Außerdem spürt Hans Winterhalter deutlich, dass einige Kollegen im Raum seine Empörung keineswegs teilen. Das ist nicht nur die kleine Pollack, deren Einwände er ohne Weiteres beiseiteschieben würde. Es sind mehr. Auf einigen Gesichter steht stumme Skepsis geschrieben. Nun wäre es für Hans Winterhalter nichts Neues, gegen die Bedenken der Kollegen anzuschreiben, und zwar das, was er schreiben will. Das kommt bei ihm öfter vor und führt – außer zu heftigen Diskussionen bei der Blattkritik am nächsten Morgen – meistens zu nichts. Dafür ist der Zeitdruck in der Redaktion einfach immer zu groß. Am nächsten Morgen hat in der Regel niemand mehr Lust, sich über einen bereits gedruckten Text aufzuregen und sich dafür auch noch mit dem eigenen Chef anzulegen. Da gibt es Dringlicheres zu tun: Die leeren Seiten der nächste Ausgabe gähnen sie an. Die müssen gefüllt werden. Auch wenn der Redaktionsschluss noch so weit weg ist, er rückt erbarmungslos näher. Um 18 Uhr ist Deadline, das wissen alle.

An diesem Mittag, das sagt Hans Winterhalter sein Bauchgefühl, hängt mehr in der Luft, als der übliche Ärger der Kollegen über die Eigenmächtigkeit ihres Chefs. Der schaut missvergnügt in die Runde und die Runde schaut missvergnügt zurück. Irgendwie ist die Stimmung im Keller. Selbst Ralf Küster, der die bunte Seite der Zeitung betreut und sonst nie um eine flapsige Bemerkung verlegen ist, starrt vor sich hin ins Leere. Hans Winterhalter fällt nichts ein, womit er die frostige Atmosphäre anwärmen könnte. So schließt er die Konferenz weit vor der üblichen Zeit, murmelt noch „frohes Schaffen" und verlässt den Raum. Er schlurft über den Flur in sein Büro am Ende des Ganges, steckt sich unterwegs eine Zigarette an, obwohl das Rauchen am Arbeitsplatz strikt verboten ist. Er setzt sich an seinen Computer und haut, immer noch missvergnügt, in die Tasten. Als Erstes legt er die Überschrift an. Das ist ungewöhnlich, normalerweise formuliert er die Überschrift erst am Schluss, sozusagen als Quintessenz, wenn der Kommentar steht. Doch heute tippt er die Schlagzeile zuerst, so, als wolle er beweisen, dass die Bedenkenträger ihn keinen Jota von seinem Kurs abbringen können. „Mendel entlarvt", steht da wie in Stein gemeißelt oben auf dem ansonsten noch leerem Blatt.

In den Kommentar, den er in Windeseile zu Papier bringt, versenkt Hans Winterhalter seinen ganzen Ärger: Ärger über Xaver Mendel und dessen skandalöse Abschiedsrede, Ärger über die eigene Redaktion, die ihn mit seiner Empörung im Regen stehen lässt. Und ein wenig fließt auch der Frust über sich selbst mit ein in die Zeilen. Dass Hans Winterhalter mit sich selbst hadert, ist durchaus was Neues. Aber er fühlt sich schon eine ganze Weile nicht mehr recht wohl in seiner Haut. Hans Winterhalter ist verunsichert. Irgendwie ist ihm sein gesamtes Koordinatensystem durcheinandergeraten. Ob das an der Gehirnerschütterung liegt, an deren Folgen er immer noch laboriert? Hans Winterhalter weiß es nicht. Er weiß nur, er ist verstört. Die Blamage neulich, als die Zeitung total falsch lag mit ihrer Behauptung, der Stein, der ihn am Kopf traf, könne nur von rechten Chaoten geworfen worden sein. Von wem denn sonst? Etwa von den Linken? Das hielt er schlechterdings für unmöglich. Und doch war es genauso. Nicht, dass er schwankend in seiner politischen Haltung geworden wäre, nein, das nicht. Hans Winterhalter ist ein in der Wolle gefärbter Linker und wird das immer bleiben. Was ihn irritiert, ist etwas anderes: Die Gewissheit, mit seiner Gesinnung immer auf der besseren, der moralisch richtigen Seite zu stehen, hat einen Knacks bekommen. Und dann wurde er auch noch vor laufender Kamera blamiert. „Sie sind doch gar kein unabhängiger Beobachter, Sie sind ein Parteigänger. Geben Sie das doch endlich zu!", hat ihm in einer Gesprächsrunde, die er vor zwei Tagen moderierte, ein Gast offen ins Gesicht geschleudert. Hans Winterhalter sah sich derart bloßgestellt, dass er zugab, tatsächlich in jungen Jahren Mitglied einer marxistischen Partei gewesen zu sein. Was hätte er sonst machen sollen? Leugnen wäre noch dümmer gewesen.

48

„Sprachrohr der Regierung! Ich sei nur das Sprachrohr der Regierung! Das hat mir Winterhalter heute vor den Latz geknallt. Stell dir das vor, Schlüssel: Sprachrohr, wie verächtlich das klingt!“ Lisa wartet gar nicht ab, bis Karl Platz genommen hat, sondern überfällt ihn sozusagen zwischen Tür und Angel, als er ihr Büro betritt. Sie ist so aufgebracht, dass sie ihre Wut keine Sekunde länger an sich halten kann. „Na und? Sprachrohr zu sein, ist das so verwerflich? Als Sprecherin der Regierung bist du doch gewissermaßen ein Sprachrohr.“ – „Nicht verwerflich? Ich glaube, es hackt!“ – „Steck's weg, Lisa. Das ist wirklich nicht so schlimm. Erzähl mir lieber, warum er dich beschimpft hat. Hast du ihn wieder mal bis aufs Messer gereizt? Das machst du ja gerne.“ – „Was soll das? Willst du Streit mit mir anfangen? Nur zu. Ich bin gerade richtig in Fahrt“, fährt Lisa Karl wütend an. „Nein, ich will keinen Streit, ich will wissen, was los war. Erzähl schon, Lisa.“

„Was los war? Ich hab den Winterhalter auf einen peinlichen Fehler aufmerksam machen müssen. Schreibt der doch glatt, die Regierung habe das Asylrecht verschärft. Dabei ist das glatte Gegenteil der Fall, wie ich dir als Juristen ja nicht umständlich erklären muss. Die Regierung hat das Asylrecht in entscheidenden Punkten gelockert, schon aus Eigennutz, um den Flüchtlingen die Arbeitssuche und damit die Integration zu erleichtern. Das ist besser für die Stimmung im Land. Aber dass die Regierung auch mal Gutes tut könnte, geht dem Winterhalter natürlich nicht in seinen verbohrten Schädel. Anstatt zuzugeben, dass er einen Fehler gemacht hat, ging er sofort zum Angriff über: Von einem Sprachrohr der Regierung lasse er sich schon überhaupt nichts sagen, hat er gehöhnt. Das ist doch eine bodenlose Frechheit!“ – „Frech oder nicht, vor allem ist es dumm.

Aber so ist dein Winterhalter. Ich kann dir nur raten, viel öfter in die Offensive zu gehen und ihn, wenn er groben Unsinn schreibt, zu einer Gegendarstellung zu zwingen." – „Gegendarstellung? So etwas kann nur ein Jurist vorschlagen. Gegendarstellungen nutzen doch nur euch Anwälten. Ihr verdient damit wenigstens Geld. Ansonsten sind sie nichts wert. Das Mittel der Gegendarstellung ist doch ein völlig stumpfes Schwert geworden. Seit Horden von Winkeladvokaten nichts Besseres zu tun haben, als für ihre gut betuchte Klientel Gegendarstellungen durchzudrücken, mögen sie zwar mediale Aufmerksamkeit erwecken, aber den Anspruch auf Wahrheit erfüllen diese sogenannten Gegendarstellung genauso wenig, wie die Beiträge, die sie angeblich richtigstellen wollen. Nein, die Ehre, sich auch noch mit einer von der Regierung erzwungenen Gegendarstellung schmücken zu können, möchte ich Winterhalter nun wirklich nicht antun." – „Dann eben nicht. Aber dann lass mich bitte auch mit deinem ständigen Ärger über Winterhalter in Ruhe. Das langweilt mich auf Dauer."

„Das Bösartigste, was Winterhalter heute losließ, habe ich dir noch gar nicht erzählt", Lisa geht über den Wunsch Karls, nichts mehr von alledem hören zu wollen, einfach hinweg: „Xaver Mendel habe mich doch nur zur Regierungssprecherin gemacht, weil ich eine Frau bin. Das hat er mir zu allem Überfluss auch noch an den Kopf geworfen. Was sagst du dazu, Karl?" – „Dazu sage ich nur: Wer so etwas sagt, hat es offenbar nötig. Dein Winterhalter scheint neidzerfressen zu sein. Ich vermute, er wäre gern selbst Regierungssprecher geworden und verzeiht dir nicht, dass Xaver Mendel dich ihm vorgezogen hat." – „Kann schon sein. Auf jeden Fall möchte Winterhalter zu gern selber Politik machen und nicht länger den neutralen Beobachter spielen müssen, der er sowieso nie war und ist."

49

Lisa traut ihren Augen nicht. Sieht sie richtig? Ja, sie sieht richtig, obwohl es schon recht dunkel ist und sie sich anstrengen muss, überhaupt etwas zu sehen. Aber als der Schein der Fackeln etwas herüberleuchtet, erkennt sie im Gegenlicht deutlich, wie einige Tränen an Xaver Mendels Wangen herunterlaufen. Wäre die Situation eine andere, hätte er die Tropfen bestimmt eilig abgewischt, bevor irgendjemand mitbekommt, dass ihn Rührung übermannt. Aber das Ritual bei diesem Zapfenstreich ist so steif, dass Xaver Mendel die Hände tapfer an der Hosennaht hält und nicht wagt, die Feuchtigkeit aus dem Gesicht zu verbannen. Gerade intoniert das Musikchor der Bundeswehr „Time to say Goodbye". Dieses Lied hat Xaver Mendel sich ausdrücklich gewünscht. Er wollte, dass es zu Ehren seines Abschieds erklingt. Nun erklingt es.

In den Wochen vor dieser Abschiedszeremonie ist Lisa wochenlang mit Xaver Mendel durch das Land getourt, um vor Ort Good Bye zu sagen. Pflichtbewusst, wie Xaver Mendel ist, will er sich unbedingt noch in jedem Landkreis persönlich von den langjährigen Mitstreitern verabschieden. Dabei ist er peinlich darauf bedacht, keine Rührseligkeit aufkommen, sondern die gewohnte Nüchternheit walten zu lassen. Es soll so sein wie immer. Ein, zwei aktuelle Probleme dürfen von denen, die er besucht, auf den Tisch gepackt werden, damit Xaver Mendel so tun kann, als könne er noch was ausrichten und ginge nicht in wenigen Tagen in den Ruhestand. Über dieses Faktum gehen alle tunlichst hinweg und betonen lieber, wie dringlich die Umgehungsstraße für ihren Ort ist oder wie unhaltbar die Situation der örtlichen Schule ist: zu klein, zu marode und an Lehrpersonal mangelt es dramatisch. Überall, wo Xaver Mendel auf seiner letzten Reise auftaucht, geht es vor allem um das leidige Thema Finanzen. Um Finanzen ging es immer, all die Jahre. Überall wurde mit Vorliebe über

Geld gesprochen: Geld, das fehlt und das doch dringend nötig wäre. Lisa kann sich an keine Landkreisbereisung mit Xaver Mendel erinnern, in der es vor Ort nicht um den schnöden Mammon ging. Und sie weiß auch, wie Xaver Mendel diese Forderung pariert: „Schauen wir mal", sagte er trocken. „Schauen wir mal" – das ist weder Abnoch Zusage. „Schauen wir mal" – das weckt keine Hoffnungen und programmiert keine Enttäuschungen. Nur eines ist dieses „Schauen wir mal" nicht: Es ist keine Vertröstung auf den Sankt Nimmerleinstag. Zurück im Amtssitz tut Xaver Mendel das, was er gesagt hat: Er lässt nachprüfen, was zu tun ist, um das jeweilige Problem zu lösen. Entweder stellt sich heraus, es ist zu lösen, dann wird es gelöst, oder es lässt sich nicht lösen, dann ist es eben so. Wer nichts versprochen hat, kann auch nicht enttäuschen. Xaver Merkels Art, Politik zu machen, ist völlig empathiefrei.

Gerade wegen dieser Emotionslosigkeit überraschen Lisa die Tränen auf Xaver Mendels Wangen umso mehr. „Time to say Goodbye!" hat den harten Knochen geknackt. Bei dem, was die Bundeswehr hier veranstaltet, können einen schon Gefühle übermannen: Fackeln im Abendlicht, Marschmusik, die erst leise, dann immer lauter wird, Uniformträger aller Waffengattungen, die im Gleichschritt aufmarschieren, Stellung beziehen und schneidig salutieren. „Helm auf", „Helm ab", „Gewehr über", „Gewehr ab", „Augen rechts", „Augen geradeaus", dröhnt es durch die Nacht. Und dann in der Stille: „Time to say Goodbye" – erst sanft intoniert von den Flöten, dann geschmettert mit Pauken und Trompeten. Das geht ans Herz. Lisa ist sich aber sicher, dass Xaver Mendel dieses ganze Tamtam eines Zapfenstreichs, offiziell Serenade genannt, ohne viel Rührung absolviert hätte, wenn es um irgendeinen Abschied gegangen wäre und nicht um den eigenen. Die Gewissheit, das nun unwiderruflich das Ende gekommen ist, lässt Xaver Mendel offenbar nicht so kalt, wie er tut. Er bewahrt zwar stoisch Haltung, hält die Augen steif geradeaus auf die Zeremonie gerichtet, aber Lisa merkt ihm an, wie er innerlich bebt. Erst als die Waffenträger den Rückzug antreten und die Trommelwirbel langsam, immer leiser werdend verklingen, erst da wagt Xaver Mendel sich rasch mit dem Handrücken durchs Gesicht zu wischen, bevor es noch mal feierlich wird: Eine Wagenkolonne fährt vor das Podium, der Generalleutnant, der die ganze Zeit neben dem Regierungschef ausgeharrt hat, reißt die Tür des ersten Fahrzeugs auf. Xaver Mendel steigt ein, fast erleichtert, wie es Lisa scheint, dem Rummel um seine Person zu entkommen. Ein kurzes Winken, dann setzt sich die Kolonne in Bewegung. Xaver Mendel entschwindet aus dem Scheinwerferlicht – für immer.

50

Auch Lisa wird ein wenig wehmütig ums Herz. Schließlich ist das auch ihr Abschied, wenngleich das hier niemanden kümmert. Was hat sie als Sprecherin noch zu sprechen, wenn der, für den sie spricht, nicht mehr im Amt ist? Nichts. Lisa hat es nicht eilig, den sich rasch leerenden Platz zu verlassen. Neugierig schaut sie zu, wie die Soldaten abrüsten und einpacken. Es ist wie immer, wenn das Fest vorbei ist, weicht die erhabene, feierliche Stimmung sofort einem nüchternen, geschäftigen Treiben. Die Soldaten, die eben noch eine stramme Formation bildeten, laufen jetzt durcheinander und suchen ihren Bus. Die Fahrzeuge, die etwas abseits geparkt sind, sehen alle gleich aus, unterscheiden sich nur durch ihre Nummern. Die Mitglieder des Musikkorps, die eben noch streng ihrem Tambourmajor folgten, sind damit beschäftigt, ihre Instrumente auf einen Anhänger zu wuchten. Und die, die Lisa für Offiziere hielt, gehören, wie sie jetzt sieht, nur zum Wachpersonal und räumen die Absperrungen beiseite. Die Barken werden nicht mehr gebraucht, nachdem sich die Schaulustigen, immerhin waren einige Hundert gekommen, in alle Winde zerstreut haben.

Lisa ist unschlüssig, ob sie sich unverzüglich auf den Heimweg machen oder noch in ihrem Büro vorbeischauen soll. In diesem Moment des Zögerns bemerkt sie im Augenwinkel ein Gerangele. Plötzlich brüllt auch jemand. Was er brüllt, ist nicht zu verstehen, aber es klingt einigermaßen bedrohlich. Gibt es Streit? Lisa will sich umschauen, in dem Moment wird sie auch schon zu Boden gerissen. „Runter! Runter! Liegen bleiben!", raunt ihr ein Mann zu, den sie nicht erkennt, weil sein Gesicht von ihr abgewandt ist. Erst auf den zweiten Blick sieht Lisa, es ist Fabian Schröder, einer der Personenschützer von Xaver Mendel, den sie eben noch in seiner Nähe gesichtet hat. „Herr Schröder, was ist los?", keucht Lisa. „Liegenbleiben!", mehr sagt der nicht und fummelt etwas umständlich seine Pistole aus dem Halfter an der Brust. Das macht der auch nicht jeden Tag, schießt es Lisa noch durch den Kopf, bevor eine Druckwelle sie erfasst und zu Boden drückt. Eine Detonation zerschlägt ihr fast das Trommelfell. Dann ist es still. Totenstill. Lisa versucht den Kopf zu heben, um zu sehen, was los ist. „Liegenbleiben", Fabian Schröder, der in ihrem Rücken kauert, brüllt sie geradezu an. Lisa reißt den Kopf zurück und blinzelt vorsichtig auf den Bürgersteig vor sich. Sie sieht nichts, außer einem schmalen Streifen grauen Pflasters. Was ist passiert? Lisa merkt, wie Angst sich ihrer bemächtigt. Sie wagt nicht, sich zu rühren, horcht nur vorsichtig in sich hinein: Bin ich verletzt? Tut irgendwas weh? Ihr Kopf dröhnt gewaltig, andere Schmerzsignale empfängt sie nicht. Lisa verharrt hingekauert am Boden. Eine Minute? Fünf Minuten? Lisa kommt es wie eine Ewigkeit vor. Dann merkt sie, dass Fabian Schröder hinter ihr sich rührt. „Ist alles in Ordnung?", fragt er besorgt. „Sie können wieder aufstehen." Fabian Schröder reicht Lisa die Hand und zieht sie hoch. Lisa muss sich erst einmal sammeln. Sie schaut an sich herunter. Alles scheint in Ordnung zu sein, bis auf einigen Schmutz an der Hose. Den schlägt sie penibel ab, so, als sei dies jetzt das Dringlichste, was zu tun ist. Später, zu Hause, als sie die Hose gründlicher inspiziert und noch Flecken entdeckt, fällt ihr ein, dass sie diese Hose, die Teil ihres Businessanzugs ist, künftig ohnehin nicht mehr brauchen wird. Sie schmeißt sie in den Müll.

51

Lisa hat Glück gehabt. Ihr ist nichts passiert. Bis auf den Mordsschreck, der ihr in die Glieder gefahren ist. Nach und nach erfährt sie, was passiert ist. Es ist tatsächlich eine Bombe explodiert. Die hatte zwar nur geringe Sprengkraft, war aber unmittelbar vor dem Amtssitz des Regierungschefs unter dem kleinen Podium deponiert, auf dem Xaver Mendel neben dem Generalleutnant gestanden hat. Nicht auszudenken, was geschehen wäre, wenn die Bombe zehn Minuten früher hochgegangen wäre! So richtete sie nur Sachschaden an: Tausende kleine und größere Holzsplitter flogen durch die Luft. Diese Geschosse hätten im nahen Umkreis fiese Verletzungen anrichten können, wenn denn noch jemand in der Nähe gewesen wäre. Aber glücklicherweise war der Platz bereits weitgehend leer als die Bombe platzte. So hat nur einer der beiden steinernen Löwen, die den Eingang des Amtssitzes rahmen, bei der Detonation ein Stück vom Ohr verloren. Und Fetzen des roten Teppichs, der das Podium bedeckte, liegen überall herum. Das sieht gefährlich nach verspritztem Blut aus, ist aber glücklicherweise keines. Blut ist überhaupt nicht geflossen. Dennoch war dies zweifellos ein Anschlag auf Leib und Leben. Nur, wem hat er gegolten? Dem scheidenden Regierungschef? Dem Bundeswehr-Generalleutnant? Dem feierlichen Zeremoniell des Zapfenstreichs? Es hat, wie Lisa von Fabian Schröder erfährt, kurz vor der Detonation eine Vorwarnung gegeben, sodass die Sicherheitskräfte wenigstens die Leute, die, wie Lisa, noch vor Ort waren, veranlassen konnten, sich zu Boden zu werfen.

Die Nachricht vom Anschlag verbreitet sich wie ein Lauffeuer: „Feiger Anschlag", „Bombenterror – wer steckt dahinter?", „Spätzünder verzögert Explosion", „Riesiges Glück im Unglück", die meisten Schlagzeilen ähneln sich alle irgendwie, bleiben aber naturgemäß vage. Die Experten rätseln, was es mit dieser mysteriösen Explosion auf sich haben könnte, die erstaunlich dilettantisch angelegt war. Wer oder was könnte dahinterstecken? Rechte Chaoten? Linksautonome? Ein Verrückter? Jemand, der nichts als Angst und Schrecken verbreiten wollte? Aus der gesamten Republik rufen Journalisten bei Lisa an, um Genaueres zu erfahren. Lisa gerät dadurch in einen Zwiespalt: Einerseits ist sie zwar noch Sprecherin einer Regierung, die aber außer Diensten ist. Andererseits hat die Nachfolge-Regierung, die seit einer Woche vereidigt ist, bislang weder einen neuen Sprecher benannt noch sie abberufen. Lisa beschließt, einfach weiterzumachen wie bisher und zu sprechen, egal für wen. Im Zweifel für sich selbst. Schließlich ist sie ja Augen- und Ohrenzeugin des Ereignisses gewesen. „Nein, es ist niemand zu Schaden gekommen." – „Nein, die Polizei hat keinen Verdacht." – „Ja, die Untersuchungen dauern an." – „Nein, ein Bekennerschreiben gibt es nicht." Lisa wiederholt den ganzen Tag immer gleiche Antworten auf immer gleiche Fragen. Dabei ist sie selbst ratlos. Sie kann sich beim besten Willen keinen Reim auf das Vorkommnis machen. Wer sollte so etwas tun? Und das am Tag von Xaver Mendels endgültigem Abschied? Lisa will nicht glauben, dass der Anschlag ihm gegolten hat. Er war doch all die Jahre eher beliebt. Xaver Mendel taugt zum Landesvater, zum Hassobjekt der sozialen Medien taugt er nicht. Er, der weder auf Facebook noch auf Twitter aktiv ist und ein Handy nur bedient, wenn irgendjemand ihm ein solches Gerät reicht. Wer etwas von Xaver Mendel wollte, schrieb ihm immer am besten einen Brief. Briefe las er aufmerksam und beantwortete sie mit Akribie. Allerdings auch ehrlich und ohne Schmus, sodass manche Antwort den Briefeschreiber nicht zufriedengestellt haben mag. Doch Briefeschreiber sind keine Bombenleger, sagt sich Lisa. Es muss anderes dahinterstecken. Aber was?

Die Erklärung ist ernüchternd: „Ein Dummejungenstreich?", fragt acht Tage später der „Anzeiger", nachdem drei halbwüchsige Schüler als Täter ausgemacht werden konnten. Für sie, die, wie es heißt, weder vorbestraft noch sonst wie auffällig geworden sind, sei das Ganze nur ein Spaß gewesen. Eine Mutprobe. Quasi aus Langeweile hätten sie die Bombe gebastelt und sich die Anleitung dazu im Internet besorgt. Das sei gar nicht schwer gewesen, hat der Anführer frappierend offen zu Protokoll gegeben und bedauert, dass der Zeitzünder falsch programmiert war. Natürlich hätte die Bombe während der Zeremonie platzen sollten. „Nicht auszudenken, was dann passiert wäre", schreibt der „Anzeiger" und beschuldigt Polizei- und Sicherheitskräfte der groben Fahrlässigkeit. Wie konnte der Sprengstoff heimlich am Podium angebracht werden? Wieso hat das niemand bemerkt? Warum haben sämtliche Kontrollmechanismen versagt? Warum haben die Spürhunde nicht angeschlagen? Ja, warum nicht? Schlüssige Antworten hat niemand. Also geht die Fragerei weiter: Wer ist verantwortlich für das Versagen? Irgendjemand muss doch verantwortlich sein. Der Innenminister ist fein raus. Er ist, als die Bombe platzt, erst wenige Tage im Amt. Und sein Vorgänger? Der ist im Ruhestand. Genau wie der Regierungschef, der ehemalige zumindest. Außerdem stand der auf dem Podium, direkt über der Bombe und wäre der Erste gewesen, dem die Splitter um die Ohren geflogen wären, wenn der Zeitzünder richtig funktioniert hätte. Kann man ihm, der quasi Opfer ist, die Verantwortung für diese Tat zuschieben?

Plötzlich bekommt die Berichterstattung einen ganz neuen Dreh.

Die „Bildpost“ enthüllt nämlich die Vornamen der drei Schüler. Sie heißen Bahri, Mesut und Abdul, ihre Familien sind aus Syrien und dem Irak geflohen und leben erst seit drei Jahren in Deutschland. Das Netz explodiert geradezu.

52

„Was sind wir nur für eine Gesellschaft geworden?“, fragt Lisa ihren Karl als der sie am Abend abholt, um ins Kino zu gehen. Die beiden wollen sich eine Komödie zu Gemüte führen. Ich brauche was Lustiges, hatte Lisa gedacht, etwas, was mich entspannt. Doch nun ist sie für Lustiges nicht in Stimmung. „Woher kommt all der Schmutz? Der Hass? Woher all die Lügen? Die Verleumdungen, die neuerdings aus allen Kanälen quellen?“, will sie von Karl wissen. „Das hängt mit den fehlenden Spielregeln im Netz zusammen.“ Karl kennt sich aus im Netz, viel besser als Lisa, der die traditionellen Medien vertrauter sind als die neuen, mit denen sie sich nicht so recht anfreunden mag. Karl schon, der ist Neuem gegenüber aufgeschlossener als Lisa, die gern ihre alten Gewohnheiten pflegt. Karl erklärt ihr deswegen technische Neuerungen immer so, als würde er mit einem Kind reden, was Lisa regelmäßig zur Weißglut bringt. Heute hört sie großzügig über den gönnerhaften Ton hinweg. Was soll sie ihn anmachen wegen so was!

„Sieh mal“, Karl kommt Lisa auf die pädagogische Tour, „Leserbriefschreiber in der gedruckten Zeitung mussten seit eh und je mit ihrem Namen für das einstehen, was sie da von sich gaben. Und wenn einer anonym bleiben wollte, weil er Nachteile für sich befürchtete, dann kannte zumindest die Redaktion seinen Namen und seine Adresse, andernfalls wurde der Leserbrief nicht veröffentlicht.“ – „Interessant, dass du Oberschlauer mir Dinge erklärst, die ich im Zweifel besser kenne als du. Bin ich die Journalistin oder du?“ Lisa reagiert spitz, wie sie immer spitz reagiert, wenn Karl zu sehr den Besserwisser spielt. „Lass mich doch ausreden und meinen Gedanken erst einmal zu Ende bringen, bevor du schon wieder ungeduldig wirst. Was ich sagen will, ist: Früher war die Redaktion der Filter, der Schmähkritik und üble Verleumdungen aussortierte, weil sie die Veröffentlichung presserechtlich hätte verantworten müssen. Der ganze Schmutz, der sich auch in Leserbriefen fand, kam also gar nicht erst an die Öffentlichkeit. Der blieb an den Stammtischen hängen, wo alle, die nach dem dritten Bier und Schnaps besonders unflätig auf den Putz hauten oder sich als verkappte Nazis zu erkennen gaben, nicht annähernd den Resonanzboden hatten, den sie heute im weltweiten Netz vorfinden. Die Netzgemeinde bietet ja jedem Idioten die Möglichkeit, richtig draufzuschlagen – und wenn du noch nicht einmal mit deinem Namen dafür einstehen musst, steigt der Mutpegel enorm. Das weißt du doch so gut wie ich, Lisa. Was aber den bedrohlichsten Effekt der sozialen Netzwerke ausmacht, ist der Umstand, dass die Pöbler, Extremisten und Verschwörungstheoretiker, die bis dahin vielleicht in ihrem unmittelbaren Umfeld isoliert waren, plötzlich merken, dass sie gar nicht alleine sind. Dass sie viel mehr sind, als sie dachten, und sich mühelos vernetzen und Öffentlichkeit herstellen können.“

„Das leuchtet mir alles ein, Karl, aber meine Frage war eine andere: Woher kommt all der Schmutz, der sich im Netz ausbreitet? All die Wut? Die Lügen? Was da so an geistigem Müll zutage tritt, ist doch erschreckend.“ – „Das ist mehr als erschreckend. Das ist ekelhaft. Ich kann darüber nicht mehr spotten, Lisa. Ich bin wirklich deprimiert.“ – „Ich auch, aber woher kommt das?“ – „Das hat sich schleichend entwickelt, glaube ich. Seit Jahr und Tag reden wir übers Prekariat, über überforderte Eltern, die ihren Kindern nicht einmal mehr die elementarsten Regeln beibringen können – sich waschen, die Zähne putzen, ordentlich anziehen, gemeinsam am Tisch mit Messer und Gabel essen und so weiter und so fort. Die Kulturtechniken, die Benimmregeln gehen verloren und mit der äußeren Verwahrlosung geht offenbar auch eine innere, geistige Verwahrlosung einher, wie wir jetzt erleben." – „Und du meinst wirklich, diese innere Verwahrlosung ist ursächlich für all die Hassbotschaften, die Lügen, Verleumdungen, die sich in den Kanälen ihren Weg ins Freie bahnen? Ich kann das nicht glauben, Schlüssel." – „Woher soll es denn sonst kommen? Und das ist doch kein Wunder. Wenn du, ohne Konsequenzen fürchten zu müssen, herumpöbeln und dich mit Gleichgesinnten verbinden kannst, Lisa, wenn Polizei und Justiz dem allen mehr oder weniger hilflos gegenüberstehen, weil sie keine richtige Handhabe und Durchsetzungskraft haben und auch nicht genügend Rückhalt finden in Politik und Gesellschaft, dann ist das Ergebnis doch absehbar: Autoritätsverlust auf allen Ebenen. Zuerst geht der Respekt vor den handelnden Personen verloren und schließlich auch vor den Institutionen, die sie repräsentieren. Am Ende zeigen sich alle den Stinkefinger und das, was wir Demokratie nennen, geht den Bach runter." – „Komm, Schlüssel, lass uns lieber ins Kino gehen, zum Hauptfilm schaffen wir es gerade noch. Ich muss mich ablenken, sonst versinke ich noch in der Depression." – „Hoffentlich ist der Film auch lustig." Karl nimmt Lisa bei der Hand und stürmt mit ihr aus dem Haus.

53

Lisa zieht ihre Bahnen – hin und her und her und hin. Mit kräftigen Zügen durchfurcht sie das Wasser. Atmet ein, atmet prustend aus, atmet wieder ein. So geht das schon zwanzig Minuten. Siebenhundert Meter hat sie geschafft. Dreihundert Meter liegen noch vor ihr. Unter tausend Metern macht Lisa es nie. Eher legt sie, wenn sie sich gut fühlt, ein-, zwei-, manchmal sogar dreihundert Meter drauf. Es gibt Tage, da möchte sie ewig so weiterschwimmen und gar nicht mehr auftauchen aus dem Wasser. Beim Schwimmen ist Lisa ganz bei sich. Da mag der Badetrubel um sie herum noch so quirlig sein, da mögen lauter Beine und Arme wie abgelöste Körperteile um sie herum strampeln, da mag sie hier ein Knie und dort einen Ellbogen in den Rippen spüren – sie nimmt alles um sich herum kaum wahr. Die Badekappe fest auf den Kopf, die Schwimmbrille stramm vor den Augen zieht sie ihre Bahnen. „Ist dir das nicht langweilig?", hat sie gerade gestern wieder ein Freund gefragt, den sie mit ihrer Schwimmbegeisterung anstecken wollte und dabei kläglich scheiterte. Sie scheitert fast immer. Schwimmen gehen? Ja, das finden alle toll, sehr toll sogar und wollen unbedingt mitkommen – demnächst, nur eben nicht heute und morgen auch nicht: keine Zeit, zu kalt, zu nass. Lisa kennt sie alle, die Ausreden. Und sie ist deswegen gar nicht traurig. Sie geht ohnehin am liebsten alleine schwimmen. Schwimmen ist eine einsame Angelegenheit. Nichts Kommunikatives. Jedenfalls nicht, wenn man wie Lisa stur Bahnen zieht – hin und her und her und hin. Da ist schlecht reden, da kann man allenfalls denken, nachdenken über dies und über jenes. Beim Schwimmen fallen Lisa die verwegensten Sachen ein. Das Wasser regt ihre Phantasie an, macht sie mutig, verleiht ihr Kräfte. Im Wasser spürt sie die eigene Körperschwere nicht, nicht das Gewicht, das auf ihr lastet. Im Wasser fühlt sie sich immer leicht und locker.

Nein, Lisa ist das ewige Hin und Her überhaupt nicht langweilig. Im Gegenteil. Manchmal dürstet sie regelrecht danach, wieder eintauchen zu können ins kühle Nass. Sie kann sich nicht erinnern, jemals länger als zwei, drei Tage freiwillig aufs Schwimmen verzichtet zu haben. Egal wo sie sich befindet, sie macht sich überall auf die Suche nach einem Schwimmbad. Meistens wird sie schnell fündig. Das war in Moskau so, wo sie mitten im Kalten Krieg im Schwimmbad Nummer 7 durchs Becken kraulte. Das war in Kalifornien so, wo sie unversehens neben dem Schwimmstar Marc Spitz trainierte. Und das war in Nairobi nicht anders, wo sie einen kenianischen Vater beobachtete, der seine beiden kleinen Töchter so unerbittlich durchs Wasser scheuchte, als gelte es, Weltmeisterinnen aus ihnen zu machen. Und in Prag, wo es sie mal in eine sozialistische Badeanstalt verschlug, fand sie sich unter der Dusche inmitten von lauter fröhlichen, fetten, splitternackten Weibern wieder, die Lisa belustigt beobachteten, wie sie verzweifelt versuchte, den Schaum aus den Haaren zu waschen, obwohl das Wasser entweder nur eiskalt oder kochend heiß aus der Leitung kam. Im Schwimmbad erlebt sie immer etwas, was sie nie erleben würde, wenn es sie nicht überall, wo sie gerade ist, in öffentliche Badeanstalten treiben würde. Dabei kann sie durchaus in heikle Situationen geraten, wenn sie beispielsweise unbekümmert in die Herren- statt in die Damenumkleide stolziert, weil sie ihr unbekannte Schriftzeichen völlig falsch deutet. Manchmal sind diese Erlebnisse belustigend, manchmal eckt Lisa auch gehörig an. Je nachdem. Eines haben die Erkundungen fremder Bäder sie aber gelehrt: Die Sitten und Gebräuche mögen überall unterschiedlich sein, die Menschen sind es nicht. Sie sind sich sogar überraschend gleich, jedenfalls im Schwimmbad. Dort fühlt sich Lisa überall auf der Welt sofort vertraut, fast wie zu Hause.

Richtig zu Hause ist sie allerdings nur in ihrem Lieblingsbad. Dieses auf einem ehemaligen Kasernengelände gelegene Gebäude hat sie zufällig entdeckt als sie, frisch im Ruhestand, nach einer Schwimmmöglichkeit in ihrer Nähe Ausschau hielt. Seit sie dieses Bad kennt, weiß sie, was sie gesucht hat: das für sie perfekte Bad. Die Halle ist so ebenmäßig proportioniert als habe sich der Baumeister vom Goldenen Schnitt und sonst gar nichts leiten lassen. Sie ist über fünfzig Meter lang und so breit, dass zehn Bahnen bequem nebeneinander Platz haben. Dazu ist sie hoch wie ein Kirchenschiff und lichtdurchflutet. Wenn Lisa sich im Wasser auf den Rücken legt, meint sie, über ihr tue sich ein weiter, ständig blauer Himmel auf. Dabei ist da nur die Decke, weiß-blau gestrichen. Und was das Allerbeste ist: Diese Halle kommt trotz der beeindruckenden Ausmaße ohne jeden Schnickschnack aus, mit dem andere Bäder meinen, die ohnehin reizüberfluteten Mitmenschen mit noch mehr Reizen füttern zu müssen, und sich deshalb auch gern Spaßbad nennen. Spaßbäder machen Lisa überhaupt keinen Spaß. Lisa will nicht springen, nicht hüpfen, nicht rutschen, nicht saunen, nicht spielen, nicht lärmen – sie will im Schwimmbad schwimmen, einfach nur schwimmen – hin und her und her und hin. Und das kann sie hier.

Lisa liebt ihr Lieblingsbad vor allem wegen seiner spröden Erhabenheit. Wenn dann noch die Sonne durch die Reihe der wandhohen Fensterbänder scheint und ihr ins Gesicht blinzelt, ist das paradiesisch. Dieser himmlische Vergleich kommt ihr vielleicht auch deshalb in den Sinn, weil ihr irdisches Paradies streng bewacht ist: Überlebensgroß säumen zwei gewaltige Zerberusse den Eingang, links eine Frau, rechts ein Mann. Ihre athletischen Körper sind nackt, was Lisa jedes Mal ein wenig frösteln lässt. Sie tragen lediglich ein Schwert, das bestimmte Körperteile bedeckt. Als Lisa diese wohlproportionierten strengen Gestalten das erste Mal sieht, ist ihr schlagartig klar: Die stammen aus einer Zeit, die noch Herrenmenschen kannte. Und richtig: Lisa muss zur Kenntnis nehmen, dass ihr Lieblingsbad eine schlimme Vergangenheit hat. Ursprünglich diente es der Ertüchtigung der SS-Leibstandarte von Adolf Hitler. Ausgerechnet! Auch das noch! Lisa ist geschockt und für den Moment geneigt, sich an diesem belasteten Ort jegliches Schwimmvergnügen zu versagen. Andererseits: Was würde das nützen? Vor allem wem? Zumal sich über die bedrückende Geschichte längst eine dicke zweite Zeitschicht gelegt hat. Nachdem sich das mit den Herrenmenschen erledigt hatte, zogen in das Gebäude nämlich wahre Siegermächte ein. Die amerikanischen Besatzer scherten sich nach dem Krieg wenig um den historischen Ballast, sie nutzten jahrzehntelang das schöne große Bad – Nazis hin, Nazis her – zur Ertüchtigung der eigenen Truppen. Ist dieser Ort also längst entgiftet? Wurde er demokratisiert, wie das ganze Land die Chance nutzte, demokratisch zu werden? Lisa fragt sich das anfangs ernsthaft. Und ist sich da keineswegs sicher. Aber soll sie sich ihre Schwimmlust wirklich durch die Last einer Vergangenheit erdrücken lassen, für die sie gar nichts kann? Sie, die Nachgeborene? Und verfolgt die Erinnerung an schlimme Zeiten sie nicht ohnehin überall auf Schritt und Tritt, ohne dass sie deswegen stehen bliebe und keinen Fuß mehr vor den anderen setzen würde? Lisa findet rasch einen Ausweg aus ihrem Dilemma: Immer wenn sie die riesigen Granitfiguren am Eingang passiert, legt sie innerlich, sie kann gar nicht anders, eine winzige Gedenksekunde ein, atmet tief durch und marschiert erst dann hinein ins Vergnügen.

54

Karl teilt Lisas Begeisterung fürs Schwimmen überhaupt nicht. „Das ist kein Sport für mich", behauptet er, als Lisa zum xten Mal versucht, ihn dazu zu bewegen, sie ins Schwimmbad zu begleiten. „Schwimmen ist gesund", sagt sie, „Schwimmen ist gut für die Gelenke, Schwimmen stärkt die Muskeln, Schwimmen macht den Kopf frei, Schwimmen ist das Beste für Körper und Geist" – es gibt kein Argument, das Lisa nicht in ihre Überredungskünste einfließen lässt. Der Erfolg ist gleich null. Erst schüttelt Karl abwehrend den Kopf, irgendwann setzt ein lautes „Nein" jeglicher Diskussion ein Ende. Er will nicht. Lisa hat den Verdacht, dass sich Karl überhaupt nicht über das unbedingt notwendige Maß hinaus bewegen will. Schon gar nicht im kalten Wasser. „Das Wasser ist nicht kalt, das ist 27 Grad warm." – „27 Grad, das nennst du warm? Eiskalt ist das. Da kriegen mich keine zehn Pferde hinein." Irgendwann fällt Lisa zu diesem leidigen Thema nichts mehr ein, amüsiert wirft sie ihm nur noch „Warmduscher!" an den Kopf. „Warmduscher? Solltest du liebreizende Person das als Vorwurf gemeint haben, liegst du damit völlig falsch. Mich einen Warmduscher zu nennen, verstehe ich als Kompliment. Ich dusche tatsächlich gern warm." Lisa sieht ein: Karl ist ein hoffnungsloser Fall.

55

An diesem frühen Mittwochmorgen passiert Lisa, wie üblich, innerlich gestrafft die beiden Granitfiguren und entledigt sich gerade im Vorraum vorschriftsmäßig ihrer Schuhe, als ihr aus dem Schwimmbad Lärm entgegenschallt, der sich nach heller Aufregung anhört. Aus dem Gewirr der Stimmen und lautem Kreischen kann sie sich so gar keinen Reim machen. Hier geht doch sonst alles ruhig und gesittet zu! Nach freundlicher Unterhaltung klingt das jedenfalls nicht, eher nach erbittertem Streit. Lisa hört, wie jemand „Raus hier!" brüllt, weitere Worte gehen im Tumult unter. Was ist da bloß los? Da sie allein im Vorraum ist, kann sie niemanden fragen und wagt auch nicht, weiter vorzugehen. Lieber erst mal abwarten. In dieser Sekunde stürmen vier Polizisten durch die Tür an ihr vorbei den Flur entlang direkt in die Schwimmhalle, die man normalerweise nur barfuß oder mit Badelatschen betreten darf. Lisa will neugierig hinterherlaufen, doch da drängen weitere Polizisten von draußen herein, reißen Lisa zurück und herrschen sie an: „Weg da! Verlassen Sie sofort den Tatort!" Lisa tritt erschrocken beiseite: „Tatort? Welcher Tatort?" Sie weiß gar nicht, wie ihr geschieht. Dann wird sie unsanft von hinten gepackt und nach draußen geschoben. Sie steht jetzt auf Strümpfen neben den steinernen Wachposten, die sie eben passiert hat, unschlüssig, was sie machen soll. Sie will ihre Schuhe haben, die noch drinnen im Regal stehen. Aber wie soll sie da rankommen? „Hier können Sie nicht stehen bleiben! Verlassen Sie sofort das Gelände!", bellt sie ein anderer Polizist an, der aus einem Streifenwagen springt. Noch bevor Lisa ihn fragen kann, was das alles soll, wird sie unsanft auf den Bürgersteig gedrängt. Dort sind irgendwelche Helfer dabei, den Eingang mit rotweißem Flatterband abzusperren. Jenseits dieser Absperrung haben sich inzwischen andere Schwimmbadbesucher versammelt, die man nicht mehr ins Gebäude hineinlässt. Allen ist Ratlosigkeit ins Gesicht geschrieben. Keiner weiß was. Nur einer meint, er habe vorhin etwas vernommen, dass sich nach Schüssen anhörte: „Peng! Peng!" Er ahmt die Knallgeräusche kindlich nach und behauptet steif und fest, dass es zwei Mal laut geknallt habe. „Das waren Schüsse, da bin ich ganz sicher", sagt er nach einer Pause und erntet bei den Umstehenden ungläubiges Staunen. Schüsse? Was für Schüsse?

In diesem Moment fährt ein Krankenwagen mit Blaulicht vor. Dann noch einer. Das Flatterband wird eilig geöffnet, um die Rettungsfahrzeuge durchzulassen. Haarscharf vor den Steinfiguren kommen sie zum Stehen. Die Sanitäter aus dem ersten Fahrzeug eilen schleunigst mit ihrer Krankenbahre ins Innere des Gebäudes. Die Sanitäter aus dem zweiten Fahrzeug steigen auch aus, verharren aber vor der Tür. Einer der beiden zündet sich, ziemlich gemächlich, wie Lisa findet, eine Zigarette an. Er raucht mit tiefen Zügen, so wie jemand raucht, der länger auf Entzug war. Mehr tut sich erst einmal nicht. Lisa spürt, wie ihre kalten Füße erstarren. Sie steht immer noch in Strümpfen auf dem Pflaster und trippelt von einem Bein auf das andere. Aber das hilft nichts. Die Füße frieren. Sie kramt aus ihrer Schwimmtasche die blauen Flipflops heraus, die sie immer auf dem

Weg von der Dusche zum Becken trägt, um die Zehen vor lästigen Keimen zu schützen. Diese Latschen halten zwar nicht warm, sind aber besser als nichts. Lisa schaut an sich hinunter. Sie sieht etwas wunderlich aus: Oben dicke Daunenweste, unten Flipflops und Socken. Aber was soll's. An ihre Schuhe kommt sie erst einmal nicht heran.

Die Sanitäter kommen schon bald zurück. Ihre Krankenbahre ist leer. Sie schieben sie wieder ins Auto und setzen rückwärts zurück auf die Straße. Der zweite Krankenwagen verlässt ebenfalls das Gelände. Sonst passiert nichts, außer, dass die Zahl der Passanten, die sich hinter dem Flatterband sammeln, weiter wächst. Jetzt stehen hier schon rund zwanzig Leute und warten. „Was ist hier denn los?", fragt jeder, der neu hinzustößt, und erntet das immer gleiche Schulterzucken. Keine Ahnung. Lisa wird es allmählich zu bunt. Ihren Füßen zuliebe bricht sie die Warterei ab, obwohl sie mordsmäßig neugierig ist, Näheres zu erfahren. Sie steigt in ihr Auto, das in der Nähe parkt, und verlässt den vermeintlichen „Tatort" – ohne Schuhe und ohne zu wissen, was für eine Tat hier tatsächlich passiert ist.

Im Auto stellt sie sofort den lokalen Nachrichtensender ein. Noch bevor sie zu Hause ankommt, erfährt sie erste Details über das Geschehen im Schwimmbad. Der Sprecher spricht von einem leblosen Körper, der in einer Umkleidekabine gefunden worden sei. Über die näheren Umstände des Todes sei noch nichts bekannt. Auch nicht, ob es sich um einen Unglücksfall oder um ein Verbrechen handele. Die Polizei sei vor Ort, die Untersuchung laufe auf Hochtouren. Diese Nachricht wird nahezu wortwörtlich im Halbstundentakt wiederholt. Mehr haben auch andere Sender, die Lisa ungeduldig eingeschaltet, nicht zu vermelden. Erst am Abend erfährt Lisa mehr: Es hat im Schwimmbad nicht nur einen Toten gegeben, sondern zwei. Ein bewaffneter Täter hat, nachdem er einen 58-jährigen Mann erschossen hat, auch noch sich selbst getötet. Beide, Opfer wie Täter, waren sofort tot. Über das Motiv des Täters, der als junger Mann von 35 Jahren beschrieben wird, ist nichts bekannt. Es heißt, es werde nach allen Seiten ermittelt. Auch der Staatsschutz sei eingeschaltet. Der Staatsschutz? Warum das? Aus dem Radio hört Lisa auch und kann diese Nachricht zunächst gar nicht fassen, so geschockt ist sie, wer das Opfer dieser grausamen Tat ist: Es ist Hans Winterhalter, der Chefredakteur des „Anzeigers". Lisa muss sich erst einmal setzen. Diese Nachricht haut sie um. Hans Winterhalter, ihr früherer Chefredakteur, tot! Erschossen! Im Schwimmbad! In ihrem geliebten Schwimmbad! Lisa bebt am ganzen Körper. Auch wenn sie Hans Winterhalter nie ausstehen konnte, ein solch furchtbares Ende wünscht man nicht mal seinen ärgsten Feinden.

Nach und nach erfährt Lisa die näheren Umstände dieses blutigen Geschehens: Die Kugel hat Hans Winterhalter von hinten getroffen. Sie schlug sozusagen durch den Rücken hindurch ins Herz. Im Polizeibericht, den Lisa sich eilig über ihre früheren Kollegen besorgt, heißt es: Der Täter habe die Trennwand seiner Umkleidekabine erklettert und von oben auf sein Opfer, das sich in der Nachbarkabine befand, gezielt, und zwar als dieser sich gerade bückte und die Strümpfe anzog. Das Opfer war sofort tot. Der Täter habe sich dann in seiner Kabine verschanzt und gedroht, jeden zu erschießen, der sich ihm nähern würde. Als die Polizei anrückte und die Kabine umstellte, habe er sich, ohne weitere Vorwarnung, selbst getötet. Über das Tatmotiv des Täters sei immer noch nichts bekannt. Dafür aber seine Nationalität: „Der Täter ist deutscher Staatsbürger", heißt es in dem Bericht abschließend.

Wie deutsch der Täter, dessen Name in den Berichten mit Andreas M. abgekürzt wird, wirklich ist, erfährt die Öffentlichkeit erst nach und nach: Andreas M. ist kein unbeschriebenes Blatt, er ist ein polizeibekannter Neonazi, ein rechtsradikaler Gewalttäter. Mehrfach hat er schon vor Gericht gestanden, entweder weil er brutal zugeschlagen oder seine Umgebung in Angst und Schrecken versetzt hatte. Jedes Mal wird er verurteilt, kommt aber jedes Mal auch schnell wieder frei. Der Verfassungsschutz hatte Andreas M., vorübergehend auf dem Schirm, als er im Umfeld gewaltbereiter Neonazis auftauchte. Nach einiger Zeit wurde seine Beobachtung aus unerfindlichen Gründen wieder eingestellt. Andreas M. geriet sogar vollständig aus dem Blickfeld der Sicherheitskräfte.

Warum das? Warum wurde die Beobachtung eingestellt? Was ist da schief gelaufen? Wer trägt die Verantwortung für gravierende Versäumnisse? War Andreas M. gar ein V-Mann des Verfassungsschutzes? Warum hat niemand gemerkt, dass er sich radikalisierte? Kannte der Täter sein Opfer? Hat es Morddrohungen gegeben? Fragen über Fragen, für die sich plötzlich alle interessieren: die Öffentlichkeit, die Medien, die Politik. Das Parlament setzt einen eigenen Untersuchungsausschuss ein. Der „Anzeiger" gerät in eine seltsame Doppelrolle: Einerseits stellt die Zeitung selbst quälende Fragen, schließlich hat sie ihren Chefredakteur verloren, andererseits werden an die Redakteure auch viele Fragen gerichtet: Wie konnte es so weit kommen? Gab es Anzeichen für die Bedrohung des Chefredakteurs? Hat niemand der Kollegen irgendetwas beobachtet?

Das alles dauert Monate. Und beschäftigt viele. Heraus kommt am Ende wenig. Gesicherte Erkenntnis bleibt nur: Andreas M. kannte sein Opfer, Hans Winterhalter, nicht näher. Er hat ihn sich mehr oder weniger zufällig als Opfer ausgesucht. Andres M. wollte einen dieser „Scheiß-Journalisten" töten, irgendeinen, es hätte also nicht unbedingt Hans Winterhalter sein müssen, aber von dem war immerhin bekannt, dass er Journalist ist. Nachdem seine Wahl auf Winterhalter gefallen war, hat er ihn längere Zeit ausgespäht, seine Gewohnheiten nachverfolgt und dabei festgestellt, dass der regelmäßig Schwimmen geht, meistens mittwochmorgens. Andreas M. schickte seinem Opfer sogar Drohmails: „Rotfrontkämpfer, Dich knall ich ab", schrieb er ihm unter dem Pseudonym „Rache1", als Hans Winterhalter im „Anzeiger" wieder einen Kommentar über einen rechtsradikalen Aufmarsch veröffentlichte, an dem Andreas M. teilgenommen hat. In einer weiteren Mail wird Andreas M. unter dem Pseudonym „Rache2" noch deutlicher: „Für Bastarde wie Dich ist in unserer Heimat kein Platz." Niemand hat diese Drohungen ernst genommen, Hans Winterhalter schon gar nicht. Sie gingen bei ihm im Wust von Wutmails und Spamnachrichten unter, die täglich sein Posteingang verstopften. Die vielen Hassbotschaften verwirrter Typen, die sich in der Anonymität des Netzes austoben, strotzen oft vor verbaler Brutalität. „Wenn wir die alle ernst nehmen würden, hätten wir viel zu tun." Hans Winterhalter mahnt seine Redaktion immer wieder zur Gelassenheit im Umgang mit derartiger „Dreckspost", wie er sie nannte: „Bloß nicht kirre machen lassen von diesen Verrückten. Sofort ab damit in den Papierkorb." Selbst wenn der „Anzeiger" übel beschimpft und als „Lügenpresse" diffamiert wurde, ließ Hans Winterhalter das an sich und der Zeitung abperlen. Insgeheim fühlte er sich durch derartige Frontalangriffe sogar in seiner Linie bestätigt und angefeuert, auf alles, was sich rechts der Mitte tat, noch kräftiger draufzuschlagen.

Ob Hans Winterhalter und Andreas M. sich je begegnet sind, lässt sich im Nachhinein nicht rekonstruieren. Die Untersuchungen fördern andere bedrückende Details zutage: Andreas M. arbeitete sich an Hans Winterhalter regelrecht ab. Für ihn, einen arbeitslosen Schriftsetzer, wurde der Chefredakteur des „Anzeiger", dessen Name oft in der Zeitung zu lesen war, mehr und mehr zum Feindbild, zur Projektionsfläche all dessen, was in seinem verkorksten Leben schief gelaufen war. „Scheiß Journalist!" oder konkret „Scheiß Winterhalter!", schrieb er immer wieder in kryptischen Kurzmitteilungen, in denen er seine ganze Wut, seinen Hass, seinen Frust herauskotzte, ein anders Wort fiel Lisa dazu nicht ein, so unflätig waren sie formuliert.

Irgendwann ist Hans Winterhalter für ihn die Personifizierung all dessen geworden, was, wie er in Tweeds mitteilte, vernichtet werden musste. Die Durchleuchtung des Lebens von Andreas M. belegt erschreckend, wie einer, der linksautonom sozialisiert wurde – seine Eltern hatten sich auf einer Antifa-Kundgebung kennengelernt – nach und nach in die rechte Szene abtaucht und sich dort immer stärker radikalisiert. Bemerkt, welche Gefahr sich da zusammenbraut, hat offenbar niemand in seinem Umfeld. Für den „Anzeiger", der seinen Chefredakteur durch die Tat eines „irregeleiteten Verrückten", wie es im Nachruf heißt, verloren hat, ist das der eigentliche Skandal. Warum? Warum hat niemand etwas gemerkt?

56

Auch Lisa beschäftigt der Vorfall über die Maßen. In ihr Schwimmbad geht sie vorläufig nicht mehr. Erst ist es ohnehin eine Weile geschlossen und als es wieder öffnet, ist sie noch nicht soweit, über das hinwegsehen zu können, was dort geschah. Lisa macht das furchtbare Ereignis auch deshalb so zu schaffen, weil in ihr etwas wieder hochkommt, das sie längst verdrängt glaubte. Es war nicht so grausam, wie das, was Hans Winterhalter widerfuhr. Denn Lisa ist ja nicht tot, sie lebt. Und doch: Für sie, die damals zwölf Jahre alt war, war das Erlebnis schlimm und einschneidend. Lisa hatte zu jener Zeit gerade ihre Schwimmleidenschaft entdeckt, nicht ganz freiwillig. Ihr Vater hatte sie im Schwimmverein angemeldet, weil er sie davor bewahren wollte, noch mehr Pfunde anzusetzen. Lisa war nämlich ziemlich mollig geworden und die aufbrechende Pubertät trug dazu bei, diese Wohlbeleibtheit für sie zum Problem heranreifen zu lassen. Das Schwimmen gefiel der kleinen Lisa, umso mehr, je mehr Pfunde sie dabei verlor.

Bald war ihre Figur so, dass man sie tatsächlich Figur nennen konnte. Lisa war ziemlich sportlich geworden. Außerdem packte sie beim Schwimmen der Ehrgeiz. Sie trainierte wie wild, sie wollte besser sein als die anderen Mädchen im Verein. Manchmal flüchtete sie aber auch ins Schwimmbad, um einige Stunden allein zu sein, weg von zu Hause. Und Schwimmen ging daheim immer gut als Entschuldigung durch.

Es ist wieder so ein Nachmittag, an dem sie im Schwimmbad ihre Zeit vertrödelt und so lange im Wasser bleibt, bis die Haut schon schrumpelt. Da sie allein trainiert und nicht, wie sonst, gemeinsam mit den Vereinskameradinnen, ist sie nicht in die Sammelumkleide für Mädchen gegangen, sondern zieht sich in einer jenen Kabinen um, die eigentlich den Erwachsenen vorbehalten sind. Für ein zwölfjähriges Mädchen hat die Vorstellung, erwachsen zu sein, durchaus Reiz. Ausgiebig reibt sich Lisa hinter der verschlossenen Kabinentür die ausgelaugte Haut mit Öl ein, als plötzlich über der Trennwand zur Nachbarkabine ein Gesicht auftaucht. Ein männliches Gesicht. Und dieses Gesicht sagt leise, ganz leise: „Keine Angst, ich tu dir nichts." Das Gesicht schraubt sich höher empor. Der dazugehörige Körper hat offenbar einen Hocker bestiegen oder das Ablagebrett. Schon sieht Lisa, wie unter dem Gesicht eine behaarte Brust erscheint, dann ein Bauch und dann etwas, was sie so, vor allem so nah und so groß noch nie gesehen hatte. Der Mann, jenseits der Trennwand, macht sich an seinem Glied zu schaffen, wobei Lisa diesen Ausdruck für dieses Körperteil noch gar nicht kennt. Mädchen in ihrem Alter haben andere Begriffe für das, was Jungs haben und sie nicht und was bei ihnen noch keine besonderen Phantasien weckt. „Keine Angst. Ich tu dir nichts", sagt der Mann noch mal. Lisa starrt wie gelähmt auf das, was sich da oberhalb der Trennwand tut. Das Teil wird größer und größer und irgendwann scheint es zu platzen. Nicht mit einem Knall, sondern ganz still. Der Mann, zu dem es gehört, stöhnt kurz auf. Dann läuft eine schleimige Flüssigkeit die Trennwand hinunter. Lisa erstarrt zur Salzsäule. Das Glied, der Bauch, die behaarte Brust verschwinden wieder hinter der Trennwand. Der Spuk ist vorbei. Nur der Schleim bahnt sich weiter zähflüssig seinen Weg in die Tiefe. Lisa hört ein Rascheln in der Nachbarkabine, die Tür wird entriegelt, Schritte eilen über den Gang. Lisa wagt nicht, sich zu rühren. Sie horcht angestrengt nach allen Seiten. Aus der Nachbarkabine dringt kein Geräusch. Sie ist wieder leer. Vorsichtig bückt sich Lisa und schaut unter der Trennwand hindurch, ob da tatsächlich niemand mehr steht. Sie sieht nichts und hat es jetzt eilig, hinauszukommen aus der Enge. Blitzschnell zieht sie sich an, öffnet ängstlich die Tür ihrer Umkleidekabine. Der Gang ist menschenleer. Lisa schleicht hinaus und ist froh, draußen im Vorraum auf andere Badegäste zu treffen, die an der Kasse ihre Eintrittskarte lösen. Lisa schaut sich um, das Gesicht, das ihr einen derartigen Schreck eingejagt hat, ist nicht zu sehen. Lisa hastet zum Fahrradständer, schnappt sich ihr Rad und radelt gehetzt los. Hoffentlich lauert ihr unterwegs niemand auf! Erleichtert kommt Lisa zu Hause an. Sie ist völlig verwirrt.

Schwimmen geht sie in den nächsten Tagen nicht. Sie schützt Unwohlsein vor und schwänzt das Training. Als sie wieder dabei ist, achtet sie peinlich darauf, sich nur gemeinsam mit den Trainingskameradinnen in der Sammelumkleide für Mädchen an- und auszuziehen. Die Umkleidekabine für Erwachsene bleibt tabu. Lisa ist anhaltend geschockt und spricht mit niemanden über das, was sie gesehen hat. Irgendwann ist dann aber auch dieses Jungmädchen-Erlebnis hinreichend verdrängt. Und dort, in der Versenkung, wäre es wohl auf ewig geblieben, wäre jetzt nicht Hans Winterhalter ausgerechnet in einer Umkleidekabine eines Schwimmbades erschossen worden. Und das auch noch von einem Täter, der über die Trennwand hinweg auf sein Opfer zielte. Diese Schilderung des Tathergangs weckt bei Lisa sofort ungute Erinnerungen. Gewiss, ihr ist damals rein äußerlich kein Leid angetan worden. Und auch, wenn das, was ihr geschah, weit weg, in einem anderem Ort und in einem anderen Schwimmbad passierte, wacht sie jetzt, nach dem schrecklichen Ereignis, manchmal nachts schweißgebadet auf. Ihr träumte, sie werde in einer Umkleidekabine bedroht, von einem Mann, der über die Trennwand hinweg die Pistole direkt auf sie richtet. Bevor sie endgültig stirbt, sieht sie jedes Mal noch, wie ihr verspritztes Blut zähflüssig die Trennwand hinunterläuft.

57

„Geh wieder Schwimmen, Lisa. Du musst dieses Trauma überwinden, sonst verfolgen dich die Albträume dein Leben lang. Geh Schwimmen, geh in dein Lieblingsbad. Das kann ja nicht dafür, dass es zu einem Tatort wurde." Karl redet mit Engelszungen auf Lisa ein. Ihm scheint dies die beste Therapie zu sein, um das Erlebnis zu verarbeiten. Als Lisa nachhaltig zögert, greift er zum Äußersten: „Komm Lisa. Ich begleite dich auch. Morgen früh gehen wir zusammen ins Schwimmbad." – „Aber du schwimmst doch nicht gern." – „Nein, ich schwimme nicht gern. Aber dir zuliebe würde ich das tun." Lisa ist gerührt. Sie weiß diesen besonderen Liebesdienst zu schätzen, lehnt ihn aber dankend ab. Wäre ja gelacht, wenn sie das nicht allein schaffte. Als sie am nächsten Morgen die Steinfiguren am Eingang ihres Schwimmbades passiert, würdigt sie diese vertrauten Wachposten keines Blicks und grüßt sie auch nicht, wie sie das sonst immer getan hat. Sie findet, diese überlebensgroßen Aufpasser haben, als es tatsächlich etwas aufzupassen gab, kläglich versagt.

58

Der Anschlag auf Hans Winterhalter ist ein Schock. Und dieser Schock setzt einiges in Bewegung. Das Schwimmbad, Lisas Lieblingsbad, soll abgerissen, dem Erdboden gleichgemacht werden. Das jedenfalls fordert der „Anzeiger". Unter dem Motto „Böse Bauten" startet die Zeitung unmittelbar nach dem Tod ihres Chefredakteurs eine Kampagne gegen alles, was, wie es in der Ankündigung heißt, die „braune Brut", was die „Hitlerzeit, diese unsäglichste Epoche deutscher Geschichte" an Relikten hinterlassen hat. Da kommt einiges zusammen. Der „Anzeiger" läutet seine Aktion mit einer langen Liste aller belasteten Gebäude ein. Lisas Bad steht weit oben. Alles, wirklich alles, was noch steht und an das Führerreich erinnert, soll endgültig beseitigt werden, und zwar unabhängig davon, ob es längst umgewidmet wurde und den nachfolgenden Generationen gute Dienste leistet oder nicht. „Es gibt keine guten Dienste in bösen Bauten", der „Anzeiger" schlägt sich vehement auf die Seite der Rigoristen. „Diese Gebäude haben ein schlechtes Karma. In ihren Ritzen und Fugen lebt das Böse weiter", schreibt Sven Schulze, der als Stellvertreter Hans Winterhalters sofort zu dessen vorläufigen Nachfolger ernannt wurde. Tag für Tag lässt Sven Schulze Historiker, Zeitzeugen, Betroffene und solche, die sich durch die Vorkommnisse betroffen fühlen, in der Zeitung zu Wort kommen. Sie breiten viele Argumente aus, warum vermeintlich unschuldige Steine keineswegs so unschuldig sind, wie man meint. „Selbst härteste Brocken sind wie ein Schwamm, sie saugen den Geist, der sie umweht, in sich auf, konservieren ihn und setzen ihn, sobald sie entsprechende Impulse empfangen, schamlos wieder frei", schreibt der prominente Systemanalytiker Arnold Peters in einem langen Essay, dem der „Anzeiger" zwei Zeitungsseiten spendiert. Es sei ein schlimmer Trugschluss zu glauben, der Nationalsozialismus sei tot, sei besiegt auf den Schlachtfeldern der Geschichte. In Wirklichkeit sei er nicht tot, sondern schlummere in den Gemäuern und warte auf seine Erweckungssignale. Die Thesen von Arnold Peters stoßen auf breite Rcsonanz. Die Leserbriefseiten sind voll von Beiträgen, die den Autor entweder in den Himmel loben („endlich sagt es mal einer!") oder ihn in Grund und Boden verdammen („Arbeitsbeschaffungsmaßnahme für Abbruchunternehmer"). Einer fordert gar, dem Wissenschaftler, der einen „solchen Quatsch" verzapft, den Lehrstuhl zu entziehen, den er seit zwanzig Jahren besetzt. Der „Anzeiger" lässt nicht locker und heizt die Kontroverse immer wieder durch neue Beiträge an. Schließlich ruft er seine Leser auf, ihre Unterschrift unter ein Formular zu setzen, das der Zeitung beiliegt und das die Forderung nach Abriss all dieser „hochtoxischen Gemäuer" bekräftigt.

Wochenlang kennt der „Anzeiger" nur ein Thema: Böse Bauten. „Der böse Geist, den dieses Schwimmbad in sich trägt, hat den Täter magisch angezogen, das Böse, das diesem Gebäude innewohnt, hat den Täter zu seiner Wahnsinnstat verführt", schreibt der Vorsitzende der jüdischen Gemeinde in einem Gastbeitrag. Als dann noch der angesehene Nestor der Zeithistoriker, Ulrich-August Wagner, der sich bisher zurückgehalten hat, die „Anzeiger"-Aktion öffentlich begrüßt, ist der Bann endgültig gebrochen. Die Liste der Unterstützer wird länger und länger. Selbst der Denkmalschützer des Landes reiht sich ein in die Phalanx der Abriss-Befürworter: „Böse Bauten sind nicht schützenswert", stellt er fest, nachdem er zunächst das Gegenteil vertreten und danach einige Zeit herumgeeiert hat. Er begründet seinen Sinneswandel mit aktuellen Statistiken: Im Umfeld ehemaliger Nazibauten würden sich rechtsradikale Vorfälle häufen, behauptet er und legt dazu einen Haufen Zahlen vor. Obwohl der „Anzeiger" Gott und die Welt in Bewegung setzt und sogar der Bundespräsident einen Beitrag liefert, den die Zeitung als Unterstützung ihrer Abrissaktion wertet, scheitert die Kampagne „Böse Bauten" ganz überraschend:

Es kommen zwar viele, aber eben nicht genügend Unterschriften zusammen, um der Regierung, wie geplant, einen Volksentscheid aufzuzwingen und ihr richtig Dampf zu machen. Es fehlen genau 683 Stimmen am notwendigen Quorum.

Schuld daran, dass das Quorum nicht erreicht wird und die Bereitschaft zur Unterschrift abrupt abbricht, ist die Veröffentlichung der Ermittlungsergebnisse. Die Staatsanwaltschaft hat den Tathergang penibel rekonstruiert: Dabei kommt heraus, dass der vermeintlich böse Bau, das Schwimmbad, in den Überlegungen des Täters, Andreas M., keinerlei Rolle gespielt hat. Er hat nicht einmal gewusst, dass es sich bei dem Bauwerk um ein Stück Naziarchitektur handelt. „Nicht ein vermeintlich böser Bau, sondern ein böser Mensch trägt die Schuld am Tod von Hans Winterhalter", heißt es wörtlich im Abschlussbericht. Fortan ist die Luft raus aus der „Anzeiger"-Aktion. Dem Täter war der Ort, an dem er seine Tat verübte, völlig egal. Er hat das Schwimmbad aus rein praktischen Erwägungen gewählt. Er wollte, wie ein hasserfüllter Tweet von ihm belegt, „dieses Schwein zwischen zwei Kleiderhaken erledigen".

Ein Gutachten, das in Nachhinein erstellt wird, bescheinigt Andreas M. eine verminderte Schuldfähigkeit. Er habe aufgrund einer schweren Kindheit unter massiven Minderwertigkeitskomplexen gelitten, die wiederum unter Einfluss der Clique, in die er hineingeriet, zu einer gefährlichen Selbstüberschätzung geführt haben. Die Gutachter glauben auch feststellen zu können, dass Andreas M. gar kein überzeugter Neonazi war, sondern in diese Szene eher zufällig hineingeschliddert ist. Er sei nicht politisch gewesen und historisch gebildet schon gar nicht. Andreas M. sei ein typischer Mitläufer gewesen, der Anschluss gesucht habe. Und Anerkennung. Und der schnell gemerkt habe, dass er nur gewisse Parolen mitgrölen musste, um aufzufallen. Für die Gutachter ist Andreas M. kein Täter, er ist, wie es in ihrem

Gutachten heißt, ein Opfer – Opfer einer Gesellschaft, die ihn nicht verstanden, ausgegrenzt und ihn in die Tat hineingetrieben hat.

Dieses Gutachten entzieht der „Anzeiger"-Kampagne „Böse Bauten" endgültig den Boden. Denn nun ist klar: Das Schwimmbad ist nicht böse und das Bauwerk ist auch nicht schuld, dass Andreas M. zum Mörder wurde. Schuld sind vielmehr wir alle – die Gesellschaft. Für den „Anzeiger" ist das Scheitern seiner Kampagne allerdings kein Anlass, zum Rückzug zu blasen oder klein beizugeben. Im Gegenteil: Die Zeitung legt nach: „Das Böse lebt nicht nur in den Ritzen und Fugen der Gebäude weiter, sondern vor allem in den Köpfen", heißt es jetzt. Es ist wiederum Sven Schulze, der erneut die Leser aufruft, dem fatalen Zeitgeist, der „noch immer oder schon wieder von ewig Gestrigen bestimmt wird", die Stirn zu bieten. „Das Böse in den Köpfen gehört ausgemerzt mit Stumpf und Stiel", schreibt Schulze und bedient sich im Überschwang seines Zorns gegen alles, was rechts von ihm liegt, eines Vokabulars, das ungute Assoziationen weckt. Trotz dieses Nazi-Jargons bleibt die Aufregung darüber in seinem Fall aus. Sven Schulze steht nicht unter Verdacht, rechts angehaucht zu sein. Da lässt die sonst so kritische links gestrickte Öffentlichkeit ihm diesen Fehlgriff schon mal durchgehen, ohne in den üblichen Erregungszustand zu verfallen.

59

Lisa ist ziemlich aufgelöst, als sie Karl, der stundenlang auf Gerichtsterminen war, am Abend endlich zu packen kriegt. Jetzt bricht aus ihr das heraus, was den ganzen Tag durch ihren Kopf geistert: „Winterhalter ist tot und ich lebe! Winterhalter ist tot und ich lebe!", wiederholt sie mehrmals wie in Trance. „Lisa! Was redest du da? Klar,

Winterhalter ist tot, das ist schrecklich und du lebst, Gott sei Dank. Das ist so. Aber warum wiederholst du das immerzu? Bist du verrückt geworden?" – „Überhaupt nicht. Ich bin sogar sehr klar im Kopf. Wir reden doch oft davon, wie wichtig es für den Erfolg ist, zur richtigen Zeit am richtigen Ort zu sein. Mir ist klar geworden, dass es viel fataler ist, zur falschen Zeit am falschen Ort zu sein. Denn das, mein lieber Schlüssel, entscheidet nicht bloß über Erfolg oder Misserfolg, das entscheidet über Leben und Tod!" – „Über Tod und Leben? Was meinst du denn damit? Ich kann dir nicht folgen", Karl weiß nicht, warum Lisa so wirr daherredet. „Kannst du dir nicht denken, dass mich der Tod von Winterhalter mächtig aufwühlt? Falsch, nicht der Tod, das wäre unpräzise, es ist mehr das Warum, was mich umtreibt." – „Das Warum? Ich verstehe immer noch nicht, worauf du hinaus willst." – „Ich will sagen, dass es purer Zufall ist, dass Winterhalter tot ist und ich lebe." – „Wieso das denn? Was ist das für eine verquere Logik, Lisa?" – „Na, denk doch mal nach, Schlüssel, anstelle von Winterhalter hätte das Schicksal genauso gut mich treffen können. Dann wäre ich jetzt tot und Winterhalter lebte." – „Dich, wieso denn das? Ich wüsste nicht, dass dieser Andreas M. dich auf dem Schirm hatte." – „Nein, hatte er nicht, aber er hätte mich auf dem Schirm haben können, wenn ich noch Journalistin wäre, was ich schließlich jahrzehntelang war. Und ins Schwimmbad gehe ich auch. Sogar ins selbe Bad wie Winterhalter. Da hätte Andreas M. doch leicht auch mich abknallen können." – „Wieso dich? Der wollte doch den Winterhalter treffen." – „Nicht dezidiert, der wollte einfach einen dieser Scheiß-Journalisten von der Scheiß-Lügenpresse treffen. Und da war Winterhalter halt zur falschen Zeit am falschen Ort. Verstehst du, wie ich das meine?" – „Nein. Das verstehe ich nicht. Darüber muss ich erst mal nachdenken", Karl schaut Lisa irritiert an.

60

Lisa nimmt zwei Stufen auf einmal, stolpert, fängt sich wieder, rennt weiter, die Treppe hoch, ist völlig außer Atem. Mit letzter Kraft hetzt sie auf den Bahnsteig – zu spät. Sie sieht gerade noch die Positionslampen des ausfahrenden Zugs. Abgekämpft schaut sie den roten Lichtern hinterher. Jetzt erst merkt Lisa, dass ihre Handtasche verschwunden ist. Sie fühlt rechts, sie fühlt links an ihrer Schulter. Kein Riemen nirgends. Die Handtasche ist weg. Sie muss sie unterwegs verloren haben. Lisa hetzt die Treppen wieder hinunter, hetzt durch das Bahnhofsgebäude, hetzt über die Straße, wird beinahe überfahren, kann dem heranrasenden Auto gerade noch ausweichen. Sie hetzt weiter, hinüber zum Kanzleramt. Dort vor dem Gebäude steht überlebensgroß die Kanzlerin höchstpersönlich. Sie winkt Lisa von Weitem zu, in der Hand hat sie ihre, Lisas, Handtasche. Lisa rennt auf die Kanzlerin zu und schnappt nach ihrer Tasche, erwischt sie aber nicht. Sie greift wieder zu, wiederum greift sie ins Leere. So geht das noch einige Male: Lisa sieht ihre Tasche am Arm der Kanzlerin baumeln, doch sobald sie ihre Hand danach ausstreckt, ist sie weg, verschwunden. Ist das nur eine Fata Morgana? Plötzlich ertönen aus der Tasche am Arm der Kanzlerin zarte Harfenklänge. Kein Zweifel: Die stammen von Lisas Handy, das sich in der Tasche befindet. Lisa erkennt ihren Klingelton sofort: „Seidenweich“. Diesen Ton hat sie gewählt, weil er so schön sanft ist. Sie mag keine schrillen Töne. Lisa streckt ihre Hand noch mal nach der Tasche aus. Doch es ist wie verhext, sie bekommt sie einfach nicht zu fassen. „Die Tasche gibt's erst zurück, wenn euer Ministerpräsident dem Glücksspielstaatsvertrag zustimmt“, fährt die Kanzlerin Lisa unwirsch an. „Ohne Glücksspielstaatsvertrag keine Tasche“, die Stimme der Kanzlerin klingt seltsam blechern und hat auch einen unangenehm hämischen Unterton. Die Kanzlerin schaut

Lisa auffordernd an, dann entschwindet sie samt Tasche hinter einem großen Tor, das lautstark ins Schloss fällt.

Der Krach ist so laut, dass Lisa aufwacht. Sie fühlt sich erschöpft und ist schweißgebadet. Wo ist sie? Was ist passiert? Es dauert eine Weile bis sie realisiert: Das war nur ein Traum. Gottseidank. Lisa liegt im Bett, hat keinen Zug verpasst, ihre Tasche ist nicht verschwunden und es steht auch niemand bedrohlich vor ihr. Lisa ist erleichtert und versucht, den nervigen Traum abzuschütteln. Warum nur ist sie, wenn sie träumt, immer so gehetzt? Warum immer diese Eile? Diese Rennerei? Und auch diesen Griff ins Leere kennt sie schon. Ihre Träume ähneln sich alle irgendwie. Entweder sie verpasst einen Zug oder einen Bus oder neulich war es ein Schiff, das ohne sie abfuhr. Lisa kann sich an keinen Traum erinnern, durch den sie nicht sinnlos herumhetzt. Und oft tauchen da auch diese überlebensgroßen Gestalten auf, die sich vor ihr aufbauen. Lisa will lieber gar nicht wissen, was das alles zu bedeuten hat. Traumdeuter hätten die helle Freude an ihr. Bestimmt ist es schlimm um sie bestellt. Aber was soll's? Lisa träumt glücklicherweise nicht allzu häufig.

Früher hat Lisa gedacht, dieses traumatische Herumgehetze liegt am Stress. Denn stressig war es schon, ihr Arbeitsleben. Oft genug steckte sie knietief drin in irgendeiner Bredouille. Lisa ist nicht so geschickt wie andere, die sich immer erfolgreich um jede Verantwortung herumdrücken, damit sie in dem Moment, wo etwas schief geht – und irgendwas geht immer schief – nicht schuld gewesen sind. Lisa kennt regelrechte Meister dieses Fachs. Sie selbst, das ist ihr längst klar, gehört nicht zu dieser Spezies. Sie stapft eher sehenden Auges hinein in den Schlamassel. Oft schon hat sie gerätselt, was sie wohl falsch macht, dass all der Ärger, den es überall gibt, wo Leute zusammenarbeiten, vorzugsweise an ihr kleben bleibt? Lisa hat zwar auch schon versucht, sich rechtzeitig wegzuducken, wenn es brenzlig wurde, aber es erwischt sie trotzdem – und immer ist es sie, die sich rechtfertigen muss. Lisa kann einfach nicht raus aus ihrer Haut. Das Einzige, was sie tröstet, ist, dass es am Ende aller Enden für sie doch ganz gut ausgegangen ist. Sonst wäre sie ja nicht dort gelandet, wo sie gelandet ist, nämlich in den jeweiligen Hierarchien ziemlich weit oben. So schlecht hat es das Leben also nicht mit ihr gemeint. Lisa will nicht undankbar sein.

Doch warum immer noch diese Träume? Das Arbeitsleben liegt längst hinter ihr und der Stress ist auch vorbei. Ihr Alltag ist viel geruhsamer geworden. Warum diese Albträume sie dennoch verfolgen, kann sie nicht entschlüsseln. Braucht Verarbeitung so lange? Lisa findet es höchst kurios, dass ihr nach so vielen Jahren ausgerechnet der Glücksspielstaatsvertrag nachts durch den Kopf geistert. Und dass die Kanzlerin auftaucht. Die ist doch gar nicht mehr im Amt. Nach längerem Grübeln fällt Lisa doch noch eine Erklärung für ihren seltsamen Traum ein: Am Vortag hat sie einen Bericht über die aktuelle Ministerpräsidentenkonferenz gelesen. Bei der Lektüre dieses Zeitungsartikels musste sie lachen, richtig laut lachen. Denn worum ging es bei diesem turnusmäßigen Treffen der sechzehn Länderchefs im Kanzleramt? Natürlich wieder mal um den Glücksspielstaatsvertrag.

Mit diesem Thema schlagen sich die Damen und Herren der großen Politik nun schon eine halbe Ewigkeit herum, hat Lisa sich gedacht und innerlich den Kopf geschüttelt. Sie selbst kann sich an kaum eine Ministerpräsidentenkonferenz zurückerinnern, bei der dieser vermaledeite Vertrag nicht auf der Tagesordnung stand. Mal konnten sich die Regierungschefs nicht einigen über die Zahl der Lizenzen, die vergeben werden sollten. Mal stritten sie wie die Kesselflicker um den Abstand, den Spielhöllen zu Schulgebäuden halten sollten, und dann wieder darum, ob virtuelle Online-Spielhallen mit in die Rechnung einbezogen werden sollen oder nicht. Die Debatten waren heftig und immer unversöhnlich. Zunächst hatte Lisa gedacht, es werde deshalb so leidenschaftlich gestritten, weil Glücksspiele nicht ungefährlich sind, sondern bekanntermaßen Suchtpotenzial in sich bergen. Doch bald kapierte Lisa, dass es im Kern nicht um die Gefährdung der Öffentlichkeit ging, sondern, wie so oft, ums liebe Geld. Gefährdung hin, Gefährdung her – auf die Steuereinnahmen, die aus diesem Schmuddelgeschäft herauszuholen sind, wollte denn doch kein Land verzichten. Nur zugeben wollte das niemand. Um das Wohl ihres Volkes besorgte Politiker reden nun mal lieber über Jugendschutz und Suchtprävention als über den schnöden Mammon. Lisa fand es damals schon höchst heuchlerisch, dass der Staat einerseits den Hüter der Moral gibt, andererseits möglichst viel Geld aus dem Glücksspiel herausschlagen will. Lachen muss Lisa, weil sich an dieser verqueren Grundhaltung offenbar nichts geändert hat, wie ihr der Bericht über die aktuellen Verhandlungen beweist.

Auch andere Themen, die bei der jüngsten Ministerpräsidenten-Konferenz verhackstückt wurden, sind Lisa vertraut: Der Streit um Stromtrassen beispielsweise ist ein Dauerbrenner, seit die Regierung vor zehn Jahren der Nation von einem Tag auf den anderen die Energiewende verordnete. Lisa war damals entsetzt, sie fand den Entschluss kurzsichtig und unüberlegt. Wie sollte eine solch dramatische Wende so schnell zu bewerkstelligen sein: ohne Atomkraft, ohne Kohle, ohne Leitungen, die die Energie vom hohen Norden in den tiefen Süden befördern? Dass das Problem immer noch nicht gelöst ist, kann Lisa beinahe täglich den Nachrichten entnehmen. Und auch um den Breitbandausbau, der wieder verhandelt wurde, wird eine gefühlte Ewigkeit gestritten. Alle finden wichtig, das er kommt. Aber er kommt nicht. Die Politik will, dass die Telekommunikationsunternehmen, die schließlich Nutznießer sein werden, den Ausbau auch bezahlen. Die Telekommunikationsunternehmen wollen aber, dass die Politik in Vorleistung tritt, schließlich war sie es, die den Bürgern leichtfertig versprochen hat, das schnelle Internet an jede Milchkanne zu bringen. Solch vollmundigen Ankündigungen rächen sich immer und werden für den Steuerzahler teuer. Lisa erinnert sich noch gut daran, wie sie, als sie noch im öffentlichen Dienst war, seitenweise Entscheidungen vorbereiten musste, die dann doch nicht gefällt, sondern ein ums andere Mal verschoben wurden. „Unglaublich, dass vieles von dem, was zu meiner Zeit auf der Tagesordnung stand, immer noch nicht erledigt ist!", denkt sich Lisa und malt sich bei ihrer Zeitungslektüre lebhaft aus, wie das wohl sein würde, wenn sie morgen wieder einschweben würde, in diese Konferenz? Nahtlos könnte sie dort anknüpfen, wo sie vor Jahren aufgehört hat.

Warum ist das politische Geschäft nur so schrecklich zäh? Das hat Lisa, mal Xaver Mendel gefragt, als sie nebeneinander im Fond des Dienstwagens durch die Lande fuhren. Xaver Mendel hat die Augenbrauen leicht angehoben und mit einem für ihn typischen Satz geantwortet: „Ohne Mehrheit geht eben nichts voran." Für ihn war damit alles gesagt. Für Lisa nicht: „Klar, für politische Entscheidungen braucht es Mehrheiten. Das weiß ich auch. Aber warum ist es oft so langwierig, nötige Mehrheiten zusammenzubekommen? Warum hängen selbst dringliche Vorhaben so lange in der Warteschleife?" Xaver Mendel zuckte nur mit den Schultern: „Ist halt so, wenn alle mitreden wollen." Wirklich? Lisa grübelte damals lange darüber nach.

61

„Mich stört, dass viele, die auf der politischen Bühne herumtanzen, nicht die Lösung von Problemen im Auge haben, sondern immer zuallererst die Machtfrage stellen: Was nützt es mir, wenn ich die Sache in Angriff nehme? Was nützt es meiner Partei? Und wie kann ich es drehen, dass am Ende der politische Gegner schlecht dasteht und ich gut?“ Lisa traktiert Karl jetzt oft mit Dingen, mit denen sie bei Xaver Mendel nie landen konnte. Der hatte sie, wenn sie grundsätzlich wurde, immer nur schweigend angeschaut, sodass sie schnell wieder verstummte. Als Lisa sich früher mal über die mangelnde Diskussionsfreude ihres Chefs bei Karl ausweinte, hatte der nur lakonisch gemeint: „Ist ja vielleicht auch ein bisschen viel verlangt, dass ein Politiker, der selbst mittendrin steckt in der Politik, auch noch neben sich stehen soll.“ Damit hatte dieser Oberschlaue wieder mal recht. Jetzt, wo Lisa nicht mehr im Dienst ist, kriegt Karl den geballten Frust ab, der sich bei Lisa über die Jahre angestaut hat. Vorzugsweise kommt sie ihm immer dann mit tiefsinnigen Gedanken, wenn er gerade an nichts Böses denkt und lieber seine Ruhe haben möchte. „Es ist schon absurd, was für seltsame Koppelgeschäfte dieses permanente Machtgerangel der Parteien hervorbringt, getreu dem Motto: Stimmt ihr dem Vorhaben X zu, stimmen wir dem Vorhaben Y zu. Dabei hat das eine mit dem anderen nichts zu tun, außer, dass beide Vorhaben zufällig zeitgleich zur Entscheidung anstehen. Ich fühlte mich dabei immer wie auf einem Basar: Gibst du mir deinen Hut, gebe ich dir meinen Teppich.“ Karl lacht laut auf. Lisas Vergleich gefällt ihm: „Wenn das so ist, wie du sagst, Lisa, braucht man sich nicht zu wundern, warum Politiker immer neue teure Wohltaten unter das Volk streuen. Ich nehme an, dass selbst der erbittertste Streit sich schlichten lässt, wenn genügend Geld im Spiel ist, Geld von uns Steuerzahlern, versteht sich.“ – „Klar. Geld, was man nicht selbst verdienen muss, gibt sich leicht aus und wird unbekümmert in Projekte gesteckt, die nur einen Zweck haben: die eigene Klientel zu bedienen.“ – „Und weißt du, was das Schlimmste ist“, Karl ist plötzlich bei der Sache, „Wohltaten, die einmal verteilt sind, lassen sich nie mehr zurückzuholen. Denn Wählern etwas wegzunehmen, was ihnen vorher zugestanden wurde, das wagt kein Politiker.“ – „Jedenfalls keiner, der nicht mit dem politischen Selbstmord liebäugelt.“ Lisa ist zur Abwechslung mal völlig mit Karl einig, mehr noch, sie scheint bei ihm einiges in Gang gesetzt zu haben.

Jedenfalls hört Lisa ihn plötzlich aus der Tiefe des Raumes bedeutungsschwer sagen: „Demokratie ist schon ein seltsames Geschäft." – „Das kann man wohl laut sagen", pflichtet ihm Lisa bei, „sehr seltsam. Und sehr mühsam. Ich hätte, bevor ich mich in die Politik hineintastete, nie gedacht, wie mühsam es ist. Veränderungen herbeizuführen, Entscheidungen durchzuboxen ist verdammt schwer." – „Ist doch klar", Karl kehrt wieder mal den Juristen heraus, „jedes Gesetz, das verabschiedet wird, jede Verordnung, die erlassen wird", doziert er, als würde er im Hörsaal lehren und nicht mit Lisa auf dem Sofa sitzen, „erhebt zwar den Anspruch, die Rechtssicherheit zu erhöhen, gleichzeitig erhöht es aber auch die Rechtsunsicherheit. Denn irgendwer fühlt sich doch immer durch irgendwas in seinen Rechten beeinträchtigt und klagt gegen dies und gegen das. Jedes Gesetz, jede Verordnung gibt Bürgern, Verbänden, Lobbyisten, Unternehmern, Betroffenen wie Nichtbetroffenen die Gelegenheit, dagegen vor Gericht zu klagen und damit im Zweifel bis vor die letzte Instanz zu ziehen. Das kostet viel Zeit, sodass das, was anderen womöglich superdringlich und wichtig erscheint, auf die lange Bank geschoben oder am Ende ganz verhindert wird."

„Da siehst du's, Schlüssel", Lisa springt vor Begeisterung auf, „der Rechtsstaat ist keineswegs so segensreich wie du immer behauptest." – „Doch, Lisa, der Rechtsstaat ist unabdingbar. Oder möchtest du etwa in einem Unrechtsstaat leben? Das Problem ist nur, dass der Rechtsstaat dazu neigt, alles und jedes zu regeln, um nur ja keine Rechtslücke entstehen zu lassen. Bei dieser Regelungswut gerät das Allgemeinwohl zwangsläufig unter die Räder der Individualinteressen. Und das ist ganz gewiss nicht gut für das Rechtsempfinden der Mehrheit der Bürger und gewiss auch nicht im Sinne des Erfinders." – „Daran, dass es so weit gekommen ist, dass das Allgemeinwohl keine

Rolle mehr spielt, seid ihr Anwälte nicht unschuldig. Ihr setzt doch alles daran, noch dem größten Egoisten, der nur sich und seinen Vorteil im Auge hat, zu seinem vermeintlichen Recht zu verhelfen." – „Wir Juristen, liebe Lisa, sind an der totalen Verrechtlichung des Lebens nicht schuld. Wir sind nur ausführendes Organ. Es sind die Politiker, die sich immer neue Gesetze einfallen lassen, weil sie eine Heidenangst davor haben, für eventuell auftretende Gesetzeslücken den Kopf hinhalten zu müssen. Wären sie bereit, Ungleichheiten und Ungerechtigkeiten, die zum Leben nun mal dazugehören, als gottgegeben hinzunehmen, würde der Gesetzesberg nicht höher und höher werden – und wir Juristen hätten weniger Arbeit, weil nicht jeder mit jeder Kleinigkeit vor Gericht ziehen könnte." – „Damit hast du, mein lieber Schlüssel, jetzt aber indirekt zugegeben, was du sonst immer abstreitest, dass nämlich der Rechtsstaat für euch Juristen eine prima Einnahmequelle ist." – „Mag sein, aber ich persönlich würde es trotzdem begrüßen, wenn Politiker, übrigens quer durch alle Parteien, nicht immer nur heldenhaft den Abbau von Bürokratie fordern, sondern ihren Appellen auch Taten folgen lassen würden. Wir reden doch seit Jahr und Tag darüber, dass die Regelungsdichte dringend ausgedünnt werden muss, weil sie die Entfaltung lähmt und der Entwicklung von Ideen den nötigen Freiraum nimmt. Doch statt weniger werden es immer mehr Regeln." – „Ja, und warum, du oberschlauer Karl? Weil die Regierten nämlich keinen Deut besser sind als die Regierenden. Der Ruf nach dem schlankeren Staat, der ist immer und überall wohlfeil zu haben, aber wehe, wenn ein unvorhergesehenes Ereignis passiert und dabei offenbar wird, dass dieses oder jenes nicht geregelt ist! Dann ist das Geschrei, übrigens verstärkt durch die geballte Medienmacht, groß und die Lücke im Gesetz muss geschlossen werden, aber subito! Deshalb werden die Gesetzesbücher auch in Zukunft nicht dünner, sondern immer dicker und dicker werden. Bis irgendwann alles für alle geregelt ist und tatsächlich niemand mehr für sich und sein Leben selbst verantwortlich ist." – „Da hast du leider recht, Lisa. Und ich fürchte, von dem Zustand, den du beschreibst, sind wir nicht mehr weit entfernt."

62

Lisa weiß nicht warum, aber in letzter Zeit muss sie öfter an Lars Fischer denken, den Institutsdirektor der Anatomie, bei dem sie eines schönen Tages auf dem Seziertisch landen wird. Eines schönen Tages, das sagt sich leicht dahin. Eine nette Floskel ist das. Was aber, wenn dieser schöne Tag, der in so weiter Ferne zu liegen scheint, dass man für gewöhnlich daran keinerlei Gedanken verschwendet, plötzlich nah ist. So nah, dass er konkrete Gestalt annimmt? Lisa stellt sich jetzt manchmal vor, wie sie hechelnd und röchelnd darniederliegt. Wie ihr jegliche Luft zum Atmen fehlt. Wie Sauerstoff aus großen Maschinen direkt in ihre Lunge geleitet werden muss. Wie ihre Existenz an dünnen Schläuchen hängt. Den eigenen Tod hat Lisa bisher nie auch nur eine Sekunde konkret vor Augen gehabt. Warum auch? Sie hat sich ja auch nie in ihrem Leben vorstellen können, dass sie erleben würde, was sie plötzlich erlebt: Ein Virus, so winzig, dass das Auge nichts davon sieht, bedroht buchstäblich aus heiterem Himmel die gesamte Menschheit. Unglaublich!

„Seien Sie doch froh, für Sie gibt es ein Leben nach dem Tod", hatte Lars Fischer zu Lisa gesagt, als sie ihm mit einer schnöden Unterschrift auf einem vorgedruckten Formular ihren Körper spendete. Vor Jahren war das. Vor Jahren – da hatte Lisa diese Aussicht nur amüsiert.

Die Autorin

Monika Zimmermann ist eine erfahrene Journalistin. Vor der Wende hat sie für die „Frankfurter Allgemeine Zeitung“ aus der DDR berichtet. Nach der Wende wird sie Chefredakteurin verschiedener Zeitungen in Ost und West („Neue Zeit“, „Tagesspiegel“, „Westfälischer Anzeiger“, „Münchner Merkur“, „Mitteldeutsche Zeitung“). 2006 wechselt sie vom Medien- in den Politikbetrieb. Sie wird Sprecherin einer Landesregierung und lernt als Abteilungsleiterin gleich zwei Staatskanzleien von innen kennen.

Im Mitteldeutschen Verlag, Halle, erschienen von Monika Zimmermann u. a.: „Unter lauter Leuten. Von grauen Eminenzen und bunten Vögeln, von hohen Tieren und Menschenfischern“ (2016) und „Kroch – Der Name bleibt. Das Schicksal eines jüdischen Familienunternehmens in Leipzig“ (2018).

Zuvor erschien im Stuttgarter Hohenheim Verlag: „Honecker bläst zur Hasenjagd. Reportagen aus einem untergegangenen Land“ (2009).

Monika Zimmermann lebt in Berlin.

Monika Zimmermann

Unter lauter Leuten

Von grauen Eminenzen und bunten Vögeln,
von hohen Tieren und Menschenfischern

Glück gehabt! Als Chefredakteurin und Regierungssprecherin war Monika Zimmermann ständig unter Leuten. So saß sie mit Angela Merkel in einer Moskauer Kneipe, als noch niemand ahnte, was aus ihr werden würde, traf Helmut Kohl zu Kaffee und Kuchen, belauschte Erich Honecker beim Small Talk, wunderte sich über Bundespräsident Johannes Rau als Witzeerzähler, staunte in einer Magdeburger Dachkammer über Joachim Gaucks Haltung und erlebte Alfred Neven DuMont als eifrigen Faxe-Versender.
Mit dem Gespür der Journalistin berichtet Monika Zimmermann über scheinbar Nebensächliches in ihren Begegnungen und trifft doch ins Schwarze. Ein unterhaltsames Stück Zeitgeschichte.

„Es sind diese feinen Beobachtungen, ohne Häme und Besserwisserei, die Zimmermann als gute Reporterin auszeichnen. Sie schärfen über ihre persönlichen Begegnungen hinaus auch den Blick auf den Lauf der Zeit zwischen Berlin, Sachsen und Sachsen-Anhalt.“

André Böhmer, Leipziger Volkszeitung

Hans-Otto Spithaler, Rolf H. Weber,
Monika Zimmermann

Kroch – der Name bleibt

Das Schicksal eines jüdischen
Familienunternehmens in Leipzig

Dem Aufstieg vom Getreidehandel zum Bankhaus und Immobilienkonzern folgt die schrittweise Vernichtung. Das Schicksal der jüdischen Familie Kroch in Leipzig und ihrer Unternehmen ist nicht einzigartig und doch ganz besonders. Denn hier kann anhand überlieferter Firmenakten detailliert nachgezeichnet werden, wie sich die Einflussnahme der Nationalsozialisten vollzog.
Und besonders ist auch, dass die rücksichtslose Zerschlagung nach der Nazizeit im Sozialismus der DDR weiterging, vermeintlich gerettetes Eigentum endgültig enteignet oder unter Zwangsverwaltung gestellt wurde. Insofern hat die Aufarbeitung des Falls Kroch, die 1990 begann, zweierlei Unrecht wiedergutzumachen: Nazi-Unrecht und DDR-Unrecht. Diese Unternehmensgeschichte ist also ein überaus verzwickter Fall. Sie spiegelt eindrucksvoll ein Stück deutscher Geschichte.

„Dieses Buch ist eine Perle in der Flut von Neuerscheinungen.“
Jochen Zenthöfer, Frankfurter Allgemeine Zeitung

mitteldeutscher verlag

1. Auflage

www.mitteldeutscherverlag.de

Gesamtherstellung: Mitteldeutscher Verlag, Halle (Saale)
Lektorat: Erdmute Hufenreuter

ISBN 978-3-96311-011-5

Printed in the EU